THE URSULINA

厄蘇利納

作者 布萊恩・弗利曼 Brian Freeman

獻給瑪西亞

我知道妳永遠不會原諒我做過什麼。

相信我，我不是試著說服妳相信我沒那麼壞，或請妳在妳心裡找到能給我的任何一絲同情。我甚至不會求妳不要恨我。現在已經來不及了。

不，我只希望妳能明白，我為什麼會做出我做的那件事，我為什麼當時覺得別無選擇。我相信妳這些年也多次問過自己這個問題。

為什麼？我為什麼那麼做？

那麼，甜心，這就是答案。我現在終於能告訴妳。但請給我一點耐心，因為有些祕密難以分享，而且它們喜歡陰影而不是陽光。

那個怪物回到黑狼郡的時候，我才二十六歲。妳想要的答案，得先從在那年聖誕節過世的戈登•布林克說起。然而，如果妳真的想瞭解發生的一切——我相信妳想——妳就必須回溯到我更久以前的人生。

許多年前，在我與厄蘇利納面對面接觸的那個晚上。

我們就從那裡開始說起。

※ ※ ※

當時，我們在國家森林裡划船，只有我、我父親和我哥哥。我那時候十歲。我們在湖邊度過白天，父親和哥哥釣魚，我捧著書閱讀。晚上，我們搭帳篷，爸爸烤他抓到的魚，連同他採摘的蘑菇，告訴我哪些可以吃，哪些不安全。然後，我們圍著火堆，唱起滾石樂團的歌曲。我對父親最鮮明的回憶，大概是他滿嘴嚼著牛肉乾，模仿主唱米克唱著《遠離塵囂》。

我對那次野營之旅充滿懷舊之情。我們三人很少像一家人那樣共處，因為我們太忙於維持生計。我對我的母親幾乎沒什麼印象；她在我三歲時死於白血病。是的，我知道這只會讓妳對我如何對待妳更感到恐懼。我父親常常因為開卡車而連續幾星期在路上，而我哥十六歲就開始工作，我也不得不自謀生路。我七歲的時候，一個人騎自行車上學。我十歲時，家裡做飯的差事大多由我負責。

那時候是一九六九年。世上的其他地方變得瘋狂，但在黑狼郡，生活還在照舊，沒有什麼大動盪。幾個當地男孩被送去越南打仗而陣亡，我們悼念了他們，然後繼續工作。我們別無選擇。時至今日，黑狼郡依然流傳著這麼一則笑話：我們叫它黑狼郡，是因為狼離我們的家門向來不遠。這裡的工作機會總是少之又少。我們地處偏遠，到處都是泥土路和密林，最近的鄰居都在好幾哩外。在當時，除了幾個湖畔度假村，遊客還沒真正發現我們這個地方，所以我們的生活和工作都圍繞著當地的酒館、高中和教堂。

還有銅礦。

我們的生活隨著銅礦的興衰而起起落落。

我們沒有太多資源，唯一不缺的就是土地。土地便宜又廣闊。對參加那趟野營之旅的十歲孩子來說，整片森林感覺就像屬於我們三個人。我不記得我們在野營的時候有見過別人。當然，這並不意味著我們是那裡唯一能找到的生物。荒野裡到處都是浣熊、鹿、狼、熊、駝鹿和美洲獅。我們去哪都會發現牠們的蹤跡和糞便，即使我們沒看到牠們，也知道牠們在某處看著我們。

而這就是為什麼，我在半夜離開我們的帳篷時，為了防身而帶著父親的槍。我有多年的射擊經驗。住在這裡的人一定要懂得用槍，這方面別無選擇。

我們的帳篷搭在一面大湖的岸邊，湖的形狀像向日葵，中心處的幾個水灣像發芽的花瓣。我在水邊站了一會兒，抓了抓四肢上的蚊蟲叮咬處。圓月飽滿，夜色明亮。我能非常清楚地看到平靜的黑水，以及擠在湖邊的冷杉樹的輪廓。在靠近我的某處，一隻貓頭鷹發出啼叫。我掃視夜空，想找到牠，但牠躲在樹上。我向來覺得我和貓頭鷹之間有著特殊的聯繫。事後回想起來，我懷疑那隻貓頭鷹是不是在警告我樹林裡有什麼在等著我。但我充耳不聞。我直接走進森林，以便在遠離營地的地方解手。

我一手拿著手電筒，另一手拿著裝有子彈的柯爾特左輪手槍。這把有著加長型槍管的槍，幾乎跟我的前臂一樣長。我穿著我哥比我小很多的時候所穿的短褲，破舊的白色背心在我瘦削的身軀上甩來甩去。我當時還沒開始發育。我後來也沒發育多少。我的黑髮又長又亂，就像暴風雨中的女巫。我就算踮腳也不到五呎高，不過這樣更方便走路，因為我比大多數的懸垂樹枝都矮。

我在前方發現一小塊空地。閃電劈倒了一棵老橡樹，把樹皮燒成了木炭，它倒下時順便壓垮了幾棵年輕的樺樹。地面柔軟，布滿樹葉。我找到一塊凹陷的空地，能讓我蹲在那裡做我需要做的事。我不得不把手電筒和槍放在腳邊，以便把雙手撐在細瘦的膝上，保持平衡。厚實的樹冠彷彿在我和月光天空之間蓋上一條毯子，所以我關掉手電筒時，真的就像被矇上頭套一樣什麼也看不見。

我處於這種尷尬姿勢時，聽到一個聲響。

首先是一種呼吸般的悶哼聲，像是喘氣呼哧聲。這個聲音很響亮，而且很近。緊接著是樹枝斷裂聲和沙沙聲，我前方樹林裡的灌木叢被壓碎的聲音。然後，最糟的是，這個聲響停止了。這意味著，在這裡的某種生物能聽到我，嗅到我，而且停下來調查。

最危險的動物是不喜歡被聽見動靜的隱身獵手，所以我的第一個想法是：熊。這其實並沒有讓我感到擔憂。黑熊在這附近很常見，而且這時候不是母熊保護小熊的幼崽季節。我猜牠聞聞我的氣味後就會離開。儘管如此，我還是盡快完成了我在做的事，然後在地上摸了摸，取回手電筒和手槍。我沒聽到任何聲響指出這頭動物正在離開，這意味著牠還在我附近。

我打開手電筒。我慢慢照亮樹林，先把光芒對準某個方向，然後另一個方向。我低聲唱著滾石的《跳躍的閃光》，一方面給自己壯膽，另一方面讓這頭害羞的熊有理由跑去森林的其他地方。

為了安全起見，我還用雙手的拇指把左輪手槍的擊錘往後扳。

呼哧。又一陣急促、響亮又憤怒的喘息聲。

大地在沉重的腳爪重壓下劈啪作響。

我把手電筒對準聲響的方向。在光束的盡頭，我瞥見某個東西在樹間移動，大概二十或三十呎遠。那頭野獸原本在那裡，眨眼間就消失了。我只看到牠一秒鐘，但我以前從沒見過類似的生物。牠絕對不是熊。牠像人一樣用兩條腿走路，身高超過七呎，身上披著黯淡蓬亂的橙棕色厚皮毛。牠看到光芒時就直視我，我看到牠反光的眼睛，就像兩顆血紅的太陽。

我這下害怕了。

我一個人站在空地，徹底僵住，動彈不得。我希望能聽到那些雷鳴般的腳步聲遠離我，但那頭野獸再次停下。又一聲響亮的低吼聲從黑暗中傳來，這次帶有惡意，彷彿表達威脅。

我試著決定該怎麼做的時候，聽到不遠處傳來熟悉的呼喊聲。是我父親。

「蕾貝卡?」

謝天謝地，他在找我。他會救我。我低下頭，衝回林子裡，盡可能發出聲音，我的手電筒光束在我奔跑時瘋狂彈跳。

我衝過荊棘時，荊棘抓住我糾結的黑髮，用木質的手指刮過我裸露的四肢。

我希望這些聲響能嚇跑野獸，但事與願違。

牠在這裡。牠巨大的影子聳立在我面前，擋住我的去路。我不敢舉起手電筒看清楚。我只能辨認出牠的形狀，牠駝背，體型龐大，比我大一倍。我跟牠離得很近，我能聞到牠散發的惡臭，感覺到牠灼熱的鼻息。牠只要爪子一揮，就能撕爛我的臉。我試圖尖叫，但喉嚨發不出聲音。我整個人都在顫抖。

我舉起左輪手槍，拚命試著穩住。我顫抖的手指滑過扳機。我把手電筒丟在地上，用另一隻手平衡持槍的手腕。在這種近距離，就連一個害怕的小女孩也不可能打不中目標。

但我下不了手。我就是做不到。

我沒辦法殺了牠，因為牠根本沒對我怎樣。也不知道為什麼，我覺得牠似乎感覺到了，彷彿我們之間約好休戰。牠不會傷害我，我也不會傷害牠。

「蕾貝卡！」

我父親再次呼喊，這次更近。

聽到他的聲音，怪物從我身旁跺腳離去。牠經過我的時候，一隻手上的利爪刮到我的胳臂，傷口見血。我屏住呼吸，懷疑牠是不是會帶我扛起來帶走——但牠沒這麼做。野獸消失在樹林裡，留下我一人。我看到手電筒的光束時，叫了一聲，我父親在幾秒後出現在樹林裡。他看到我的時候，表情如釋重負。

「蕾貝卡！妳在外面做什麼？」

我聳個肩，表現得沒什麼大不了。「我得小便。」

「唉，妳把我嚇得半死。回營地去吧。」

「嗯，好。」

「妳受傷了？妳在流血。」

「我只是不小心刮傷了自己。」

我跟著他回到了我們的帳篷，他幫我包紮了胳臂上的傷口。之後，我假裝睡覺，但眼睛其實一直睜得大大的，直到早上。之後那個夜晚，剩下的旅程，什麼事也沒發生。我沒再遇到怪事。

在晚上，我會豎起耳朵，尋找牠那獨特的呼哧聲，但只聽到樹上某處的貓頭鷹啼鳴。

我不禁想知道那頭野獸在哪裡，牠到底是什麼，牠為什麼沒殺了我。

出於某種原因，我就是知道——我從小就知道——我跟牠會再次相見。

我從沒讓我父親知道我看到什麼。我沒跟他說，沒跟我哥說，沒跟任何人說。林中那一刻向來是我的祕密。妳是我告知的第一個人，甜心，但妳必須知道真相。

其實，當我告訴妳剩餘的故事時，妳必須記住的是……

厄蘇利納真實存在。

第一部　妳的父親

第一章

如果妳是這個縣唯一的女性副警長，而且今晚是聖誕夜，猜猜哪個幸運兒要值大夜班？沒錯，就是我。

天空下著鵝絨大雪，意味著這個棕色十二月末會迎來一個白色聖誕節。那個星期一的晚上十點左右，我一個人坐在我的警車裡，行駛於黑狼郡的小路，跟著我父親從懷俄明州某處的卡車休息站寄給我的米切・米勒頌歌錄音帶一起唱歌。我哥當時在德州的油田。我很孤獨，正在對抗一場感冒，並試著忘記我的人生正在分崩離析。

當時是一九八四年。妳應該算得出來。妳離出生還有將近一年的時間。

妳可能以為我的巡邏之夜會因為聖誕假期而平靜無事，但妳錯了。聖誕節會對人們產生奇怪的影響。我收到的第一個通報，是去處理達瑞斯・史特曼，他正在「一二六酒館」的停車場跟著手提音響上的麥可・傑克森一起月球漫步。史特曼先生戴著聖誕帽，全身上下只有這塊布。室外的氣溫是攝氏零下十四度，人的身體部位在這種天氣下很快就會結冰。所以我打開警笛，朝著一二六酒館呼嘯而去，以確保史特曼先生身上的各種肢體不會開始斷裂。

他並不是鎮上的酒鬼之一。我們這個鎮上多得是酒鬼。不，他四十三歲，是個良好公民，也是我以前的高中科學老師。我喜歡他。然而，他的妻子在那年夏天死於心臟疾病，而聖誕節就是有辦法讓人想起往事，尤其在喝了酒之後。我來到一二六酒館時，一群酒客正在歡呼，因為史特曼先生正隨著《比莉・珍》跳舞。跟我結婚四年的瑞奇也在其中，但我們像陌生人一樣彼此忽視。我解散了這場派對，用毯子把史特曼先生先生裹起來，然後把他帶回他家，讓他解凍、清醒。接下來的半小時裡，他一邊喝咖啡，一邊對我哭訴他妻子的事。

這讓我心想，深深地愛一個人是多麼美好，愛到因為失去對方而如此痛苦。我從沒經歷過這種情緒，直到隔年。

直到妳的出現，甜心。

史特曼先生終於在沙發上睡著後，我離開了。我在回警局的路上一定會經過一二六酒館，所以我決定停下來跟瑞奇談談。我相當確定他還在這裡。他總是在這裡，拿我的薪水喝酒，跟那些十八歲的女侍調情。一二六酒館是我們當地的廉價酒吧。它之所以叫做一二六酒館，是因為它在一二六號公路邊，離「蘭頓」這個縣城大約十哩。在夏天，這裡會舉行脫衣之夜和濕T恤比賽。飛鏢遊戲演變成刀械格鬥。人們在廁所裡吸食古柯鹼。然而，幾乎全縣的每個人，從父母到傳教士，每週都會來一二六酒館幾次，享用披薩和飲料，因為沒有其他地方可去。

星期天通常是酒館的電影之夜，總是會吸引很多人。昨天，這裡播放了電影《你整我，我整你》，瑞奇不想錯過，因為片中的潔美・李・寇蒂斯和她那雙巨乳。我拿感冒當藉口拒絕參加，但在他去看電影之前，我跟他又大吵了一架。我失去了冷靜，說了一些我不想大聲說出來的話。

例如我第一次說出「離婚」這個字。

瑞奇因毆打主管而被礦業公司解僱以來，已經快兩年了。他拿不到失業救濟金，所以我們日子過得很辛苦，靠著我爸給的兩百美元才勉強繳了十二月份的房貸。一月即將來臨，繳房貸的那一天又要到來，但瑞奇還是沒找到工作。然而，這場爭吵主要不是因為他，也不是因為錢，而是因為我。我在一些大問題上苦苦掙扎。我是誰。我犯的錯。我需要做些什麼才能重新掌控我的人生。我越來越常想著沒有瑞奇的未來，但這種事不適合在我們喝醉、生氣而且吵架的時候提出。所以在那個星期一晚上，畢竟正值聖誕夜，所以我決定在酒館稍作停留，看看能不能跟他和平相處，至少在聖誕期間。

然而，我雖然用意良好，但沒機會見到他。我還來不及回到一二六酒館，就收到另一個通報，所以我不得不改變計畫。這一次，通報來自珊卓・梭羅。

我通常每個月都會收到珊卓的報案，說她家遭到破壞。她是針對「蘭福德銅礦」提起性騷擾訴訟的二十幾名女性當中的主要原告，而鑑於該礦是本縣最大的雇主，所以珊卓並不是很受歡迎。這裡的男人們也確保她知道這一點。她的房子被多次畫上淫穢塗鴉，次數多得她甚至懶得清洗。事實上，她還親手畫上一些笨拙礦工，把他們畫得比例正確，並附上他們的名字。她的座右銘就是「以眼還眼」。

我來到她家時，發現珊卓坐在她的皮卡車敞開的後擋板上。她穿著藍色睡衣，外面套著一件磨破的長版羊毛大衣，嘴裡叼著一支菸，手裡拿著一罐「老風格」牌的啤酒。她吐氣時，蒸汽和煙霧在冰冷空氣中混合。她的油膩棕髮上戴著耳罩，腳上穿著鹿皮鞋。在她身後，我看到她的卡車的前後車窗碎裂，可能是被霰彈槍打碎。碎玻璃散落在新雪上，反映著裝飾她家的閃爍聖誕燈而閃閃發光。

「聖誕快樂，蕾貝卡。」珊卓對我打招呼。她像馬路上的貓眼裝置一樣，用手彈掉後擋板上的一塊碎玻璃，然後模仿聖誕老人的笑聲：「鵪鵪鵪。」

「看來聖誕小精靈們很忙啊，」我說：「妳有看到是誰幹的嗎？」

「我能猜到是誰幹的，但我沒親眼看到。我那時候在睡覺，聽見槍聲。我出來的時候，他們已經跑了。我能聽到輪胎聲沿公路離去。」

「亨利還好嗎？」

「嗯，他沒被吵醒。就算颳起龍捲風，那孩子還是能睡得很香。」

亨利是珊卓八歲大的兒子。沒錯，他就叫亨利・梭羅，跟那個大作家同名同姓。我相當確定珊卓從沒讀過亨利・梭羅寫的《瓦爾登湖》；她之所以選「亨利」這個名字，是因為在電視劇《歡樂時光》裡飾演「方茲」的演員亨利・溫克勒。但我還是覺得這種巧合很好笑。

珊卓是單親媽媽，深愛那孩子。這裡沒人知道亨利的生父是誰，而且說真的，我覺得珊卓自己可能也不知道。她跟黑狼郡大多數的男人都睡過，無論他們結婚與否，所以嫌疑人多得是。但獨自撫養孩子可不輕鬆，這就是為什麼珊卓七年前在礦場找了一份工作。這份工作報酬不錯，她也需要這筆錢。她開了這個先例後，其他女人也紛紛效法。不幸的是，在周圍很多人的眼中，女人在礦場工作，等於搶走了男人急需的工作。

妳大概也猜到了，他們對擔任副警長的女性也是同樣的感受。也因此，雖然珊卓不是天使，但我們倆有些共同點。我跟她雖然很不一樣，但她是我最喜歡的人之一。在礦場裡堅持下去需要勇氣，抱怨男人如何對待她更需要勇氣。在那個年代，性騷擾並不是女人會告上法庭的事情。下流的笑話、每日的口頭騷擾、關於性生活和經期的影射、睥睨的眼神、色狼口哨、小小的觸摸和按摩、關於女人的腿、胸部和屁股的評論——這都只是女人為了工作而付出的普通代價。

「妳最近有沒有受到任何威脅？」我問她。

珊卓聳肩。「哪天沒有？」

我繞著她的卡車走了一圈，但找不到有用的證據指出是誰幹的。我站在珊卓的簡樸平房旁邊，雙手扠腰，打量長長的車道和樹木之間的公路。雪已經開始把松樹改造成白色士兵。

有一條輪胎印顯示有輛車曾停在皮卡車後面，但不夠清晰，對我沒什麼幫助。和珊卓一樣，我大概能說出這附近二十個可能做出這件事的男人的名字，但我永遠無法證明。

「如果妳沒看到任何人，我就真的無能為力，只能做個紀錄。」我坦承。

「我知道。我原本其實不想打給妳，只是諾姆說我應該通報每件事。他想為開庭留下紀錄。」

「嗯，了解。」

諾姆・佛茲是本地一名律師，為珊卓和其他在礦場工作的女性處理訴訟。她們試圖將騷擾申訴轉變為集體訴訟，儘管礦場三年多來一直試著否決這個案子，但諾姆最終擊敗了懷疑論調，讓案子成立。當時大家都在賭，礦業公司是否會和解，還是冒險上法庭。我猜他們會上法庭。礦業老闆痛恨這些女人，尤其痛恨珊卓，而且他們一心想贏。

我聽見我的車裡傳來無線電雜訊，看來鎮上某處還有更多聖誕佳音在等著我。「我會寫份報告，寄副本給妳，妳再交給諾姆。」

「謝了。」珊卓又點燃一支菸，顯然有說話的興致。「我聽說妳跟瑞奇又吵架了。因為金錢問題？」

「好消息總是傳遍千里。」

「這個嘛，大夥昨晚看電影的時候都在討論這件事。」

「我不在乎八卦。」我答覆。

「嗯，妳雖然現在這麼說，但我知道成為八卦對象是什麼感受。相信我，親愛的，這種遊戲有時候真的很傷人。」

「我知道。」

我走向我的車，但被珊卓喊住。「嘿，蕾貝卡？妳不打算問我我原本在哪？」

「什麼意思？」

「我聽說有人用《魔女嘉莉》裡的手段惡整了戈登・布林克那個小小金髮冰雪女王，拿一加侖的豬血往她身上潑。我猜我會被當成頭號嫌犯，畢竟布林克是礦場代表人。可是妳一直沒來找我。」

「是妳下的手嗎？」

「不是。我那天一整天都在礦場裡。」

「嗯，我有確認這點，」我告訴她。「所以我沒去找妳。我猜妳應該不知道真凶是誰吧？」

「毫無頭緒，」珊卓抽著菸暗笑。「但我對這種事真的感到厭煩。」

「我能理解。」

我再次走向我的警車，我的靴子壓過雪地，但珊卓還沒說完。

「蕾貝卡？」她的語調聽來尖銳。「不要為布林克、他老婆或任何一個混蛋感到難過。他們殺了我的狗。我沒報案，但他們有做這種事。」

「妳確定？」

「兩星期前的某一天，我在下班回家後放波哥出門，結果牠再也沒回來。我們再也沒見到牠。妳該試試跟一個哭不停的八歲男孩解釋這件事。礦業公司那些人，還有他們的律師，全是王八蛋。我希望他們每個人都在地獄裡腐爛。」

珊卓擦掉臉上的淚珠。她喜歡故作堅強，因為礦場那些男人一聞到軟弱的味道就會撲上來。但我知道她的堅強其實大多出自演技。我之所以知道，是因為我在警局裡也常常必須這樣自我偽裝。

「我為波哥的事感到遺憾。」我溫柔地對她說：「可是妳也知道，這裡常常有動物失蹤，畢竟這是荒郊野外。這不一定表示跟戈登・布林克或礦場那些人有關。」

「我隔天上班的時候，在我的置物櫃裡發現一包狗零食。」珊卓接著道。

我閉上嘴。

她是對的。她當然是對的。這種遊戲真的很險惡。

「聽著，蕾貝卡，這些人真的很壞。他們在乎錢，在乎贏，其他什麼都不在乎。我不在乎他們發生什麼事，我真的不在乎。他們有什麼下場都是活該。」

※ ※ ※

聖誕夜繼續沿著奇怪的路線發展。

接下來的幾個小時裡，我一直忙著處理鎮上其他的節慶問題。艾蜜莉和凱文・派普維爾驚慌失措地報案，說他們的雙胞胎女兒失蹤了。我趕到現場時，發現兩個女孩在煙囪旁的屋頂上吃著全麥餅乾，等聖誕老公公到來。我們把她們帶回屋裡，哄上床。

四歲的丹尼・巴布里茲打來，因為他的爸媽在睡覺。他把他的金魚沖進馬桶裡，就為了看看會發生什麼事，但在牠消失後，他希望我幫忙找牠。我告訴他，寵物店的詹金斯先生負責拯救被沖進馬桶的魚，而且他爸媽可以在過了聖誕節後從詹金斯先生那裡取回他的金魚。

八十一歲的露易莎・謝菲德仍然靈活得能用斧頭砍柴火，她打電話告訴我，她烤了聖誕小餅乾，問我想不想來一些。是的，我想要。

最後，艾爾・波普拉打來，說他有槍，打算自殺。自感恩節以來，他已經打了六次同樣的電話，而我每次趕到現場，都發現槍裡沒子彈。午夜剛過後，我再次來到他家，花了將近一小時說服他擺脫節慶憂鬱症，他才終於將那把史密斯威森手槍遞給我。

這一次，我發現他的槍上了膛，而且裝了子彈。

這讓我想到我的搭檔戴瑞，他總是說警察工作中最重要的一課就是「別認定任何事」。

到了凌晨兩點，黑狼郡大多數的居民終於進入夢鄉，我才開始享有一夜平靜。我開車回到蘭頓，把車停在空曠無人的路邊。所有的聖誕燈飾都亮著，讓這座小鎮看起來就像一九三〇年代的好萊塢電影場景。在構成鎮中心的兩排舊磚房之外，國家森林在郊區隱約可見，暗得就像聖經裡的約拿在鯨魚體內看到的景色。我下了車，走過主街，新鮮雪地上只有我的足跡。

蘭頓。這是我的家鄉。我這輩子都住在這兒。

妳是不是也很好奇，這裡為什麼叫做「蘭頓」?很多人都跟妳一樣。我猜他們以為，這裡一定有個叫傑迪戴亞・蘭頓的人，是他在這裡蓋了第一間教堂。又或許，是哪個印地安語、法文、德文或瑞典文的單詞被混進「蘭頓」這個字裡。真正的答案是，我們不知道。沒人能解釋我們為什麼在這裡、為什麼被給予這個名字。歷史學家說，「蘭頓」這個名稱在兩百多年前就出現在地圖上，但他們不知道最早是誰在這裡定居。這裡沒有河流，也沒有拓荒者的十字路口來解釋我們為何在這裡存在。雖然是銅礦讓這座小鎮繼續運轉，但蘭頓早在銅礦開挖之前就已經存在。

我自己則認為，「蘭頓」這個字本身就說明了一切。蘭頓，意思是「偶然」。我確信的是，在我們試圖解開這個謎團時，有個具有幽默感的定居者還在嘲笑我們。他知道人生只是出於偶然。人在哪出生，是出於偶然。一路上遇到誰，是出於偶然。

走在林子裡遇到什麼，是出於偶然。

我走進警長辦公室，這裡跟市政廳和郡法院相結合，位於一棟嚴肅的老建築裡，有鐘樓、圓頂和巨大的正義女神大理石雕像。我其實很享受在聖誕節值班，因為整棟大樓只有我一個人。我們的小辦公室聞起來像香菸，還有我們的部門祕書曼海姆太太抹在膝蓋上的薄荷膏。我打開辦公室的燈，燈管在沾滿水漬的天花板上閃爍綻放，我穿過其他副警長的辦公桌之間。

我的桌子最小，而且就在男廁旁邊，每次廁所門打開，便池就一覽無遺。警長把我放在這裡，不是出於偶然。他想給我傳達一個訊息：有沒有看到我們有而妳沒有的東西？妳缺乏在這兒工作的一件重要裝備，而它不是妳的槍。

我從辦公桌最下面的抽屜裡挖出我藏匿的軟糖，這是我的弱點。巧克力，有核桃和櫻桃乾的那種。我把「警察樂團」的《同步化》專輯錄音帶塞進錄音機裡，聽著史汀唱起《妳的一顰一笑》。我點燃一支萬寶路香菸，全身放鬆，靠在椅背上，考慮要不要打電話給父親，但我根本不知道他今晚住哪。說來愚蠢，但我很想聽他朗誦他當初為了安撫我的喪母之痛而為我寫的詩。我到現在還是能一字不漏地記住整首詩。

就算經過了許多年，這種事還是會牢牢記住。好事和壞事——我知道，甜心。因為爸爸不在，所以我自言自語地背誦了這首詩的開頭：

蕾貝卡・科爾德，蕾貝卡・科爾德

她比以前堅強一點

她比以前大膽一點

蕾貝卡・科爾德，蕾貝卡・科爾德
這個世界無法阻止她
這個世界無法壓制她

當然，我已經不再是蕾貝卡・科爾德。我是蕾貝卡・托德，嫁給了瑞奇・托德。這首詩的韻腳並不適合婚後的我。儘管如此，我還是在安靜的辦公室裡又背誦了幾遍，而且一直想著我變成什麼樣的女人。

我抽完第三根菸的時候，電話響起。只要電話在半夜響起，就一定不是好事。

「托德副警長。」我接聽。

「副警長，我是艾芮卡・布林克。」

我分了神，一開始沒吭聲。事實上，我因為沉默太久，所以她又說了一遍。

「副警長？妳在嗎？我是艾芮卡・布林克。」

「我能如何幫妳，布林克太太？」我終於回話。

「我剛回到家。我之前一直不在家，自從……自從豬血事件。我去探望我爸媽。」

「了解。」

「問題是，我找不到戈登，」她說下去：「昨晚我在電話上聯繫不到他，他也不在家裡。他兒子傑伊也沒見到他。他的車在這兒，他所有東西都在這兒，但他不見蹤影。我擔心他出了事。」

第二章

艾芮卡・布林克在公路邊跟我會合，這裡有一條泥土路通往他們這四個月來租的房子。她用手裡的手電筒對我打信號，因為在下雪的漆黑夜色下很容易錯過樹叢中的空隙。我把車停在路肩，艾芮卡鑽進我旁邊的副駕駛座。

「謝謝妳這麼快就趕來。」她說。

「別客氣。」

我慢慢開向那棟房子。我和艾芮卡沒交談，但我能感覺她散發的緊繃感，雖然她從外表上看不出來。我掃視她一眼，看到她的麥色鬈髮看起來就像剛從髮廊出來一樣蓬鬆。她身上的皮毛大衣的價格大概是我一個月的薪水。我們倆都是二十六歲，但她讓我覺得我自己年輕多了，而且覺得她高不可攀。她的五官完全對稱，冷藍色的眸子毫不掩飾她看著我這種人時感受到的優越感。我是會去參加坦雅・塔克演唱會的那種女孩，艾芮卡則是只參加交響樂舞會。

但別以為她只是個會發出吱吱聲的金髮玩具。艾芮卡也很精明強悍，大概也只有這種女人才有辦法搶走一個結婚十五年的公司律師。當小三是一回事，這種差事很簡單。可是弄到婚戒？這需要令人不得不佩服的無情狡猾。

我在一星期前見過艾芮卡，她當時渾身滴著當地屠夫那裡被偷走的豬血。有人在她家的前門上裝了水桶和拉繩，然後在樹林裡等著把豬血淋在走出來的人身上。我覺得戈登才是預定的目標，但艾芮卡在錯誤的時間出現在錯誤的地方。她並沒有因此崩潰，而這讓我更瞭解她的個性。我訪談他們倆的時候，艾芮卡沒驚慌失措，也沒流下一滴眼淚。她坐在家門前的臺階上，披著滿身開始凝固的獸血，用一種冷酷又狂暴的平靜態度跟我說明來龍去脈。

我在進行訪談的時候，戈登似乎差點嘔吐。

「妳知不知道是誰襲擊了我？」艾芮卡問，彷彿已經猜到我正在想著上次見面的事。

「抱歉，不知道。」

她轉頭過來，藍色目光在昏暗的車內刺穿我。「妳是不知道還是不在乎？」

「我在乎，但問題是沒人願意吐露任何線索。」

「妳我都知道珊卓・梭羅是幕後主使。」艾芮卡說道。

「這個嘛，如果她是，我大概也沒辦法證明。很多人討厭這場官司，但珊卓也有支持她的人。就連那些想看到她輸掉官司的人，也不想看到礦業公司獲勝。」

艾芮卡微微一笑。「戈登也是這麼說。我被襲擊後，他不想報警。他說這只會讓珊卓那些人覺得贏得了某種勝利。其實，他們已經騷擾了我們好幾個月。我沒追究其他事情，但這次不行。所以我親自打給了警長。無意冒犯，但他派一個初級副手來處理案子的時候，我並不感到驚訝。而且他派來一個女人。相信我，我明白他這麼做是什麼意思：我該洗個澡，別說話。」

我很想說她誤會了，但警長那天派我去處理案子的時候，幾乎跟她說了一樣的話。

我們來到泥土路的盡頭，這裡的荒野被挖出一大片空地。戈登・布林克租的房子有四層樓高，由圓木和石板組成，看上去就像一座古老的國家公園度假酒店。這個房產有幾座附屬建築，包括穀倉、堆放農具機械的棚屋、用來清理槍支和懸掛動物屍體的狩獵小屋，還有一間比我自己的房子還大的客用小屋。這個物業是礦業公司的退休總裁的避暑別墅。他在佛羅里達州過冬時，戈登接管了這裡，為即將到來的出庭做準備。

我和艾芮卡下了車。附近車庫的門是開著的，我看到裡頭停著兩輛同款式的賓士轎車，分屬男主人和女主人。其中一輛乾乾淨淨，另一輛被雪和道路水漬覆蓋。

「那麼，告訴我發生了什麼事。」我說。

艾芮卡朝屬於她的那輛髒車點個頭。「就像我在電話上跟妳說的，我大約兩小時前回到這裡。我在明尼蘇達州跟爸媽待了幾天，然後開了一整天的車，回來跟戈登和傑伊一起過聖誕。可是戈登不在這裡。如妳所見，他的車還在車庫裡，但我搜遍了整間房子，就是找不到他。」

「現在驚慌失措還太早。」我告訴她。「也許他和其他律師一起過平安夜？」

「妳的意思是，他是不是因為我不在家就搞上了團隊裡別的女人？」她用冰冷的嗓音反問：「如果妳是這麼想，答案是『不』。法律團隊的其他成員大多都回家過聖誕節。我打給了還留在這裡的人，他沒跟他們在一起，而且他沒有當地人的朋友。此外，戈登知道我今晚會回來。他說他會熬夜工作，等我回家。」

「妳最後一次和他說話是什麼時候？」

「星期天下午。他完全沒打算在聖誕週末離開家門。昨晚我又試著打給他，但聯繫不到他。然後我在今早離開前又試了一次，還在路上停車打電話，就是沒人接聽。相信我，副警長，戈登不會做這種事。」

「妳有沒有跟他兒子談過？」我問。

「當然有。自從星期天吃早餐後，傑伊就再也沒見到戈登。」

「他有沒有說他父親是不是一直在家？」

「他就是這麼告訴我的。他從沒看到車子離開。」
「傑伊跟戈登一起在家裡待了兩天，卻沒看到他，也沒跟他說話？」
艾芮卡翻白眼。「他們倆的關係……很複雜。」
「妳有沒有搜遍整棟屋子？這裡很大。」
「有。我檢查了我們平時會待的每個地方。我也用每個房間都有連線的室內對講機呼叫他。沒聽到他答覆，我很擔心，所以我仔細檢查了每個房間。每個房間、衣櫃、浴室。他就是不在屋裡。」
如果艾芮卡・布林克說她仔細做了什麼事，我相信她真的有。
「最可能的解釋，依然是他跟鎮上的某人在一起，」我說：「妳如果到了早上還沒收到他的消息——」
她打斷我的話。「我很擔心，副警長。我不想等到早上。戈登沒跟任何人在一起。我在上星期成了羞辱性襲擊的目標，而現在我回到家，發現我丈夫失蹤了。他是一場訴訟中的首席辯護律師，而這場官司引發了無數個來自當地人的威脅。我現在就想找到他。」
我知道她不會讓我走。
我也知道，如果我要在聖誕節凌晨三點叫醒我的搭檔戴瑞，那我最好能拿出更多案情給他看，而不只是個發怒的戰利品妻子。
「妳回家後，有沒有發現家裡有什麼不對勁的地方？」我問：「任何入侵者或闖入的跡象？」
「沒有。」
「雪地上有沒有任何腳印？輪胎印？」

「沒有，只有我自己的。」

「妳有沒有檢查附屬建築？」

「有，我走遍了整片土地，走進了所有建築物，只有客用小屋例外。戈登把那裡當成辦公室。」

「妳為什麼沒檢查辦公室？我以為妳說他會工作到妳回來為止。」

「他把訴訟相關的機密法律文件都收在那裡。他不在那裡的時候，門總是鎖著的。其他人都進不去。我有去那裡查看，裡頭沒開燈。」

「話雖如此，既然那是妳唯一沒進去的地方，我想我們該去檢查一下吧？」

艾芮卡明顯不情願地皺起眉頭。「嗯，好吧。」

我們走過樹旁的雪地，依賴手電筒來指路。艾芮卡緊緊跟在我旁邊。我看得出來荒野讓她很緊張，但對我來說，黑暗中的聲響就像老朋友。當然，我做出我在樹林附近時一定會做的舉動：側耳尋找牠的動靜。多年來，我一直在黑狼郡的森林中搜尋，試著再次找到那頭野獸。我知道牠在某處，而我有一種奇怪的感覺，總覺得牠也在找我。

戈登用作辦公室的那棟單層A型框架小屋，位於一座矮丘的另一邊。在雪地裡，我能辨認出艾芮卡早先來這裡尋找丈夫所留下的腳印。正如艾芮卡所說，前門是鎖著的。我敲了門，但沒人回應。我繞著整間小屋走了一圈，窺視每一扇窗裡，但窗簾是拉著的，裡面也沒開燈。

「我覺得我們應該進去。」我說。

「我沒有鑰匙。」

「我可以打破窗戶，但我需要妳的許可才能這麼做。另一個選擇是，等到早上，看看戈登會不會回來。」

艾芮卡一臉遲疑。我看得出來，侵犯她丈夫私人工作空間的這種想法，讓她很不自在。這可能是他們婚姻的基本規則之一。

不管怎樣，她的擔憂還是獲勝。「嗯，好吧，動手。」

我叫她退後，然後我從腰間取下警棍，迅速一敲，打碎一扇前窗。我打掉殘餘的碎片，伸手進去，解開窗戶內側的鎖，把窗框往上推。然後我擠進窗框裡，進入小屋，裡頭很冷，散發著柴火的灰燼味。我的靴子在碎玻璃上嘎吱作響。屋裡沒有聲音，我用手電筒快速掃視時，也沒發現任何異狀。我解開前門的門鎖，然後打開頂燈。

艾芮卡進入屋裡時顯得緊張。「戈登？」她喊道：「你在嗎？」

她的丈夫沒做出答覆。

客廳裡擺滿深色皮革家具，一座巨大壁爐幾乎徹底占據了一堵牆。廚房很小，但我在流理臺上發現半壺冷咖啡。後牆有兩扇門，一扇關著，另一扇開著。我檢查了敞開的門，艾芮卡跟在後面，我進入一個寬敞的房間，這裡是戈登·布林克的主辦公室。諸多文件櫃在後牆排成一排，一長串望向森林的窗戶都被窗簾遮蔽。在胡桃木桌上，我發現菸灰缸裡壓著一支抽了一半的香菸，桌上還有一瓶打開的威士忌，旁邊放著一個空的酒杯。

地板鋪著厚厚的米色地毯。離辦公桌不遠的某處，我看到地毯的粗毛上有些紅褐色的水珠。我彎下腰，用指尖揉了揉其中一處汙漬，聞到一股銅臭味。我抬頭看著艾芮卡。

「我需要檢查臥室。」

她面無血色。「好。」

「也許妳該待在外面的房間。」

「不，我想跟妳一起進去。」

我們回到客廳，我走向通往主臥室的緊閉門扉。但我先敲了敲門，而不是直接打開。在隨之而來的寂靜中，我把門推開。雖然幾乎沒有任何光線從外面照進去，但飄盪於冷空氣的氣味已經說明了怎麼回事。

「艾芮卡，」我輕聲道，繃緊神經。「退後。別看。」

「不，把燈打開。」

我照做。

在我身旁，戈登・布林克的妻子發出尖叫。她盯著房間裡的屠宰場，然後捂著臉，擋住自己的視線。

我非看不可。我別無選擇。

鮮血飛濺在臥室裡的每一個表面上：地板、牆壁、家具、窗簾、天花板。戈登・布林克被綁在特大號的床鋪上，赤身裸體，早已斷氣，眼睛驚恐地睜著，嘴巴被堵住，以防他發出痛苦哀號。他從頭到腳就像掛滿絲帶，每一吋皮膚都布滿深深的傷口，就像深紅色的平行線。

就像被動物的爪子掃過。

床上方的蒼白牆壁上，用戈登的血潦草地寫下了一道訊息。

六個字。

我是厄蘇利納

第三章

「看來那頭野獸回來了。」亞傑克邊說邊在臥室裡研究著萬花筒般的血跡，以反常的欽佩口吻吹聲口哨。「這個現場可真血腥。老天，厄蘇利納真的惹不得。」

亞傑克是他的暱稱，他的全名是亞瑟・傑克森，跟我一樣是個副警長，但比我大四歲。他個子很高，長得非常帥，而且他總是第一個讓人知道他很帥。他一頭黑髮整齊地用定型噴霧固定，鼻子又長又尖，下巴稜角分明，淡棕色的眼睛彷彿能像X光般看到你沒穿衣服的模樣。他還擁有一個令人印象深刻的本領：能同時做兩件事。他在分析凶案現場的同時，還忙著摸我的屁股。我推開他的手時，他用力捏了我一邊屁股，我痛得差點叫出來。

「別再扯到厄蘇利納，」我的搭檔戴瑞在床邊厲聲道，打量著布林克的遺體。「我們不想又引來一大堆記者。上一次有幾百個怪物獵人來這裡的樹林搜查。我不想再經歷那種事。」

亞傑克來到戴瑞旁邊。我待在原地，在房間的另一側，雙臂緊緊地交叉在胸前。我覺得想吐，但不敢表現出來。戈登・布林克躺著的模樣，跟我和艾芮卡找到他時一模一樣。他的雙臂舉過頭頂，雙腕被繩子綁在一起。他的腳踝也是。他的紅髮呈地中海禿，肥胖的身材就像典型的那種富裕律師。他被剝光衣服殺害之前，是穿西裝打領帶。我們在床的另一邊發現一堆他的衣物。

「問題是……」亞傑克咯咯笑。「這些傷痕確實很像爪痕。」

房間裡有一具屍體的時候，戴瑞沒耐心聽笑話。「這不是動物幹的，而是人類下的手。把注意力集中在犯罪現場上。這不是用小刀劃出來的傷口。我們要找的，是一種能造成俐落、深刻而且均勻傷口的凶器。」

我清清喉嚨，開口道：「可能是刨肉器。」

「什麼？」

「刨肉器。能把豬肉割成一條一條的那種器具？我爸以前有一組。這種東西又長又鋒利，能嵌進肉裡，有六片平行的尖刀，跟死者的傷口吻合。傷口看起來，就像有人把刨肉器插進死者的皮肉裡，一遍又一遍做出撕裂的動作。」

亞傑克搖頭。「像感恩節火雞一樣被切開，這聽起來不像是一種有趣的死法。這一定是私人恩怨吧？一定有人對這傢伙恨之入骨，才會這樣對待他。」

「這麼做也可能為了誤導我們。」戴瑞回話。「無論是不是私人恩怨，這顯然是預謀處決。如果凶器是奇怪的東西，這表示凶手是有備而來。況且，這個現場非常凌亂。做了這件事的人肯定渾身是血，但除了蕾貝卡在辦公室發現的飛濺血跡之外，凶手並沒有在臥室外面留下任何痕跡。意思就是，凶手一定帶了一個袋子，帶走了原本穿著的衣服，可能也準備了換洗衣物。」

我很佩服戴瑞，他竟然這麼快就做出這些推理。不過話說回來，以一個小鎮警察來說，戴瑞辦案的速度絲毫不輸大城市的刑警。雖然我們在黑狼郡很少遇到謀殺案，但我已經跟妳說過戴瑞的哲學。

別認定任何事。

「等天亮後，我們會四處搜查，尋找凶器和凶手可能留下的任何東西，」戴瑞說下去，主要是在自言自語，彷彿在腦海裡建構購物清單。「積雪會造成阻礙。我也要幾個副警長搜查主街後面的大型垃圾箱。」

「為什麼？」我問。

「因為凶手有可能把沾血的衣物和凶器丟進垃圾箱裡，希望這樣就能被清理掉。現在土地是凍結狀態，所以凶手沒辦法挖洞埋藏。機率雖然不高，但值得一試。」

「嗯，了解。」

「接下來是死亡時間，」戴瑞說：「妳說布林克的太太最後一次跟他說話是什麼時候？」

「星期天下午。艾芮卡說，她那天晚上晚些時候試圖聯繫丈夫，但他沒接電話。星期一一大早，她在離開明尼蘇達前又打了一通電話，還是沒人接聽。」

「好吧，我們看看驗屍官怎麼說，但凶案可能是在週日晚上的某個時間點發生。」

「鎮上大半的居民那天晚上都在一二六酒館看《你整我，我整你》，」亞傑克指出。「這棟屋子離酒館只有十分鐘左右的路程。可能有人在不被發現的情況下偷溜出去，在電影結束前偷溜回去。」

「我們需要跟每一個有去看電影的人談談，」戴瑞說：「蕾貝卡，我也要妳取得艾芮卡・布林克在明尼蘇達的家人的聯繫方式，看看她是不是真的去過她說的地方，好嗎？我也要確保她其實沒更早回來。我們也看看她有沒有路上加油站的收據。」

「沒問題。」

「我們也需要跟那個兒子談談。傑伊。據布林克的妻子說，傑伊說自己一直在家？」

「她是這樣跟我說的。」

「好。蕾貝卡，妳跟我來，我們一起訪談這個男孩。亞傑克，你開始採集指紋。我想搜遍整間房子的指紋，但從臥室、辦公室和前門兩側的把手開始。」

我看著亞傑克因為被指派這項任務而一臉煩惱。他不習慣做苦差事。

「為什麼叫我採集指紋？」亞傑克抗議。「讓我跟你一起盤問那小子吧。」

戴瑞搖頭。「我見過你怎樣訪談證人。你把他們嚇得半死，結果他們再也不說話。蕾貝卡在這方面比較擅長。她知道怎樣讓人們開口。況且，也許做些真正的工作，就會讓你懂得別再摸她的屁股。明白了嗎？」

「明白了。」亞傑克冷冷答覆。

戴瑞走出臥室，留我和滿臉通紅的亞傑克獨處。

我剛剛說過，亞傑克是這個鎮上的帥哥。他的長相通常能讓他得到任何他想要的東西，包括女人。他娶了一個名叫露碧的漂亮紅髮女郎，但自從我加入警隊後，他就開始表現出對我的性趣，就算他跟我丈夫從小學就是朋友。我一直告訴瑞奇，我跟亞傑克之間清清白白，但每次談到亞傑克時，瑞奇總是會感到強烈自卑。

亞傑克比我見過的任何人都高，身高至少六呎六吋，肌肉發達又結實。他的手比我的整張臉還大，而且他喜歡吹噓他的各個部位都很大。清水樂團唱的那首《幸運兒》，簡直就像把亞傑克當成範本。他過著迷人的生活。徵兵令在他十八歲之前就結束了，所以他不必去越南。他在新的三級大學籃球比賽開辦時就讀了州立大學，因此成了籃球明星。他回到黑狼郡時，雖然經濟不景氣但還是有份工作等著他，因為他叔叔傑瑞是警長。每個人都以為，等傑瑞退休時，亞傑克會被選上、接替他的位置，而這可能也是事實。亞傑克雖然不是一流的警察，但就是有辦法在正確的時間出現在正確的地方，充分利用機會。

「讓妳的搭檔為妳而戰，妳一定很開心。」亞傑克酸溜溜地評論。

我沒上鉤，沒說話。我其實有點惱火，因為戴瑞竟然覺得有必要保護我。他每次試圖幫我對付其他副警長，只要他一轉身，我遭到的騷擾就會變得更嚴重。但是戴瑞・柯蒂斯有三個女兒，他把我當成他的第四個女兒。他覺得有必要保護我。

「戴瑞明年就要退休了，」亞傑克提醒我。「到時候妳跟我就會成為搭檔。我等不及了。」

我還是沒上鉤，沒做出任何反應，而且他說出口的也是我早就知道的事。戴瑞退休後，警長就會立刻把我和亞傑克配對。我不確定我到時候會怎麼做。和亞傑克一起被困在車裡一整天，這令我恐懼，我也知道讓他放過我的唯一辦法，就是順了他的意。但我不打算這麼做。

「我得走了。」我說。

「嗯。我會留在這兒，尋找爪印。」

「很好笑。」

「所以妳怎麼看？這真的是厄蘇利納幹的？」

我只能說出我知道是謊話的說詞。「厄蘇利納只是神話。」

「是嗎？這個嘛，根據這個神話，厄蘇利納是個男人，晚上會變成怪物。看到這個犯罪現場，很難讓人覺得這只是普通命案。還記得六年前嗎？奇普和瑞瑟？」

「我記得。」

「兩個男人被割得血肉模糊，牆上寫著同樣的訊息。我的意思是，這兩件案子之間一定有關聯吧？」

「這我們不得而知，起碼現在還不知道。」

亞傑克像揮動爪子一樣對我扭扭手指頭。「這個嘛，妳最好小心點，蕾貝卡。如果厄蘇利納真的回來了，沒人知道他是誰。而且天上掛著滿月。」

※ ※ ※

六年前。嗯，我還記得。

那年夏天改變了一切，甜心。在那之後，黑狼郡的一切都變得不一樣了。對我來說也是。

在那年七月之前，大多數人都以為厄蘇利納是我們在篝火旁輕聲訴說、嚇得孩子們尖叫的可怕故事之一。這個傳說講述，一個拓荒家庭邀請一名飢餓的毛皮商人進入自家的小屋，結果他們的仁慈換來了流血。那天夜裡，在月光下，毛皮商人變成一頭巨大的野獸，用爪子把全家人撕成碎片。從此，厄蘇利納的故事代代相傳。

我們究竟信不信這個故事？

這個嘛，我認為很多人想相信，但一直沒有證據能說服懷疑論者。我不禁好奇，是不是也有其他人跟我一樣知道真相，但我也有點希望只有我一個人知道真相。我是近距離看過牠的女孩，逃過怪物魔爪的女孩。我其實不想跟任何人分享厄蘇利納。

直到六年前的七月。

兩個本地男人，奇普‧威爾斯和瑞瑟‧莫里茲，霸住了蘭頓郡一小時車程外的一輛拖車。那個拖車歸我們當地的律師諾姆‧佛茲所有，他當時正在州另一端的斯坦頓郡出庭。奇普和瑞瑟大概知道他不在鎮上，所以敢擅自闖入。根據在拖車裡發現的證據，這兩個人在那幾天灌下一堆伏特加和威士忌，在火坑上烤兔肉，還偷獵瀕臨絕種的白頭鷹。

然後他們出了事。沒人確切知道究竟發生了什麼事。

諾姆回到蘭頓郡後，在他那輛拖車裡發現了奇普和瑞瑟的遺體。就跟戈登‧布林克一樣，這兩個人被血腥地砍死了，凶手還用他們的血在拖車的牆上留下一條訊息：

戴瑞負責調查這件案子。他告訴每個人，屍體上的傷口是用普通菜刀反覆刺傷造成的，跟什麼神祕野獸毫無關係，只是兩起特別駭人的凶殺案——但他說什麼都不重要，因為火勢已經點燃。鎮上每個人都想找到厄蘇利納。

這個故事也許原本只是個本地軼事，但一個出生在蘭頓郡的二流科幻片演員，班恩・馬洛伊，回到家鄉善加利用了這個案子。他把厄蘇利納凶案變成一個聳人聽聞的電視特別節目，而且數百名志願者在國家森林裡大規模搜索，尋找那頭野獸的任何跡象。我當時也和那些人一起去狩獵，雖然沒發現任何線索，但是班恩拿到了他想要的東西。超高的收視率。《時代雜誌》的報導。不久後，還有個關於神祕事件和神話的每週特別節目，叫做《班恩・馬洛伊尋奇》。

在那之後，我們這個地區被稱作厄蘇利納郡。人們從世界各地跑來，發起尋找怪物的任務。離這裡幾小時車程的米特爾郡，那裡的居民發起了一個名叫「厄蘇利納之日」的盛大活動來利用我們的知名度，就算凶案根本不是在那裡發生，但人們也不在乎。他們說厄蘇利納的故事屬於他們，因為引發這個傳說的那個拓荒家庭當年是住在米特爾郡。這當然是他們瞎掰的，但我們黑狼郡在這件事上也沒辦法拿他們怎樣。

至於奇普和瑞瑟，他們的命案成了懸案。戴瑞很難找到相關證據和證人，因為沒人真的希望凶手被抓到。如果發現真凶其實是人類，就會破壞這個神話，而當地商家都把厄蘇利納的故事當成搖錢樹。況且，沒人在乎奇普和瑞瑟。鎮上的共識是，怪物把他們倆從地球上抹去，其實是幫了我們一個忙。大概只有戴瑞想看到這件案子獲得解決。對他來說，這是原則問題。謀殺就是謀殺。

這就是厄蘇利納傳奇的起源。

這也是為什麼我成了警察。那年夏天，我獨自一人。我父親在路上開卡車，我哥在阿拉斯加州史華德市外海的一艘漁船上工作。我當時剛拿到副學士學位，但完全不知道我想做什麼。我那時候年輕又蠢蠢欲動。媒體為了厄蘇利納而拚命打電話給警局，戴瑞需要有人接聽電話，所以我自告奮勇。戴瑞是我的鄰居，意思就是我從小就認識他。

後來，我的兼職接電話工作變成了有薪工作，我成了警局的祕書。我原本大概會做這份工作做到退休，但瑞奇被礦業公司解僱的時候，戴瑞的搭檔划船溺斃。戴瑞知道我需要更多錢，還跟我說我具備成為一名優秀警察的素質。他還有一個在郡理事會工作的侄女，她一直催促他給警隊雇用女性。

所以我成了戴瑞的搭檔，一起工作了快兩年。

我在這份職位上的受歡迎度，大概就跟珊卓・梭羅在礦場差不多。其他副警長都確保讓我知道這點。他們拿色情雜誌和用過的保險套塞滿我的辦公桌抽屜。看我沒失去冷靜，他們改放死老鼠。

他們認定我遲早會辭職。

但我沒辭職。我哪裡也不去。我低頭承受，不發一語。在我內心深處，我還是蕾貝卡・科爾德。比以前堅強一點，比以前大膽一點。

第四章

我在戈登．布林克家外面追上戴瑞。

他彎著腰，雙手撐在大腿上。雖然在其他人身邊，他在面對鮮血時面無表情，但我很瞭解他。我們見過很多血淋淋的場面。我們一起目睹過礦場事故造成的斷肢、霰彈槍自殺，還有撞破汽車擋風玻璃而被撕碎的臉。那都比不上戴瑞以海軍陸戰隊的身分在韓國見過的場面。他在這些場面都保持嚴肅，但我知道他對它們的感受其實有多深，尤其是鮮血，似乎讓他想起了服役的日子。

考慮到我自己的父親經常遠行，我從小就幾乎把戴瑞當成第二個父親。他是我見過最沉著、最嚴肅的人。虔誠。忠實。謙虛。他跟我說過，人生是一場接力賽，你從父母手中接過接力棒，然後把它傳給你自己的孩子，而在這期間，你盡可能奮力又優雅地跑過賽道。我喜歡這種哲學。

他的外表不算令人印象深刻。他個子不高，也向來不是亞傑克那種俊男。即使在他六十多歲的時候，他的頭髮依然跟當兵的時候一樣短，而且烏黑，完全找不到一根白頭髮。他有著鷹勾鼻，平頭下的耳朵看起來又大又寬。他的臉頰上有一條長長的傷疤，是被一枚北韓子彈劃傷的。他當時如果如果再往左挪一吋，那顆子彈就會要他的命。出於這種好運，他謹慎對待在生活中做出的每個選擇，他也下定決心做出正確的選擇。

戴瑞的某種個性有時候令我無言，那就是他對世界的看法是非黑即白。事情要麼好，要麼壞。事情要麼是對的，要麼是錯的。他自己的道德指南針總是指向正北，所以他總是迅速對人們做出批判。即使在我這種年輕的年紀，我也已經發現世界遠比這種黑白思想複雜得多。
「抱歉，蕾貝卡。」我來到戴瑞身旁後，他對我說。他仍然彎著腰，用力呼吸。
「你道歉什麼？」
「因為我叫亞傑克別碰妳。我知道妳討厭我這麼做。」
「別在意。」我注意到他臉色蒼白。「你還好嗎？裡頭的場面真的很血腥。」
「我沒事。我見過更血腥的。」
我把雙手插進口袋裡，掃視白雪皚皚的原野。「我知道，但你在我面前不用硬撐。」
戴瑞站直身子，擦掉額頭上的少許汗珠，就算現在是寒冷的夜晚。「謝了。」
「所以你怎麼看？」我問，因為我很想知道戴瑞是不是已經有了某種結論。「這一定是模仿犯案吧？」
他再次擺出嚴肅的警察臉孔。「我不知道。也許吧。如果兇手是同一人，那他這六年去哪了？為什麼現在回來？我唯一知道的，是這些罪行都不是神獸所為。」
我是可以給他一個不同的看法，但我還是沒告訴他我在想什麼。
我們進入房子，在頂樓的一間臥室裡找到了戈登・布林克的兒子傑伊。這裡跟戈登和艾芮卡共用的主臥室隔了三層樓。這棟巨大的房子讓人感到莫名空曠又靜謐——這麼大的空間只住三個人——一個來自城裡的男孩被困在這個偏僻的地方，一定很覺得格格不入。他的臥室很大，但乾淨整潔，完全看不出來是十幾歲少年的房間。我猜傑伊遺傳了他父親有條不紊的法律腦袋。不過，圓木牆上的海報——每一幅都掛得整整齊齊，毫無歪斜——透露出一種叛逆的精神和書卷氣的智慧。我看到「食肉樂團」和「死者甘迺迪」之類的龐克樂團海報，也看到詩人奧斯卡・王爾德和大衛・赫伯特・勞倫斯的肖像。他有六個書架，堆滿了《白鯨記》

和《草葉集》之類的經典作品，這些書一定會讓其他十七歲的男孩想打瞌睡。

我們來到這裡時，傑伊躺在特大號的高級床墊上，雙手枕在腦後，盯著天花板，身穿法蘭絨襯衫和燈芯絨褲，光著腳。他沒跟我們打招呼，雖然他顯然知道我們是誰、為什麼在這裡。他是個英俊的孩子，濃密的紅棕色頭髮，突出的鼻子，剃得乾淨的臉，深邃的黑眼睛。他個子很高，但肌肉不是特別發達，身材也不像運動員。他剛失去父親，但我在他臉上看不出他有哭。

戴瑞走到臥室的大窗戶前，盯著外面一會兒，然後轉身面對戈登・布林克的兒子。「傑伊，我是戴瑞・柯蒂斯副警長。這位是蕾貝卡・托德副警長。我們為令尊的事深感遺憾。」

少年沒把目光從天花板上移開。「謝了。」

「你和我上星期見過面，」我提醒他。「我因為你繼母的血桶事件而來過。」

「嗯，我記得。」傑伊回話。「你們覺得是不是做那件事的人殺了戈登？」

「現在還言之過早。」

戴瑞還在窗邊，對我點個頭，要我繼續訪談。我拉張椅子在床邊坐下。「我知道這是艱難的時期，但你也許能幫我們弄清楚是誰對你父親做了這件事。」

傑伊臉上還是沒有任何反應，他的嗓音聽來平淡又麻木。「我毫無頭緒。」

「這個嘛，你可能曾經聽見或看到一些重要的事情。很多時候，人們知道的比自己以為的更多。」我從口袋裡拿出記事本和筆。「我想先跟你談談一點背景資料。好嗎？」

「行。」

「你的繼母艾芮卡，說她過去幾天都在明尼蘇達。是這樣嗎？」

「嗯。」

「她不在的時候，只有你和戈登留在這兒？」
「嗯。只有他和我。他那些同事和律師助理住在一家汽車旅館。戈登拿到大房子。這就是規矩。」
我第二次注意到傑伊叫父親「戈登」。我看向戴瑞，看得出來他也注意到了。
「你的母親住在哪裡？」我問。
「密爾瓦基。」
「你不跟她一起住？」
「我平時是跟她一起住，不過戈登在處理這個訴訟的時候決定帶著我。我沒得選。」少年翻白眼。「他說密爾瓦基的學校給我灌輸了一些很瘋狂的想法。」
「例如？」
「例如這個國家把錢看得比人更重要、律師在這方面更是惡名昭彰。」
「你是什麼時候來這裡的？」
「十月。」
「在學期中期進高中一定很難。我們這個地方有點愛搞小圈子。外人很難被接受。」
「是嗎？我沒注意到。」
我聽見濃濃的諷刺口吻。
「說說最近幾天的事吧，」我說：「你最後一次見到你父親是什麼時候？」
「星期天早上吃早餐。」
「你在那之後一直在家？」
「嗯。」

「但是你已經兩天沒有見到你父親了？」

傑伊聳肩。「戈登通常在他辦公室吃午餐。我不能進去，任何人都不能進去。星期天和星期一晚上，他都沒在家裡吃晚飯，所以我吃了冰箱裡的剩菜。」

「你不覺得他在晚飯時間沒出現很奇怪嗎？」

「不會。他有時候會熬夜工作，我以為他那時候也在工作。」

「就算在聖誕夜？」

「我們又沒在等聖誕老人。」傑伊回一聲。

「你在星期天或星期一有沒有聽到你父親在家裡？你知不知道他有沒有睡在他的臥室裡？」

「毫無頭緒。」

「這幾天有人來過家裡嗎？你有沒有見到任何人？」

「沒。」

「你確定？這件事很重要，傑伊。你這兩天沒看到或聽到任何人來過？」

「沒。」

「而這段時間，你一直都在家，在屋子裡？」

傑伊微微結巴。「我剛剛就是這麼說的。」

戴瑞注意到這名少年的遲疑。他從窗前開口：「你完全沒出門？」

「沒，我一直在這裡。」

「你星期天晚上有沒有查看外面？」

「我不記得。就算有，我也什麼都沒看見。」

「你臥室的窗戶能看到前院，」戴瑞指向外面的草地。「如果星期天有人開車來這裡，大燈的光芒應該會閃過。」

「我沒看到任何車燈，也沒聽到外面有任何人。」

「你整個晚上都在你的臥室裡？」

「不，不是整晚。我有看一會兒電視。起居室在房子的另一側。也許有人在我在起居室的時候經過。我不知道。」

「你在電視上看了什麼？」戴瑞問。

更多遲疑。「我不記得了。」

戴瑞皺眉。我知道他不相信傑伊的說詞。我俯身向前，輕輕把一手放在少年的手腕上。

「傑伊，你知不知道是誰殺了你父親？」

「不知道。」

「你知不知道為什麼有人要傷害他？」

「我猜是因為訴訟吧。」

「你為什麼這麼認為？」

「我們就是因為訴訟才會在這裡。不然還有什麼原因？」

「你父親有沒有提過受到什麼威脅？你在鎮上或學校裡有沒有聽過針對他的威脅？」

傑伊終於轉頭看著我。「我不記得哪天沒被威脅。沒人想看到我們在這裡，他們也表達得很清楚。我的置物櫃被人抹了糞便五、六次。有人打破我們的車窗，割破輪胎。妳也看到艾芮卡的遭遇。」

「你知不知道誰參與了那些事件？」

「不知道。」

「你父親有沒有擔心他們會怎樣？」

「他說這是伴隨大訴訟而來的常見騷擾。」

我觀察傑伊的眼睛，讓彼此間保持沉默。他是個聰明的孩子，但平靜之下有著驚濤駭浪。也許這只是常見的青少年焦慮，但我覺得還有更多的因素。

「艾芮卡說你跟你父親處不好。」我輕聲道。

「算吧。他不喜歡我。我不喜歡他。」

「為什麼？」

「主要的原因是，我認為他討厭我知道他究竟是什麼樣的人。」

「噢？」我問：「他是什麼樣的人？」

傑伊撇開臉，又盯著天花板。「妳遲早會知道。戈登是個怪物。」

※　※　※

和戴瑞回到屋外後，我點了一支菸。我不喜歡在他面前抽菸，因為他妻子正在承受肺癌之苦，而他將這個病歸咎於她一輩子的吸菸習慣。他自己在幾年前已經戒了菸。其他副警長大多都抽菸，戴瑞在我抽菸時從不批評什麼，但我還是會感到慚愧。儘管如此，我覺得筋疲力盡，神經崩潰。香菸能讓我放鬆。

「你對傑伊有什麼看法？」戴瑞問。

「我認為十幾歲的男孩很討厭自己長大後會像父親，但父親希望十幾歲的兒子長大後就跟父親一樣。」

戴瑞低聲輕笑。「的確。但話說回來，他罵戈登是怪物？考慮到寫在牆上的那個名字，這個用字還真有意思，簡直就像他親眼看過那個名字。」

我在冷空氣中發抖，拿菸的手指打顫。這個詞彙在我腦海中嗡嗡作響。怪物。

雪已停，但風隨之而來，將銀色雪霧拋在我們周圍。我們站在以環形生長於空地周圍的深色樹木附近。現在是冬季，而且天還沒亮。我做出我一直會做的舉動，我十歲起在樹林裡徒步旅行時做出的數百次舉動：尋找表示厄蘇利納就在附近的呼哧聲。

「你該不會覺得是傑伊殺了他吧？」我問。

戴瑞過了片刻才答覆。「不，我不這麼覺得。但話說回來，我的人生哲學是什麼？」

「別認定任何事。」

「沒錯。別認定任何事。這個孩子顯然跟父親的關係很糟。他一直在家裡，所以他有很多機會，而且他沒有不在場證明。」

「無論關係是不是很差，我很難想像孩子對父母做出這種事。」

戴瑞聳肩。「歷史上那個麗茲・波頓是用斧頭。」

「所以我們接下來要怎麼做？」

「跟珊卓・梭羅談談。布林克遭到殺害的最可能動機，應該還是那場官司。我們需要查明，她的團隊裡有沒有人說過想宰了他。之前的舉動都還只是惡作劇，但很快就可能失控。」

「好。」

我菸還沒抽完，但我還是把它丟在雪地上踩熄。我凝視著樹木，依然等著聽見樹枝的沙沙聲和沉重的呼吸聲。我的思緒紛亂。黑夜、失眠、寒冷、鮮血，這些都開始對我造成影響。戴瑞叫我的名字，但我分了神，沒反應。他伸手過來，捏捏我的肩膀。

「妳還好嗎？」

我擠出無力的笑容。「我只是累了，而且我感冒還沒好。我的腦子裡一團霧。」

他沉默片刻。「我聽說妳跟瑞奇吵架了。」

「金錢問題。我們會解決的。」

「就這樣？」

「就這樣。」

戴瑞沒追問，至少沒立刻追問。他研究了我臉上的表情，我覺得自己又像他的女兒一樣，在父親的嚴密關注下。我不喜歡對他撒謊，而且我很確定他已經聽過其他傳言。

「聽著，現在還早，」他告訴我。「我們不需要在破曉時分破壞珊卓的聖誕早晨。而且我也需要回辦公室一趟，調出奇普和瑞瑟的資料。妳何不回家睡幾個小時？我不需要妳跟我一起來。我們可以晚點再會合。」

換作平時，我會抗議他給我特殊待遇，但我現在很慶幸有機會放下工作，整理一下腦袋。「好，就這麼辦。我會洗個澡，然後回辦公室。我不會花很多時間。頂多一小時。」

「妳慢慢來。」

我對他微笑。有些時候，我覺得他是我在這裡唯一的救命繩索。「謝了。」

我踏過雪地，走向我的車，希望他會放下那個話題，但我知道他不會。他用溫柔的語調喊住我：「蕾貝卡？這是妳的私事，不是我的。妳如果不想告訴我，就不需要告訴我，但我非問不可。妳是不是在考慮離開瑞奇？」

我的嗓音跟他一樣輕。「我不知道。這是誠實的答案，戴瑞。我真的不知道。」

「嗯，如果妳選擇離開他，妳知道我會支持妳。」

「謝了。」我再次說道。

他沉默許久，但眼神似乎表示他還沒說完。「妳介不介意我給妳一個建議？」

「說吧。」

「我知道瑞奇是什麼樣的男人。我太熟悉那種男人。我在軍隊裡見過那種人，在這裡的每一天也會見到。他們是老虎。妳能從他們的眼睛裡看得出來。他們總是在等機會。」

「你在說什麼，戴瑞？」

「我認為妳知道我的意思，」他告訴我。「如果妳做出那個選擇，瑞奇不會逆來順受。妳必須非常小心，蕾貝卡。永遠不要背對一頭老虎。」

第五章

家裡沒電。發電機的燃料用完了，屋裡凍得跟冰箱一樣。我希望鍋爐裡還有足夠的熱水讓我洗澡。

我和瑞奇在當地人戲稱「蘭頓市中心」的區域有一棟兩層樓的小房子，這個區域是主街周圍的五、六個街區，有幾百人居住。我從前門用走的就能抵達警局。房子不大——樓上有兩間小臥室，樓下有廚房、客廳和飯廳，還有一個未裝潢的地下室，老鼠在這裡躲避寒冬。木壁板上的黃漆正在剝落，前廊需要修理，而且雨下得很大時屋頂會漏水，直接滴在我們的床上。儘管如此，這還是我們的房子，我不想失去它。

三年前，在我父親的幫助下，我們咬牙買下這棟房子。我當時不知道瑞奇會在一年後被解僱，我們的收入會減半。但我們是黑狼郡的一對年輕夫婦，買房就是我們該做的。這裡沒有公寓，所以你要麼跟爸媽住，要麼存夠錢能自己買房。再不然，就是離開這個地區，去城裡生活。我們結婚後，在我父親家裡住了兩年，而因為他很少在家裡，所以他讓我們住在那裡，想住多久就住多久。但在父親的房子裡，我還是個孩子，但我想當個真正的大人。人生就是應該這樣走。結婚，買房，生子。

這種童話般的生活，就是我最想要的。相信我這句話，甜心。但我得到的不是童話。

我回到家後，踢掉靴子，穿著外套坐在客廳沙發上。角落裡的聖誕樹是節慶的唯一象徵。這棵樹太高了，以至於頂部的樹枝在天花板上彎曲，但我們在感恩節過後就把它豎了起來，所以葉子已經變成棕色，而且不斷掉落。樹枝上的飾物都一樣，都是紅色和銀色的玻璃球，其中一顆掉在地上裂開。我們買不起禮物，但我爸爸和哥哥送來一些東西，我們放在樹下。在聖誕節前的幾天裡，我制定了烤馬鈴薯和餡餅的大計畫，所以要做的就是加熱所有食材，但這些計畫已經離我而去。

「妳這麼晚才回來。」

瑞奇從廚房走進客廳，啃著從冰箱裡拿出來的炸雞腿，坐在樹旁的扶手椅上。他穿著睡褲，上半身打赤膊。

「嗯。抱歉。」

「我原本以為我醒來時，妳會在床上。其實，我有點期望早上醒來的時候，我老婆會跟我在同一張床上。」

「這個嘛，我原本是這樣計畫。」

「發生了什麼事？」

「戈登・布林克被殺了。」

瑞奇挑起一眉。「不會吧？誰幹的？」

「我們還不知道。」

「殺了律師會得到獎品之類的嗎？」

「不好笑，瑞奇。」

他用胳臂擦掉嘴上的雞肉汁。「那妳今天會待在家裡嗎？」

「不，我得回去。」

「今天是聖誕節。」

「嗯，問題是發生了凶殺案。」

他從門牙裡發出輕微的嘶聲，嘆口氣。我認為最令我沮喪的，不是他酗酒，不是他浪費錢，不是他回家時身上飄出廉價香水味。最令我沮喪的，是他在不如意的時候把錯怪在我頭上。好像一切都是我的錯。好像我們倆漸行漸遠是因為我。我是那個去上班、上夜班、回家做飯和洗衣服的人。我覺得我的人生就像一個火柴屋，是只用一點點膠水勉強固定在一起。可是瑞奇怎樣都不滿意。

我是在六年前一場高中橄欖球賽上認識他，那是在我開始在警局工作後不久。中場休息時，我一個人坐在看臺上，一個蓄著小鬍子、帶著俗氣笑容的男子介紹自己是瑞奇・托德。他個子不高，但有著礦工般的強壯身體，一頭蓬亂的金髮，鬍鬚濃密得能拿來擦地板。很多男人會來跟我搭訕，所以這不算什麼新鮮事。我很漂亮，而且單身，這在這個鎮上是罕見的組合，但大家都知道我很常對男人打槍，就像開戰鬥機的史努比用機槍掃倒敵人。瑞奇沒知難而退，而是坐下來，開始跟我說話。

他有什麼特點？

我為什麼拒絕其他人卻同意和他一起出去？

原因當然不是他的長相。他在高中時很受歡迎，很帥氣，但在某年夏天，他和亞傑克一起去釣魚，亞傑克拿著卷線器胡鬧，結果鉤子鉤住瑞奇的臉，扯掉他的一大塊鼻子。外科醫生竭盡全力修復它，但它始終沒有完全痊癒。在那之後，女孩們對他失去了興趣，青少年就是這麼膚淺。瑞奇開玩笑說他對此並不在意，但他在內心深處痛苦得要命。

我不在乎他長什麼樣子。我之所以覺得他不一樣，是他似乎對我是誰感到著迷。他問了很多問題，關於我的童年，關於我獨立成長，關於我的母親。他覺得我的故事很有趣，這讓我受寵若驚。也許因為我太年輕，總之我當時不明白也沒意識到的是，男人就是這樣接近他們想擁有的東西。控制某人的一種方法，就是瞭解關於他們的一切，你就能在需要時拿出彈藥。

不久後，我嫁給了瑞奇。戴瑞、我父親還有我哥都說我太急躁了，但在我生命中的那個時刻，我急於讓自己覺得正常。我想做其他黑狼郡女孩做的事。我嫁給了一名礦工，我出去工作貼補家用，我去一二六酒館跟朋友喝酒談笑，我在週三晚上和週六早上做飯，打掃，跟丈夫發生性關係。周而復始。

我的人生就這樣過了三年。如果瑞奇沒因為聽到他的主管取笑他破損的鼻子而把那人從窗戶扔出去，也許我的餘生就會這樣下去。他因為這次襲擊而被解雇。在那之後，一切都變了；對我和他來說，一切都開始急轉直下。我開始看到我丈夫的另一面，彷彿我繞行於月亮的陰暗面。不知何故，他身為男人的諸多缺點，成了我身為妻子的無數缺點。

戴瑞說的沒錯，跟老虎一起生活真的很危險。相信我，作為一名警察，我知道黑狼郡有太多女性在家裡有什麼遭遇。瑞奇沒打我，目前還沒有。儘管如此，我還是開始擔心他可能會做出什麼舉動。我注意到他的暴躁脾氣，灼熱得就像開到最強的爐火。我們吵架時，我看到他握緊拳頭。他在床上的要求開始讓我感到不舒服。我覺得他在測試我的界限，在我反擊之前看看他能得寸進尺到什麼程度。他彷彿要我給他一個藉口對我動手。他一直帶有一種挑釁的眼神，彷彿在說：我看妳敢不敢。

「我要在水變冷之前洗個澡。」我從沙發上起身，脫下冬衣，但被瑞奇擋住去路。

「亞傑克也在場嗎？」

「什麼？」

「妳今早是不是跟他在一起？」瑞奇問。

「我沒跟他在一起。他是警察。他也在犯罪現場。」

「嗯。想也是。」

「有什麼問題？你究竟想說什麼？」

瑞奇的藍眼宛如冰川。「我知道妳在跟他上床。」

「不，你不知道，因為我沒跟他上床。」

「他說妳有。星期天看電影的時候，他對我說得很清楚。」

「這個嘛，亞傑克是騙子。他是故意刺激你，你也任憑他這麼做。」

「他對妳很有性趣，」瑞奇說：「我見過他表現出來。」

「沒錯，他對我和鎮上所有女人都有性趣，但我跟他之間什麼都沒發生。」

我受夠了吵這個話題。我們已經吵過不知道多少次。我受夠了為自己辯護，但我還是覺得有必要維持和平。在這一天，我真的很需要和平。

「聽著，我為星期天那次吵架感到抱歉，」我說下去。「我為錢的事感到緊張。我會跟我爸談談，他會幫我們。」

「沒工作並不是我的錯，貝卡。」

「我知道。我也知道你很討厭我聖誕節也得工作。我會補償你。但現在，我得洗個澡，回去工作。」

說完，我拖著疲憊的身子上樓。

我進入浴室裡，站在鏡子前脫掉衣服，窗外透進來一點晨光。我小心翼翼掛起我的制服，彷彿它是一種偽裝。我解下單薄的胸罩，脫下內褲，在昏暗光線下凝視自己的倒影。兩隻烏黑的眼睛盯著我，黑如煤炭，濃眉就像兩條黑色斜線。那雙眼睛底下是化妝品藏不住的眼袋。我這幾天睡不到幾分鐘。因為冰冷的氣溫，加上流鼻涕和打噴嚏，我的鼻子變成了馴鹿魯道夫那種紅色。我的臉頰通紅，腦袋昏沉。

我有一張V形臉和小嘴，但下唇凸起，會讓男人們以為我在對他們噘嘴，但我並沒有這麼做。我的黑髮披在肩上。頭髮很凌亂，無論我怎樣梳頭，總是有幾處分叉，還有幾縷七橫八豎的髮絲。我很瘦，向來如此。你能清楚看到我的肩骨、狹窄的臀部和細瘦的膝蓋。我的胳臂瘦削如柴，就像瑞奇剛剛在啃的雞腿。我的乳房就像低矮的金字塔，尖端是粉紅色的小點。我的膚色蒼白，整個身體白得就像陶瓷。不只是冬天而已，我就算在夏天也從不曬黑。

我可能在外表上看似脆弱，但這是一片生存不易的土地，一個人就算瘦小也得做必須做的事。我剷雪。我砍倒枯樹。我給體格比我大一倍的醉漢上手銬。

我就是這種人，甜心。這就是妳的媽媽。

我的意思是，我這時候還不是，但就快了。

我爬進浴缸，打開水龍頭。棕水已經不夠熱了。水從蓮蓬頭滴落下來，大多冰涼。我沒洗頭，因為我沒辦法在被斷電的情況下把頭髮吹乾，我也不能任憑頭髮濕淋淋。相反的，我盡可能把頭髮塞在塑膠浴帽底下。我迅速抹了肥皂，看著汙水流過排水口，然後我沖洗身子，冷得發抖。

我拉開浴簾時，不禁嚇得尖叫。

瑞奇就在我面前。他上下打量我，看著他妻子的赤裸身軀，我像濕透的貓一樣顫抖，戴著可笑的黃色波點浴帽。他依然打著赤膊，睡褲和內褲圈在腳踝上。他的腰部肚腩腫脹，但其他部位都是肌肉。他那根玩意兒搖晃著，已經開始變大。他用雙手抓住我的雙肩，用粗壯的手指捏住，雖然不足以傷害我，但絕對足以讓我想起他有多強壯。

我感覺他用雙臂的重量壓我跪下，清楚表達他想要什麼。

「瑞奇，現在不行，」我告訴他。「不要這樣。」

我屏住呼吸，不確定這幾個字是否足以阻止他。他等了很久很久才放手。然後他哈哈大笑，彷彿這只是遊戲，彷彿我們沒差點發生醜陋場面。他聳個肩，拉起睡褲，但看了我一眼，我從他的眼裡再次看到那個怪異的挑戰。

我看妳敢不敢。

第六章

「妳星期天晚上在哪？」那天早上晚些時候，我們拜訪珊卓・梭羅時，戴瑞問她。這是他提出的第一個問題。我們還沒讓她知道戈登・布林克的事，但我猜鎮上所有電話都在傳遞命案的新聞。看到我們到來，她並不顯得驚訝。

珊卓來回看著戴瑞和我。我們坐在她的小拖車的客廳裡。我在午夜後見到她時，她在抽菸、喝著一罐「老風格」牌啤酒，現在也一樣。但她在某個時間點綁起了頭髮，穿上了牛仔褲和一件寬鬆的灰色運動衫。我在聖誕樹旁看到一些玩具，應該是她兒子亨利打開的。亨利這時候在前院，正在堆雪人。我們來到這裡的時候，珊卓叫那孩子到外面去。

「這個嘛，我靠，戴瑞，」她對我們吐口煙。「也跟你說聲聖誕快樂。」

「相信我，珊卓，我現在寧可在家裡陪伴家人，並不想在這裡問妳問題。我們越早完成這項差事，就能越早離開這裡。現在，告訴我星期天晚上發生了什麼。」

她聳個肩。「也沒什麼好說的。我那時候跟其他人一樣，也在一二六酒館看電影。那裡大概有五十個人看到我。」

「電影播放的時候，妳有沒有離開酒館？」

「嗯，我有出去抽根菸，享受幾分鐘的寧靜。那部電影我以前看過了。我有沒有跳進我的車上，去把戈登・布林克切成碎片？不，我沒這麼做。我的意思是，這就是為什麼你們來問話吧？你們是想問這個？」

「妳幾點到家的？」戴瑞說下去，把注意力放在珊卓的不在場證明上。這一次由他負責問問題。我不禁懷疑，他是不是覺得我會對珊卓手下留情，就因為我跟她都是女人，做著應該是男人做的工作。

「我不記得了。一、兩點吧。我那時候已經挺醉了。」

「有沒有人看到妳離開？」

「瑞奇，」珊卓尖銳地看我一眼。「他那時候還在那裡。他總是在那裡。」

「妳那天有沒有幫亨利找保姆？」

「有。戴維斯家的那個可愛女孩。凱莉。我回到家的時候，她在沙發上睡著了。亨利躺在床上。我沒吵醒他們倆。隔天早上，我給我們三個人做了早餐，然後凱莉回家了。」

「所以凱莉沒辦法確認妳究竟幾點回到家？」戴瑞問。

珊卓嘆氣。「嗯，應該沒辦法。你逮到我了，戴瑞。你要不要現在給我上手銬？」

戴瑞的態度稍微放軟。我們都累了，而且沒人想在聖誕節做這種事。「抱歉，珊卓，但這畢竟是凶殺案，而且妳確實有理由討厭被殺掉的那個人。」

珊卓在菸灰缸裡按熄香菸。「討厭他？沒錯，這點千真萬確。殺掉他？不。這麼做可就蠢了。整個鎮上大概就屬我最不想看到戈登・布林克嗝屁。我和礦場的其他女孩等了好幾年才等到開庭，現在終於能如願以償，結果發生這種事。我知道接下來會怎樣。礦業公司會要求推遲開庭，因為他們的首席律師掛了，他們需要更多時間找人遞補。如此一來，我的人生又浪費了一年。所以，布林克這種混蛋律師被宰掉，我會不會在意？不會。那種人渣死得好。但相信我，如果能保住我的開庭日，要我把我的一顆腎臟送給他我都願意。」

她從沙發上起身，來到窗前，看著亨利在雪地裡打滾。她的臉龐散發一種凹陷感，反映了多年來的艱苦生活。她三十多歲，但看起來更老十歲。我知道珊卓喝很多酒，抽很多菸，而且可能還碰更烈的東西。在講髒話和黃色笑話這方面，她完全不輸礦場裡的任何男人。但她看著兒子時，她的眼神有些變化。一說到亨利，她就像一頭帶著幼崽的熊媽媽。

「我是不是該把諾姆叫來？」她問我們，轉身背對窗戶。「如果你們真的認為是我幹的，那麼也許我會需要律師。」

「我們只是想弄清楚來龍去脈，」戴瑞答覆。「妳知不知道誰可能是凶手？妳在礦場有沒有聽說誰談到布林克？任何威脅？」

「我很久以前就不再把他們聊的東西聽進耳裡。我在礦場做的唯一一件事，就是盡量在沒人把手伸進我褲子的情況下完成我的輪班。如果我做得到，那就是很好的一天。」

「我知道女人在那裡不容易。」

「不容易？我在那裡七年了，戴瑞。那裡什麼也沒改變。我在那裡的第一年，包括我在內只有四個女人。我只想做好我的工作，但他們抓住我，騷擾我，威脅我，盡一切手段要我辭職。他們甚至為了趕我走而試圖賄賂我。可是你猜怎麼著？我熬過了那些爛事，而且很快就決定絕對不讓他們稱心如意。我寧可嚼玻璃也不辭職。」

戴瑞繼續說話之前，先讓她又點燃一根菸。「妳最後一次見到布林克是什麼時候？」

「大概十天前。我和諾姆在布林克家裡花了四個小時作證詞。我們倆在一邊，布林克和他那群律師、助理和祕書在另一邊。」

「那天順利嗎？」

「噢，棒透了，樂趣十足。布林克問我一大堆問題，像是我墮過多少次胎、我多常自慰。他還要我列出我過去十年裡所有性伴侶的名單。我問他有沒有計算機。」

「他們有權利這麼做？」我問。

「除非法官說不，否則他們想做什麼都行。諾姆說他們想嚇倒我們。他們以為我們很怕我們的髒衣服在法庭上曝光。但我呢，他們就算要我把我的亞當和夏娃玩具拿給陪審團看，我也不在意。他們羞辱不了我。」

「其他女性有沒有從布林克那裡得到同樣的待遇？」戴瑞問。

「噢，當然，他也同樣對付其他人。避孕方式、外遇、色情刊物……應有盡有。當然，只有露碧例外。她是他們的明星證人，所以他們對待她就像對待白雪公主。其實，露碧覺得是我們這些女人小題大作，畢竟男生就是男生嘛。」

珊卓反感地搖頭。

我知道珊卓和露碧・傑克森之間積怨已久。露碧從一開始就直言不諱地反對這場訴訟，而既然她站在另一邊，這就削弱了整個案件的力道。不同於珊卓和其他女人，露碧的優勢在於她嫁給了亞傑克。礦場那些男人都認識亞傑克，不想得罪他。也因此，他們沒對露碧做出惡劣行為。

「其他參與訴訟的女性，現在有二十幾個吧？」戴瑞說下去。「而她們的丈夫、兄弟和父親，一定會對布林克提出這類問題感到非常火大。」

「嗯，很多人很生氣。這又怎樣？」

「有沒有誰似乎特別不高興？有沒有誰打算報復？」

「人們無時無刻不在發洩。他們會喝酒，說些蠢話。你也知道那不代表什麼。沒錯，我們都討厭布林克，有些惡作劇可能過分了點，但也就這樣而已。事實是，我們想上法院。我們這邊不會有任何人搞砸這件事。」

「布林克那邊的人呢？妳有沒有見過他們彼此之間產生摩擦？爭論、分歧？」

珊卓搖頭。「沒有，布林克就像個魔頭，沒人挑戰他。其他人幾乎很少開口。不過，有個祕書似乎對他提出的問題感到不太高興。她給過我幾次某種眼神，好像為我感到難過。」

「她叫什麼名字？」

「我哪知道。」

「她長什麼樣子？」

「有點像歌手艾米・歐文，挺可愛的。」

戴瑞揉揉臉上的傷疤，試著決定接下來要問什麼。我知道他其實不相信是珊卓殺了戈登・布林克。往戈登他老婆身上潑豬血？確實有可能。把他割成一條條絲帶？不可能。這麼做需要一些認真、盲目、發自內心的憤怒。就像一座沉睡的火山隨著爆炸而甦醒。珊卓不是這種人。她的情緒全寫在臉上。

「鎮上的八卦妳應該都知道吧？」戴瑞說。

「我只知道跟我無關的那些，」珊卓眨個眼。「而這種很少。」

「有沒有跟布林克有關的八卦？鎮上有沒有什麼傳言？」

她噘起嘴脣，陷入沉思。「不多。沒人見到他。他很少離開那棟房子。鎮上的人對他兒子傑伊的瞭解還比對戈登多。傑伊在這裡的高中上學。就我所知，其他青少年把他整得很慘。我為他感到難過。他父親是什麼樣的人，跟他沒有關係。」

我們聽到亨利在屋外呼喚他的母親。他的雪人堆好了，他想要媽媽出去欣賞一番。

「就這樣？」珊卓問我們。「我們談完了嗎？」

「目前先這樣。」

「這個嘛，你們知道上哪能找到我。」

我們三人來到前院，珊卓在這裡對亨利的雪人大肆稱讚。在我們離開之前，戴瑞再次對珊卓示意，小聲對她說話。

「還有一件事我得問妳。在討論官司的時候，妳有沒有被問到關於奇普・威爾斯或瑞瑟・莫里茲的問題？布林克或任何人有沒有提到這兩個人？」

珊卓擔心得皺眉。「奇普和瑞瑟？沒有，你為什麼這麼問？他們在訴訟開始之前就被殺了。」

「妳知不知道他們有沒有在礦場工作過？」

「我在那裡的時候沒有。」

戴瑞點頭。「好。謝謝妳為我們撥出時間，珊卓。聖誕快樂。」

他朝車道走去。我正要跟上他，但被珊卓拉住手肘。「這是怎麼回事，親愛的？這個案子為什麼跟奇普和瑞瑟有關？」

「我不能說。」

「別這樣，每個人遲早都會知道的。告訴我。」

我依然保持沉默，但珊卓聰明得已經猜到答案。她把拼圖湊在一起後，臉上露出震驚之色，她朝冰冷的空氣吐出一團蒸汽。「王八蛋，過了這麼多年，他回來了，是不是？厄蘇利納回來了。」

第七章

第二天早上，我很早就開始工作，但戴瑞比我更早到。他已經把調查奇普・威爾斯和瑞瑟・莫里茲謀殺案的紀錄擺在會議室的桌子上。這不是他第一次這樣做。我們在黑狼郡很少有懸案，戴瑞也不喜歡有事情沒做完。因此，每當事情進展緩慢——這種情況經常發生——他都會拿出這些文件，堅持要和我一起討論細節。

每次戴瑞拿出犯罪現場的照片，它們都讓我再次感到噁心。移動式房屋裡的每個表面，幾乎每一平方吋都被血跡覆蓋，就像戈登・布林克的臥室。根據戴瑞的犯罪理論，是瑞瑟・莫里茲先死。他被發現陳屍於拖車後面，被刺了太多次，驗屍報告無法給出準確的數字。死後驗血指出，他死時喝醉了，而且吸了大麻。現場沒有任何掙扎的跡象，因此戴瑞懷疑，在謀殺發生時，瑞瑟已經睡著或失去知覺。

奇普・威爾斯則是陳屍於拖車屋的門後面。戴瑞推測，凶手殺了瑞瑟，然後等奇普回來，從他背後襲擊了他。所有刀傷——驗屍官說有一百多處——都在奇普的背上。在他真正斷氣後，對他身體進行的瘋狂攻擊仍持續了很久。

再來是來自厄蘇利納的訊息，用奇普的血塗在拖車牆上。

戴瑞雖然在調查上花了大量時間，但拿不出多少成果。發生殺戮事件的拖車屬於諾姆・佛茲，他在森林裡健行時將它用作露營地。他是一名業餘攝影師兼博物學家，所以他不在法庭時，通常在樹林裡。有時他一個人去，有時他兒子威爾也和他同行。但那年夏天，諾姆在斯坦頓為了出庭而待了很久，所以拖車閒置了幾個星期。沒人確切知道，奇普和瑞瑟究竟什麼時候開始在那裡霸住。

可是他們為什麼死了？誰殺了他們？戴瑞不知道答案。而且說真的，黑狼郡也沒人在乎。奇普和瑞瑟從少年時期輟學以來，就常常欺負周圍的人。如果鎮上發生了闖空門或盜竊案，警察通常會先敲他們倆的門。就連一二六酒館也把他們列入黑名單，而只有壞事做盡的人才會有這種下場。他們許多最嚴重的罪行都沒被舉報，因為人們害怕遭到報復。有個婦女曾指控他們強姦，結果她的房子在一週後被燒毀。人們知道這表示自己最好別開口。也因此，厄蘇利納終結了奇普和瑞瑟的暴政後，幾乎每個人都心懷感激。就算有人知道什麼線索，也不急著給戴瑞提供破案的證據。

就連班恩・馬洛伊為電視拍攝的狩獵厄蘇利納節目，也沒獲得任何成果。戴瑞讓班恩和他的志願者們在犯罪現場周圍的森林中踩踏，是因為他希望有人在尋找厄蘇利納的足跡和糞便時能找到真凶的證據。但我們一無所獲。殺害奇普和瑞瑟的凶手，就跟厄蘇利納一樣，已經從樹林中消失得無影無踪。

「接下來的問題是……」戴瑞開口。我們坐在會議桌的兩側，他喜歡把我當成他的共鳴板，彷彿重新思考這個案子的過程，就能幫助我們挖掘出我們錯過的東西。

「奇普、瑞瑟，現在是戈登・布林克，」他說下去。「這兩個案子之間的相似處是什麼？」

「這個嘛，應該是犯罪現場吧。」我答覆。「那條厄蘇利納訊息。另外就是，受害者被殺害的極端暴力手段。」

「而兩個案子的差別是？」

「彼此相隔了六年。當時的受害者是兩個當地暴徒，而這次是一家公司律師事務所的外地合夥人。他們之間沒有任何關聯。凶器不同，地點也不同，一處是住宅，一處在國家森林裡。」

「奇普和瑞瑟被殺的可能動機是？」

「多得是。他們涉足很多犯罪活動，從毒品到偷獵到盜竊和襲擊應有盡有。」

「而布林克？」

「應該是官司。」

戴瑞皺眉。「妳的直覺告訴妳什麼？凶手是模仿犯案？還是就是六年前那人？」

我陷入沉思。「這個嘛，第二個犯罪現場的一切，感覺像是經過安排，為了跟第一個一模一樣。兩個現場雖然一樣，卻也不一樣。這樣聽起來比較像是模仿犯案吧？」

我來不及得知戴瑞是否同意。我還來不及再說些什麼，就聽到某種沙沙聲，某人大聲咀嚼薯片。我抬頭，看到亞傑克在會議室的門口。他剛剛在聽我們說話，他高大的身軀靠在門框上。「其實，你們倆都忘了一件事。」

「噢，是嗎？」戴瑞問：「忘了什麼？」

亞傑克走進房間裡，在我對面坐下。他的長腿伸了出來，我感覺他用靴子在桌子底下磨蹭我的小腿。我把我的椅子猛地向後推。他咧嘴一笑，把薯片袋遞向我，但我揮手拒絕。

「有個人跟這兩個案子有關。」亞傑克說。

「誰？」戴瑞問。

「諾姆・佛茲。奇普和瑞瑟當時在他的拖車裡。是他發現屍體。而這次的死者是戈登・布林克，他在礦場官司上是諾姆的對手。他跟每個受害者都有關聯。」

「諾姆沒有動機。」戴瑞指出。

亞傑克上下擺動濃眉。「這個嘛，案發時是滿月。誰知道諾姆在午夜過後會怎樣？也許他變成了狼人之類的。」

「不好笑。」戴瑞說。

亞傑克聳個肩，根本不在意這個責備。「好吧，諾姆沒有我們所知道的動機，但這不等於沒有動機。就像蕾貝卡說的，奇普和瑞瑟壞事做盡。至於布林克，也許他跟諾姆之間有什麼我們不知道的私人恩怨。而且還有一件事。星期天晚上，我沒看到諾姆有去一二六酒館看電影。那麼，他在哪？」

戴瑞很討厭承認亞傑克說的有道理，但這一次我跟他都知道必須有人問諾姆一些問題。

「好吧，去跟他談談，」戴瑞告訴亞傑克，然後看著我。「帶蕾貝卡一起去。」

我的驚恐想必寫在臉上。「你怎麼不親自去問他？」

「抱歉，」戴瑞搖頭。「諾姆跟我是最好的朋友，這裡每個人都知道。你們先跟他談談，查明他知道什麼。」

收到這項任務，亞傑克顯然心滿意足。他把吃光的薯片袋揉成一團，跳起身，把修長的手指像手槍一樣對準我。「來吧，蕾貝卡。動作快。」

他離開會議室後，我發出呻吟。「戴瑞，你是在開玩笑吧？我和亞傑克？」

「妳遲早得學會跟他共處，那還不如從現在就開始。」

這是事實，但我完全沒能掩飾我有多麼不高興。在辦公室裡，我披上外套，然後跟著亞傑克走出法院大樓，試著跟上他的大步伐。聖誕之雪攀附於主街和建築物的屋頂，但天空還是明亮清澈。亞傑克戴上「福斯特・格蘭特」牌的墨鏡，鑽進警車的駕駛座。我坐進他旁邊的副駕駛座，保持僵硬的沉默。他迅速把車掉了頭，然後像參加利曼賽車的法拉利車手一樣飛馳而出。我總覺得他這麼做是為了在我面前耍帥。

亞傑克斜眼瞥我一眼，看到我的嘴角下垂。「老天，放輕鬆點吧。」

「放輕鬆點？」我回嘴。「你居然好意思對我說這種話？」

「妳哪裡不爽？」

「你知道我哪裡不爽。你跟瑞奇說了什麼？你跟他說我有跟你上床？」

他咯咯笑。「嘿，那只是在開玩笑。大家都知道那是笑話。」

「大家？」

「嗯，有去看電影的那票人。妳也知道我們就是愛胡說八道。我們喝酒，互相吐槽。而且露碧當時也在場。她有聽見我說的每個字，她知道我在開玩笑。」

我握緊拳頭。「別再這麼做。別拿我跟你開玩笑。不要對瑞奇或任何人開這種玩笑。明白了嗎？」

「明白了。」他誇張地行個軍禮，然後學湯姆・克魯斯那樣把墨鏡滑到鼻梁上。「不過跟妳說一聲，妳如果覺得瑞奇沒辦法滿足妳，我隨時樂意奉陪。」

「唉，閉嘴，亞傑克，給我閉嘴。」

「遵命，夫人。」

之後的幾分鐘，我們沒說話。我在副駕駛座上生著悶氣。我們駛入占據這個郡大部分地區的荒地，公路兩側是綿延不絕的覆雪常青樹。最後，亞傑克把車開到一個偏僻的T字路口，一二六酒館就跟一條我熟悉的泥土路相交。在這裡往左走，就能到達諾姆・佛茲的房子，它就在戴瑞和他家人住的房子的隔壁。在戴瑞家的另一邊，是我曾經跟我爸還有我哥一起住的房子。每塊地相隔將近四分之一哩，但我們都是鄰居。

亞傑克卻往反方向開。

「你要去哪?」我問。
「我得先回家一趟。我忘了帶午餐。」
「你就不能略過午餐?」
亞傑克搖頭。「老天,妳是大姨媽來了還是怎樣?放輕鬆點行不行?我只花五分鐘。」
他開得非常快,後輪因此有點打滑,在未鋪柏油的道路的雪地上留下車轍。我們來到他離公路三哩處的房子,這是一棟新蓋的兩層樓建築,足以容納一個大家庭。院子裡已經清理乾淨,但還有幾十根樹樁從木堆裡伸出來。一般的三十歲副警長應該住不起這麼好的房子,但我們都猜警長有幫侄子出點錢。
「要不要進來?」亞傑克問。
「不,我待在車上。」
「隨妳。我很快回來。」
他下了車,走向房子的前廊。我看到前門打開,他太太露碧出來迎接他。他親了她一下,然後在進去的時候拍了她的屁股。她瞥了一眼警車,這時發現我。她的嘴抿成一條不悅的細線。我總覺得露碧不相信她丈夫在一二六酒館說的那些話只是玩笑。
露碧擁有一頭濃密的深棕色頭髮,垂在肩下。她又瘦又矮,但腹部有一個籃球大小的腫塊。她辭去礦場的工作後,接連生了兩個孩子,第三個孩子將在下個月左右出生。她的臉蛋就像芭比娃娃,正如亞傑克帥得就像芭比的男友肯尼。她有著白皙的肌膚、帶有小酒窩的尖下巴,一雙綠色大眼在一瞬間就能從甜美變得凶惡。露碧和亞傑克的基因組合確實令人印象深刻,他們的孩子長得真漂亮。
她走過雪地。外頭很冷,但她沒穿外套,只穿著聖誕毛衣和牛仔褲。我知道她來找我說話，所以我下了車，靠在門上，點了一根菸。

「嗨，露碧。」

「蕾貝卡。」

「妳好嗎？覺得如何？」

「我很好。」

「三號孩子就快出來了吧？」

「嗯，就快了。」

「那就好。」

我們只說了這些，但我聽見我們之間正在進行一種不言而喻的對話。露碧知道她丈夫是什麼樣的人。她知道亞傑克一有機會就偷吃，因為這種事在黑狼郡是瞞不住的。但露碧也打算確保，無論亞傑克跟誰上床，最後一定會回到她和她孩子身邊。她會毀了任何一個試圖介入她婚姻的女人，而她那雙綠眼告訴我，她認為我就是可能有這種企圖的女人。我也同樣努力地告訴她，我和亞傑克之間什麼也沒發生。

露碧終於表達得更加尖銳。

「那麼，戴瑞在哪？妳不是平時都和他一起出勤？」

「他叫我跟亞傑克去進行訪談。」

「嗯。」

「戈登‧布林克被殺了。」我補充道。

「嗯，我聽說了。」

「所以就是這樣。」我告訴她，這已經算是我在向她表達我沒打算搶她老公。

「我猜妳要去訪談諾姆。」露碧說。

我強忍驚訝——她居然猜對了。「這個嘛，我們會跟每個認識布林克的人談談。這是例行公事。」

「我只是想說，你們應該先從諾姆開始問起。」

「為什麼？」

「亞傑克沒告訴妳？」

「告訴我什麼？」

「關於諾姆和戈登。」

「沒有。他們怎麼了？」

露碧回頭瞥向房子。亞傑克還在屋裡。我看得出來，她在評估要不要說出來，但我覺得她喜歡向我隱瞞祕密的感覺。「幾天前，我在布林克家跟諾姆作了證詞。諾姆試圖要我說那些男人在礦場騷擾珊卓和其他女性。他一直想挖出兒童不宜的細節。」

「妳跟他說了什麼？」

「我說我在礦場見過最惡劣的性騷擾者，就是珊卓。」

「所以這跟諾姆和戈登有什麼關係？」

「我們在中途有休息片刻，」露碧解釋。「我得小便。因為胎兒坐在我的膀胱上，所以我每二十分鐘就得小便一次。我走出廁所後，在回去的時候經過房子的後門。我看到諾姆和戈登在院子裡，我能聽到他們在吵架。他們吵得很激烈，好像隨時會打起來。戈登對諾姆咆哮。」

「是關於口供證詞？」我問。

露碧搖頭。「不。跟官司完全沒關係。他們爭論的是戈登的兒子。傑伊。」

第八章

我們還沒來得及敲門，諾姆已經來到門口迎接我們。

這些年來，我來過他家很多次，包括我小的時候。雖然我父親跟諾姆的交情不像諾姆跟戴瑞那樣密切，但這裡任何鄰居都很快會成為朋友。我們這些家庭曾在諾姆後院的火坑旁度過很多時間，吃著自製的瑞典馬鈴薯香腸，玩草地飛鏢和排球，說著鬼故事。在我六歲的時候，是諾姆第一次告訴我厄蘇利納的傳說。

「亞傑克，」諾姆歡迎他，藍眼睛裡閃爍著機靈的光芒。「看來戴瑞把我踢給你是吧？他可真聰明。」

然後他給我一個擁抱。「哈囉，蕾貝卡。妳最近如何？妳好嗎？」

「我很好。」

「妳確定？」

「是的，我很好。真的。」

他在我耳邊輕聲道：「妳如果需要任何幫助，跟我說一聲。」

消息在黑狼郡向來傳得很快。我確信諾姆聽說了我和瑞奇之間的麻煩，而且我理解他說的是哪種幫助。除了酒駕、遺產規劃和小型刑事案件，諾姆也偶爾處理離婚案件。

「那麼，進來吧，」他對我們說：「我們好好聊聊。」

他帶我們來到一個俯瞰後院和茂密森林的四季門廊。諾姆的房子一開始很小，但他擴建了第二層樓，裝潢了地下室，有一個獨立的車庫和工作室，還有一個多層甲板，這些都是他在兒子威爾的幫助下自行建造的。在覆以白雪的草坪中央，我能看到諾姆多年前建造的精緻鞦韆。我曾經在威爾小的時候幫他推鞦韆，但他如今已經十七歲了，長到六呎二吋，成了高中橄欖球隊的跑衛。

我在柳條沙發上坐下，但亞傑克依然站著，好像想利用自己的身高優勢來威嚇諾姆。我知道他這麼做沒用。諾姆只是輕鬆地坐在一張帶軟墊的扶手椅上，喝了一口橙汁。他穿著里昂比恩牌的格紋法蘭絨襯衫、米色卡其褲、厚羊毛襪，沒穿鞋。無論是在家裡，在法院，還是在樹林深處，他在任何環境都顯得自在。

諾姆四十多歲，身型瘦長，金髮稀疏，蓄著長鬢角。他在這裡是很少見的那種人——他不是本地人。他在麥迪遜出生，但因為他父親的關係而在這個地區長大，從小打獵和釣魚。他從法學院畢業並與妻子凱西結婚後，把她帶到黑狼郡，買下這棟房子，並在一個不信任律師的地區建立了一家法律事務所。人們從一開始就對他抱持著複雜的感受。他是塞拉俱樂部的民主黨成員，但這個地區的礦工們認為「環保議題」就等於剝奪他們的工作機會。即便如此，這個地區還是有法律的相關需求，他也填補了這個需求。你如果超速被逮到，而且副駕駛座上放著六罐空的施里茨啤酒，就需要諾姆這種人。

「戈登・布林克，」他已經猜到我們為什麼來這裡。「那確實令人震驚，真的很恐怖。我和驗屍官談了這件事，他跟我說了怎麼回事。我不會希望任何人遭受這種死法，包括戈登。」

「驗屍官跟你說了犯罪現場的事？」亞傑克語帶驚訝。

「噢，當然。羅斯不會跟其他人說細節，但他跟我是老交情了。他知道如果有人被逮捕，我大概會幫那人辯護。總之，我猜你們想問我上星期跟戈登爭吵的事吧？露碧跟你們說的？」

諾姆說出這件事後，我看著亞傑克整個人洩氣。「嗯，那是怎麼回事？」

「這個嘛，你見過戈登的兒子吧？傑伊？很聰明的孩子。有點文靜又緊繃，但他是個好孩子。戈登來到這個鎮上後，傑伊在十月轉進這裡的高中。其他孩子對他很不友善——做了一些非常糟糕的事情。威爾對此感到難過。你們也知道威爾，他喜歡每個人，每個人也喜歡他。他主動接近了傑伊，兩人成了朋友。」

「我敢打賭，戈登不喜歡這樣。」我說。

諾姆搖頭。「沒錯，他確實不喜歡。我的意思是，戈登和傑伊的關係顯然很差。我自己也是父親，所以我懂。我和威爾雖然向來親近，但就連他也會經歷反抗期。年齡就是這回事。但戈登似乎根本不知道傑伊在這裡有多辛苦。同理心不算是律師事務所合夥人的工作要求。」

「直接說你們吵架的事吧，」亞傑克不耐煩地問：「你們吵了什麼？」

「露碧作證到一半的時候，戈登把我拉到外面去。他叫我讓威爾離傑伊遠一點。他指責我利用我兒子來慫恿傑伊打探訴訟情報。可想而知，我聽了很生氣。我告訴他，我永遠不會這樣利用我兒子，如果其中一個男孩試圖向我提供有關此案的內幕消息，我會當場叫他閉嘴。我還告訴他，他應該感謝威爾，因為傑伊在這附近沒有其他朋友，而且他非常孤立、不快樂。戈登叫我管好我自己的事，我對此也沒辦法反駁，我沒立場介入。所以我放手了，事情就這樣結束了。我們回到屋裡繼續作證時，戈登表現得好像什麼都沒發生一樣。他很懂得公私分明。」

「那一定讓你很生氣，」亞傑克堅稱。「戈登那樣抨擊你和你兒子。」

「當然，但我沒氣到要殺了他。」諾姆微微一笑。「就算在滿月的時候。」

「星期天晚上你在哪裡？」亞傑克問：「我在一二六酒館沒看到你。」

「凱西覺得不舒服，所以我們待在家。」

「有人能作證嗎？」

「沒有。我們兩個在我們的新錄放影機上看了一部電影。我幫她弄到《咆哮山莊》。她很喜歡演員奧立佛。」

亞傑克在我旁邊坐下，像個看不到勝算的棋手一樣皺眉。這一切都沒按照他的預期進行。看他沒再問什麼，我在沙發上俯身向前，接手了這場訪談。

「諾姆，你知不知道有誰可能殺了戈登？」

「我真的毫無頭緒。這件事令人震驚，完全出乎意料。但是，如果妳把訴訟原告方的任何一個人視為嫌疑人，那我可以告訴妳，妳找錯人了。沒錯，很多人對布林克感到憤怒，但我有向這些婦女及其家人明確表示，任何形式的暴力或非法行為都對我們不利。我們最不該做的，就是讓法官有理由在關鍵動議上做出對我們不利的判決。」

「但還是有人對艾芮卡・布林克做出那種事，」我指出。「她被灑了一臉的豬血。」

「妳說的沒錯。但那也不是我們幹的。」

「不是？」

「不是。那次惡作劇的目標其實不是艾芮卡，也不是戈登，而是傑伊。那是學校的孩子們幹的，艾芮卡是遭到池魚之殃。」

「你確定？」

「我確定。是威爾告訴我的。」

「你知道是誰幹的嗎？」

「是的，我知道，但我不會告訴你們。抱歉，可是我沒義務幫你們做你們的工作。無論如何，威爾有教訓做這件事的那些孩子，而你們最好別找我兒子麻煩。他們不會再做那種事。」

我搖頭，因為諾姆在每個問題上都有答案，但他的答覆並沒有給我們任何線索。

「我們跟珊卓談過了。」我告訴他。

「是的，我聽說了。」他平穩地回話。「請不要再在我不在場的時候這麼做。她是我的客戶，我不希望她在沒有律師在場的情況下回答任何問題。」

「就算她是無辜的？」

「因為她是無辜的。」諾姆說。

「好。嗯……」我發現自己跟亞傑克一樣不知道該說什麼。「如果原告方沒有嫌疑人——」

「那就一定是戈登那邊的人？」諾姆平靜地說：「這我就不知道了。我只有在證詞程序的時候看到他那邊的人，而且他們幾乎都沒對我說一句話。他們都是企圖心很強的年輕律師。我並不覺得他們當中有誰像開膛手傑克，但就像戴瑞常說的，別認定任何事。」

「珊卓說有個祕書似乎對戈登提出的問題感到不太高興。她不知道那個祕書叫什麼名字，但說她長得有點像艾米・歐文。」

「潘妮・拉姆齊。」

「你有看到她和戈登之間有什麼緊張關係嗎？」

「很難說。潘妮很年輕，所以可能還沒完全失去人性。說真的，人性這種東西不會在公司律師事務所維持多久。至於緊張關係？我沒注意到。珊卓在這種事上可能比我更敏銳。如果她有注意到，那大概就真的有。」

諾姆查看手錶，示意我們最好快一點。

「還有別的問題嗎？」他接著說：「我不想催你們，可是我挺忙的。戈登死了，但日子還要繼續。我確信礦業公司會要求延期進行訴訟，而我需要準備好提出反對的動議。」

「目前應該就這些。」

「好。」

我們正要起身的時候，亞傑克突然打岔。「等等。奇普和瑞瑟呢？」

諾姆再次坐下，微微嘆氣。「他們怎麼了？」

「既然你跟驗屍官談過，那你知道兩個犯罪現場很相似。只有你跟所有受害者都有關聯。」

「你認為是我殺了奇普和瑞瑟？」諾姆咯咯笑。

「我認為你有所隱瞞。」

諾姆打量我們，就像貓在研究在屋頂上跳來跳去的物理原理。奇怪的是，我看著諾姆的時候，意識到亞傑克說的沒錯。諾姆確實有所隱瞞。我瞇起眼睛，擔心他會說什麼。他這六年來有對我們隱瞞什麼嗎？

「行，」他終於開口。「我現在應該能讓你們知道這件事，雖然這應該沒辦法幫你們找出殺害戈登的凶手。除了屍體和血跡之外，你們記不記得在我的拖車裡還發現了什麼？」

我記得。「酒瓶。數量很多。」

「沒錯。案發的幾週前，米特爾郡一家酒類專賣店在半夜被人闖入。老闆那天晚上懶得清走收銀臺裡的錢。竊賊拿走了幾百美元，還有幾箱啤酒和烈酒。有人看到一輛車離開現場，而那輛車的外觀描述符合蘭頓的一輛失竊車輛。」

「所以？」亞傑克說：「我們本來就懷疑那件案子是奇普和瑞瑟幹的。這就是為什麼我們當時在找他們。」

「沒錯，但你們不知道的是，奇普．威爾斯當時有打電話給我。他覺得他和瑞瑟隨時會被抓，所以想找我當他們的律師。當然，我那時候正在斯坦頓出庭，沒辦法回來。奇普跟瑞瑟在我回來之前不想被抓到。」

「諾姆，你做了什麼？」我的嗓音透出寒意。

他聳肩。「在我們的談話中，我可能有向奇普提到，我因為不在家所以沒辦法住進我那臺拖車裡、我對此感到失望。」

「你叫他們躲在那裡頭、逃避追捕。」我說。

「我沒做這種事，那麼做是違法的。」

「他們之所以住進你的拖車，是因為你。」我重複，反感得搖頭。

「蕾貝卡，我只是隨口提到一個我擁有但沒辦法去住的偏僻財產。」他還在玩律師愛玩的文字遊戲。「至於他們如何處理這個消息，取決於他們自己。我回到蘭頓的時候，自然而然地在拖車前停下來，確保一切安好。我就是在這時候發現那兩人的屍體，通知了戴瑞。但我得說清楚，我對這些案件只知道這麼多。我根本不知道是誰殺了奇普和瑞瑟。」

※ ※ ※

我和亞傑克來到外面後，在警車旁邊抽菸。

我們都斜靠在引擎蓋上。他站得離我很近，大腿碰到我的大腿。我這時候在想著諾姆做了什麼，所以懶得移開。相信我，亞傑克注意到了。他很平穩，動作很慢，沒嚇到野馬。我們抽了一會兒菸，他像電影院裡的少年一樣把胳臂滑到我身後，不久後開始用手指撫摸我的頭髮。心不在焉的舉動。無害。沒錯，我是該阻止他，但我沒這麼做。在我生命中的那個特定時刻，我喜歡有人想要我的感覺。我不記得瑞奇最後一次以任何帶有感情的方式撫摸我是什麼時候。

我知道，我知道，甜心，這就是事情的開端。有那麼一次，你厭倦了反抗。有那麼一次，你放棄了，然後接下來你發現你的人生徹底毀了。我就是這樣。

我終於把菸丟進雪地裡，推開亞傑克。這是因為我聽見電鋸聲，看到威爾・佛茲在門扉敞開的工作室裡。一想到威爾可能發現我站得離亞傑克這麼近，我感到有點尷尬。流言在黑狼郡傳得很快。

亞傑克也看到他。「我們該跟威爾談談。」

我點頭。「讓我來跟他談，好嗎？」

「為什麼？」

「我認識威爾很久了。他相信我。而且諾姆如果看到你跟他兒子談話，會很不高興。」

我走過車道，走進工作室。威爾正在製作一個迷你涼亭，放在花園裡的那種裝飾品。跟他父親一樣，威爾也喜歡建造東西。他從大約十歲開始就一直在設計、製作東西，像是摺疊桌和嵌入式書架。我和瑞奇家裡的後門廊上，還擺著威爾在我們結婚時送上的搖椅。

他是個英俊的孩子。他體格魁梧，但在球場上動作流暢、強壯又敏捷。他的金髮很濃密，遮住耳朵的地方有些捲曲。讓他令人難以抗拒的，是他那電死人的笑容。威爾一打開那副笑臉，高中的女孩兒們就為止傾倒。戴瑞的三個女兒全都愛上他。擁有這種魅力的孩子如果性格有問題，就可能會成為另一個亞傑克，但我從沒見過威爾濫用自己的外表。他雖然樣貌俊美，但很少約會。他有太多其他事情要忙。

「嗨，威爾。」

就像打開燈泡一樣，他綻放那副笑臉。「嗨，蕾貝卡。」

「這真是個漂亮的涼亭。」

「謝了。我要送給史特曼先生。其實，他太太一直想要一個，我覺得他會想透過它來懷念她？」

「你真貼心。」讓他給木材打磨一分鐘後，我接著開口：「你有沒有聽說傑伊他爸的事？」

他沒停下手上的工作。「有。」

「諾姆說你和傑伊是朋友。」

「嗯，我們有時候會一起玩。」

「你有跟他談過嗎？」

「當然。我一聽說消息就打給他了。」

「他還好嗎？」

「傑伊有時候很難捉摸，」威爾觀察木板。「他很少分享心事。」

「我聽說傑伊和他爸處得不太好。」

威爾翻白眼。「這種說法可以拿下今年的輕描淡寫獎了。」

「他們關係不好？」

「糟透了。戈登希望傑伊變得跟他一模一樣，但這是傑伊最不想做的事。」

「傑伊想要什麼？」我問。

「我不知道。我覺得他自己應該也不知道。他大概會成為作家之類的吧。我試著告訴傑伊，律師其實不都是壞人。我爸就是律師，他是好人。我以後大概也會當律師。」

「我們訪談傑伊的時候，他說他父親是怪物。你知不知道他為什麼會說這種話？」

威爾終於放下手上的工作，不高興地皺眉。「蕾貝卡，妳為什麼跑來問我傑伊的事？」

「我們正在試著弄清楚他父親發生了什麼事。」

「這個嘛，傑伊沒殺他。」威爾說。

「我沒說人是他殺的。」

「嗯，可是妳有這麼想，不是嗎？停著，傑伊和戈登處得不好，而且他可能沒表現出他因為他爸遇害而多難過，但他就是這種個性，這並不表示他不難過。」

「你覺得傑伊會不會知道是誰殺了戈登？」

「他就算知道也沒跟我說。」

「他告訴我們，他那時候一直都在家裡，但他說他什麼也沒看到或聽到。這有點怪。」

「他大概那時候在大聲聽音樂吧，」威爾說：「如果聽著《在柬埔寨度假》，就聽不見外面的聲音。」

「的確。」

「如果傑伊說他什麼都不知道，就表示他什麼都不知道。」

「好。總之，謝了，威爾。」

少年對我點個頭，繼續工作。我走出工作室，踩到雪地的時候，他喊住我。

「蕾貝卡？」

「嗯？怎麼了？」

這一次，他臉上沒有魅力十足的笑容，而是一臉嚴肅。「我說真的。妳得相信我。不管妳對他有什麼想法，傑伊沒殺人。他沒殺他爸。」

第九章

我和亞傑克在回去警局之前，找到了戈登・布林克的祕書。潘妮・拉姆齊住在離一二六酒館只有一哩的汽車旅館，礦業公司的法律團隊的其他成員也和她一起住。跟我們談話的時候，她顯得非常緊張。

「我不能透露任何關於官司的事情，」我們一起聚在她的小房間裡時，她堅稱：「那是機密。我如果透露一個字，就會被炒魷魚。」

「我們不是在找法律祕密，」亞傑克說：「我們只是想找出是誰殺了妳老闆。」

「嗯……好吧。」潘妮把耳朵貼在牆壁上。確認什麼也沒聽見後，她坐在堆滿沉重法律書籍的雙人床邊。她把這些書一一闔上，然後拿起一疊寫滿凌亂字跡的黃色筆記簿，塞進地板上的一個手提箱裡。「其中一個同事就住在旁邊的房間。他去越野滑雪了，但隨時可能回來。我們得盡快談完。」

亞傑克拉來一張木椅，坐在她面前。他們倆面對面，膝蓋幾乎互觸。珊卓說她長得像艾米・歐文，我發現她確實很像。潘妮擁有一頭中分的棕色鬈髮，藍眼睛看起來有點狂野，彷彿會突然亂轉。她個子嬌小，不超過五呎高，而且看在我眼裡，她看起來不超過二十歲。她的五官很漂亮，但臉有點紅。

「妳一定還是對戈登命案感到震驚。」亞傑克說。

「當然，嗯。」

「妳要不要喝點水？需要面紙嗎？」

「不用了，我沒事。」

「這個嘛，妳如果需要休息一下，就跟我說一聲。好嗎，潘妮？妳介不介意我叫妳潘妮？」

她緊張的嘴角揚起一絲微笑。「不，我不介意。」

「我叫亞傑克。」

「這個名字很酷。」

他對她露出招牌般的咧嘴笑容。「謝了。」

我待在角落，逼自己別呻吟。看到亞傑克在她身上施展魔法時，我感到一種不甘願的欽佩。看到他挑逗我以外的女人，我雖然覺得怪，但懷疑他這樣表演，一部分的原因是不是想讓我看到他多麼擅長引誘獵物。

「妳是怎麼知道戈登遇害？」亞傑克問。

「艾芮卡打給了霍爾・巴克。他是團隊的資深律師。是他跟我們說的。」

「妳那時候一定很驚訝。」

「這個嘛，的確，但我已經猜到有事情不對勁。艾芮卡在那之前打了電話給我，問我知不知道戈登在哪。她說他失蹤了。雖然我當時覺得她那麼說只是藉口。」

「藉口？」

「她想知道戈登是不是跟我在一起。艾芮卡一直都在盯著我。她以為我跟戈登有染。」

「那你們有染嗎？」

「沒有。」

她的否認迅速又尖銳，彷彿光是想到跟戈登有染就讓她想吐。亞傑克也聽出她的口氣。

他以眼神要我幫忙，我來到潘妮身旁坐下。

「關於戈登，有什麼是我們應該知道的嗎？」我問。

「沒什麼。」她故作鎮定，但我注意到她胸口起伏，就像急促呼吸的鳥兒。「艾芮卡對所有女孩都抱有懷疑態度。我猜，妳如果搶了別人的老公，就會一直擔心有沒有人想搶走妳的老公。」

「聽起來妳不是很喜歡艾芮卡。」我說。

「我不喜歡對丈夫的本質視而不見的女人。」

「戈登是什麼樣的人？」我問。

她的狂亂眼睛看著我。不知何故，我清楚知道她接下來要說什麼。「他是怪物。」

我和亞傑克對看一眼。

「妳為什麼這樣說他？」他問。

潘妮低頭看著自己的膝蓋。「我不應該告訴你們這些。如果公司知道我跟你們談過，我就會被解僱，但我需要這份工作，我需要這份薪水。聽著，我替戈登工作了兩年。這是我高中畢業後的第一份工作，我很幸運能得到它，因為這家公司很少請人。」

亞傑克把一隻手放在她肩上。「妳告訴我們的任何事情，都不會離開這個房間。」

他知道這是謊話。潘妮早該意識到自己被耍了，但在她那雙可怕的眼睛後面，她只是獨自來到小鎮的單身都市女孩，被一個很帥的警察灌迷湯。

「聽起來，妳似乎比任何人都更瞭解戈登，」亞傑克說下去，繼續安撫她的自負心態，就像躺在床上撫摸她的大腿。「因此，妳可能知道一些能幫我們抓到凶手的線索。」

「我什麼都不知道。」

「這個嘛，妳叫他怪物。這是什麼意思？」

潘妮開始解釋。「我只是說他很殘酷，跟釘子一樣硬。你們也知道，律師必須強硬，這就是他們的工作。可是他對那些女人說的話、他問的問題，那真的很惡劣。」

「她們當中有人生氣嗎？」

「當然。她們都很生氣。我也不怪她們。我也不會希望有人那樣追問我的性生活。」

「妳有沒有聽過有誰做出威脅？」

「不算有，至少在現場沒有。但是氣氛有時候很緊張。」

我再次接手發問：「潘妮，妳說艾芮卡懷疑妳跟戈登有染，但她誤會了。妳知不知道，他在這裡的時候有沒有跟其他女人發生什麼關係？」

「我毫無頭緒，但就算有我也不會驚訝。所有律師助理都是女人，處理這個案子的那個祕書也是。我們都年輕漂亮。如果想替戈登工作，就必須符合這個條件。」

「妳有沒有見過他跟任何本地女人在一起？」我問。

「沒有。他每天工作十六個小時。他很少離開那棟房子。我們當中有些人會在晚上和週末去泡酒館，但戈登從不這麼做。我的意思是，在密爾瓦基的時候，他通常會出去喝一杯，和我們一起紓壓一下。但在這裡不是。我總覺得……」

她欲言又止。

「什麼？」我問。

「我總覺得戈登好像對什麼事情很緊張。他在這裡的時候一直很生氣，很不安。他把氣出在我們身上。我的意思是，他總是要求很高，但這次更嚴重。這個案子似乎真的讓他很緊繃。」

「妳知不知道為什麼？」亞傑克皺眉。

「毫無頭緒。」

「他什麼也沒說？」

「嗯。至少沒對我說。」

「妳跟他共事了兩年。他是什麼樣的律師？」

「我剛剛說了。很強硬，野心很大。他專門幫公司解決問題。如果哪個客戶有問題，他有辦法讓問題消失。這就是為什麼他這麼快就成了合夥人——比同期的快了兩年。可是這個案子有些不一樣。」

「怎麼說？」

「這個嘛，首先，他原本不想接，而是想交給別人。這點很不尋常。我有聽到他說這個案子輸定了，而且他希望別的合夥人負責這個案子。我認為他擔心的是，我們的客戶如果輸掉官司，這會損害他的聲譽。但他沒辦法擺脫掉，因為礦業公司就是堅持要他。」

「案件進行得怎麼樣？」

亞傑克問得非常流暢，因此潘妮想都沒想就回答了。

「霍爾——那個資深律師——他相當確定這件案子如果上法庭，我們會贏。他認為這些證詞讓那些女人顯得很糟糕，不值得同情。他也許是對的，但我沒他那麼肯定。我的意思是，雖然我不是律師，但我覺得她們的說詞很有說服力。但霍爾說，我們的證人會抵消她們的說詞，讓她們聽起來只是想要錢。」

「你們的證人是？」

「一個叫露碧的女人。」潘妮說。

一聽到妻子的名字，亞傑克立刻從椅子上站起。「好，謝了。潘妮，妳幫了很大的忙。」

潘妮也站起。「你們不會讓任何人知道我跟你們談過？」

亞傑克把一根指頭湊在脣前，眨個眼。「妳是匿名線人，就像深喉嚨。不過呢，我有另一件事需要妳幫忙。」

「什麼事？」

「人們一定會談論戈登的謀殺案。妳可能會聽見一些說詞，關於戈登、可能是誰殺了他之類的。如果妳聽說了什麼，而且覺得我該知道，請直接打去警局，說要找亞傑克。我們可以找個隱密的地方見面，不用讓任何人知道。好嗎？」

潘妮點頭，咬著嘴脣。「嗯，好。」

我和亞傑克一起走出旅館，穿過停車場，但我找了個藉口回去。「等等，我忘了我的筆記簿。」

我小跑穿過停車場。潘妮應了門，我指向我放著筆記簿的梳妝臺。我輕輕從她身旁推擠而過，拿回東西，但她沒有從門口挪開。她顯然希望我離開。

我再次來到她身邊，輕聲開口：「怪物？」

「那只是個糟糕的用字。」

「我不這麼認為，潘妮。他兒子傑伊也這樣叫他。妳在他家的時候，是不是有跟傑伊說過話？」

「不，沒有。」

我繼續等候，腦子裡有時鐘滴答作響。如果我們在這裡繼續耗下去，亞傑克就會回來，潘妮到時候應該就會把嘴巴牢牢閉上。「這裡只有妳和我。到底發生了什麼事？」

她面有難色。「傑伊可能有聽到我跟某個律師助理談話。」

「妳說了什麼?」

「是我叫戈登怪物,」她坦承:「是我。」

「為什麼?」

潘妮咬脣,不發一語。

「妳為什麼那麼說?」我再次追問。

她瞥向停車場,似乎在確認附近沒有法律團隊的人。「我們那時候在檢查證詞紀錄,其他人都離開了。達芙妮——她是律師助理——達芙妮和我開了一些紅酒。幾杯下肚後,她問我關於戈登第一次面試我的事。」

「喔?」

「她想知道我跟他之間有沒有發生什麼。」

「例如?」

潘妮臉色一沉。「我這麼說吧,我的打字能力不是他想測試的唯一技能。」

「他想跟妳上床。」

「是的。」

「妳有答應嗎?」

她不高興地點頭。「我當時如果不答應就得不到這份工作,而我真的很想要這份工作。」

「達芙妮呢?她也有同樣遭遇?」

「嗯,她也是。其實,幾乎每個人都一樣。」

「這件事有誰知道?」

「在律師事務所？他們都知道，但他們不在乎。沒人阻止他。戈登就像呼風喚雨的巫師。沒人敢惹幫事務所賺錢的合夥人。」

「艾芮卡呢？」我問。

潘妮聳肩。「跟我一樣，她一開始也是他的祕書。妳覺得她的面試過程會不一樣嗎？我跟妳說過，艾芮卡清楚知道她老公是什麼樣的人，所以她不信任他。」

第十章

在接下來的幾星期，情報來得如此之快，我們幾乎跟不上。

戴瑞、亞傑克還有我，在黑狼郡各地進行訪談。戈登・布林克的法律團隊的其他成員度完了聖誕假期回來，我們跟他們每個人都談過。律師、助理，還有另一個法律祕書。他們在說詞上比潘妮・拉姆齊更謹慎，但他們描述的布林克在很大程度上符合她跟我們說的一切。他是一個野心勃勃的強硬律師，執著於獲勝。儘管沒有一個女人使用了潘妮所說的那個詞彙，但我還是能從她們眼裡看到那兩個字。

他是怪物。

我們也跟原告方談過。不只是那些女人，也包括她們的家人和朋友。每次採訪都給了我們一個新的嫌疑人，因為他們都討厭布林克。他花了很多時間挖掘他們的性生活中最私密的細節。他揭露了他們的婚外情、虐待、亂倫和墮胎。他說他們是騙子。他氣得他們淚流滿面。原告們覺得戈登・布林克應該被碎屍萬段，而無論凶手是誰，都值得民眾在城鎮廣場上豎起雕像致敬。

但沒人知道到底是誰殺了他。

我們檢查了鎮上每個商家後面的每個垃圾箱。我們翻遍了垃圾掩埋場的垃圾，但沒找到凶器，也沒找到凶手的血衣。凶手不可能把它們埋在冰凍的地底下，或扔進結冰的湖裡，而一旦春天解凍，它們就會永遠消失。這個地區有很多土地，人們能讓很多東西消失。

我們收集了所有證據後，還是一無所獲。我們有一具屍體，有作案動機，有幾十個人希望受害者死，但沒有一個證人能證明誰在週日晚上出現在戈登・布林克的家中。唯一和他在一起的人是傑伊，他依然聲稱什麼也沒看到。

戴瑞在調查奇普和瑞瑟命案時，也面臨同樣的問題。沒人真的在乎布林克死了。沒人真的在乎我們會不會抓到凶手。這個小鎮已經準備好忘記這樁罪行，把它埋在雪堆下，繼續過日子。只有戴瑞依然在乎，因為他是所有字謎都要解乾淨的那種人。他沒打算放棄，但就連他也知道這個案子不會有任何進展。

謀殺案發生後，整整一個月過去了，我們也碰了壁。證據枯竭。我們沒有訪談的對象，沒有事證等著被揭露。時間來到一月下旬，隨著氣溫降至攝氏零下二十度左右，對戈登・布林克之死的調查也變得像冬天一樣冰凍。

我以為這個案子會永遠這樣下去。懸案。

所以我不得不面對我人生的另一面，甜心。這一面跟我、瑞奇，還有我們的未來有關。我們結束的開始，是在一二六酒館的電影之夜；相信我，我是考慮了很久才決定告訴妳這些。但這不僅僅是我的故事。這也是妳的故事，妳有資格知道一切。

其實，在那個一月份，我發生了一些非常糟糕的事，但最好的事也發生了。妳。

發生了妳。

※　※　※

「妳穿這種衣服？」瑞奇問我，清楚表示不贊同。

我瞥向臥室的鏡子，看到我的倒影穿著粗大的條紋毛衣、牛仔裙和緊身褲。我已經梳了我的黑髮，但終究沒能壓平亂翹的髮絲。「我穿這樣有問題嗎？」

他噘起嘴，彷彿在吃葡萄柚。「妳看起來像高中處女。稍微露一點吧。」

「現在是零下二十度，」我提醒他。「一二六酒館的門每次打開，裡頭就像冰箱。你要我在看電影的時候一直發抖？」

「我希望我老婆在我們出去的時候看起來很性感。這個要求並不過分。」

「我是什麼樣子哪重要啊？」我抗議。「不會有人看我。所有女生都會看著史恩・康納萊，所有男生都會看著金・貝辛格。」

「亞傑克會看著妳。他總是看著妳。我要讓他看到他沒辦法擁有的東西。」

我搖頭，嗓音流露怒火。「你能不能別再想著亞傑克？他只是故意在刺激你。他從你們小時候就這麼做。」

瑞奇開始解開襯衫鈕釦。「好吧。如果妳不配合，那咱們就待在家裡。」

我低聲咒罵。

沒錯，我是可以堅守立場，但我實在沒心情吵架。今晚不想。我想藉酒澆愁，而不是擔心其他任何事情。我現在想出門，去笑，去遺忘，去喝酒。我真的很想喝酒。我並不期待接下來的一星期。我像許下新年心願一樣，下定了決心要和瑞奇徹底分手，我已經約好幾天後跟諾姆討論這件事。但我還沒準備好告訴瑞奇，而在我告訴他之前，我決心維持彼此間脆弱的休戰狀態。

所以我回到衣櫃前，脫掉衣服。瑞奇坐在床上看著我。我換了一件胸罩，能把我的小胸部盡量往上撐。我找出一條只遮住半條大腿的花朵吊帶裙，這件有著蓬鬆的肩部和低胸領口，非常適合國慶日的野餐，而不是在一月下旬的晚上去一二六酒館。我套上它，然後做了個擺動下擺的旋轉動作。

「這件怎麼樣？你滿意了嗎？」

「那當然。看吧，不會很難吧？」

我對他的反應做出假笑。我已經凍僵了。

我們就是這樣去酒館，我的四肢布滿雞皮疙瘩，在衣料底下激突的乳頭只想回家躲在毛衣底下。瑞奇如願以償，我確實是全場最性感的女孩，因為其他人都裹著好幾層法蘭絨。我是可以穿上我的長版羊毛大衣來保暖，但我們坐下時，瑞奇把它拿走了，這讓我覺得就像一隻被運往阿拉斯加冰川的佛羅里達紅鶴。

一二六酒館是個很大的地方，有著金色的木材和俗氣的裝飾，像是大型動物頭部、老式輪轂蓋，還有椰子做成的猴臉。這裡有個中央大廳，在電影之夜會放置金屬摺疊椅，能容納近兩百人。這裡還有一條長型吧檯、仿製的第凡內吊燈、百威和巴特爾斯與傑姆斯牌啤酒的霓虹招牌、幾個啤酒龍頭，還有被常客坐凹的紅色軟墊椅子。吧檯區旁邊是幾個較小的房間，可以在那裡玩撞球、桌上足球、彈珠臺和電玩遊戲。

設備這麼齊全，女廁裡卻只有一個馬桶，排起隊來總是一長串。

我和瑞奇並肩坐下，準備欣賞龐德系列的《巡弋飛彈》。他把一隻手放在我裸露的大腿上。燈光轉暗，但喧鬧聲沒平息下來。這裡的電影之夜主要是社交活動。你如果真心想看這部電影，那你來錯地方了。人們把手擋在銀幕前玩起皮影戲，還大聲喊出對白，因為我們以前都看過這部電影。鄰居們談笑風生，少年少女忙著親熱，孩子們尖叫著跑來跑去，而且每個人都喝醉。包括我。非常醉。我喝太多了。

詹姆士・龐德跟法蒂瑪・布魯什上床的時候，我已經微醺。而且我在椅子上扭來扭去，因為我想小便。

所以我走向廁所，在靠近後門的走廊裡，那裡冷得像冷凍庫。我穿過一團香菸煙霧，自己也點了一根菸。走廊裡瀰漫著燒焦的爆米花和尿味。十個女人等著上廁所，我對著隊伍咒罵，因為我不認為我能撐那麼久。

珊卓・梭羅站在我前面。她嘲笑我身上的夏季洋裝：「妳穿這什麼鬼東西啊，親愛的？」

我翻白眼。「瑞奇的要求。」

「嗯，想也是。妳要不要先穿上我的大衣？」

「妳真好。真的可以嗎？」

珊卓脫下她的羊毛大衣，我把胳臂伸進袖子裡，裹在身上，這是我這兩個小時以來第一次感到溫暖。

「布林克的案子進行得如何？」她問我：「查到是誰把他割開了嗎？」

「沒。」

「快查到了？」

「沒，完全沒進展。戴瑞很不高興。」

「真可惜。」

在酒精造成的暈眩下，我多嘴了。「反正也沒人在乎。」我說。

「噢，是嗎？」

「嗯。奇普、瑞瑟、布林克，他們都是壞男人。」

「他們的確是壞男人。」

「沒人在乎，」我重複。「沒人在乎壞男人。」
「嘿，蕾貝卡？」珊卓呢喃，把嘴唇貼在我耳邊，聲音變成耳語。
「嗯？」
「瑞奇也是壞男人。」
聽到別人大聲說出這句話，我感到解脫，彷彿我並不孤單。「嗯。妳說的沒錯。他是壞男人。」
「親愛的，妳得離開那種婚姻。」
「我知道。」
「他根本配不上妳。我一直搞不懂妳怎麼會嫁給他那種魯蛇。妳漂亮、聰明又堅強。妳很特別。」
我嘆口氣，閉上眼睛，覺得有點站不穩。「我並不想當個特別的人，我只想過正常的日子。在這兒，正常的女孩會結婚。」
「行，但妳為什麼嫁給瑞奇？」
「他說他愛我。」
「他說謊。」珊卓說。
我不明白。我沒辦法集中精神。這裡有太多噪音，太多煙霧，太寒冷，太多惡臭從廁所裡飄出來。我覺得想吐。「妳在說什麼？」
「那場橄欖球賽？妳第一次見到他的時候？他其實盯著妳好幾個星期了。」
我瞪著她，看到兩個珊卓，然後三個，然後四個，就像看著哈哈鏡。「那不是真的。」
「親愛的，他那時候跟礦場裡每個人吹噓說他會把妳弄到手。瑞奇像跟蹤森林裡的鹿一樣跟蹤妳。」

我脫下珊卓的大衣，還給她。「拿去。」

「抱歉。也許我什麼都不該說。我不是有意讓妳難過。」

「我沒難過。」

「妳在哭，蕾貝卡。」

「我沒哭。我只是真的、真的、真的很想尿尿。那些女人在裡頭做什麼啊？」

我快撐不住了。我如果再不採取行動，就會直接尿在地板上。我把赤裸的雙腿緊緊擠在一起。我揉揉臉，根本不知道臉上為什麼濕濕的。我在走廊盡頭看到酒館的後門，我搖搖晃晃地朝那個方向走去，差點跌倒。我唯一能做的，就是走去外面的雪地。我能在外頭尿尿。我真的憋不住了。

然後我遇到亞傑克。

他從男廁走出來。男廁總是沒人排隊。他比我高一呎，看起來囂張又英俊，就像史恩・康納萊在《金手指》裡那樣，而不是在《巡弋飛彈》裡那樣有了老態。亞傑克打量了我的臉、我的洋裝、我的胳臂、我的腿、我的乳頭，幾乎所有我能讓這個世界看到的東西。他露出咧嘴笑容，這是個可愛的笑容。他知道我要去哪裡、我必須做什麼，他覺得這非常好笑。

「想尿尿？」他問。

「噢，沒錯。」

「進男廁吧，我幫妳看著門。」

「謝謝你，謝謝你，謝謝你，謝謝你！」

男廁裡臭烘烘，但我不在乎。便池上掛著裸女照片，地板上因為男生瞄不準而又濕又黃。一臺機器販賣保險套和香菸，但有人打破了玻璃，拿走了裡頭的東西。廁所裡只有一個馬桶隔間，我跑進去，關上門，一脫下內褲，尼加拉大瀑布就湧過懸崖。我因為放鬆而差點發出尖叫。我坐在這裡的時候，試著看懂門板上的塗鴉，但這些黃色笑話和打油詩就像在我眼前翻筋斗。

我上完廁所的時候確實在哭，我凍得發抖，雙膝因此互撞。我不想回去外面，我不想面對每個看著我的人，我不想再坐在我丈夫旁邊，但我唯一能做的，就是來到洗手臺前，把自己弄乾淨。我閉上眼睛，讓世界停止旋轉，但我在腦海裡就像坐在旋轉椅上。

然後他來到我身旁。我睜開眼睛的時候，他就在旁邊。

亞傑克。

我沒聽見他進來。他轉過我的身子，輕輕把我推到洗手臺上。他抬起我的下巴，俯身吻了我。說真的，甜心，他很擅長接吻，而我這時候需要被吻。我沒推開他，而是用雙臂摟著他，把他拉向我。

他的身體貼著我，我能感覺到他的肌肉，他全身都硬邦邦。他的手在我身上到處遊走。他的手指在我的裙子底下蛇行，撥開我的內褲，觸摸不該觸摸的地方。

我終於意識到怎麼回事，但為時已晚。

我把他往後推，狠狠甩了他一巴掌，我的結婚戒指在他的臉頰上劃出一道傷口。這道傷口會留下傷疤，他會討厭臉上有疤痕。但就在這時候，我發現我們並不孤單。瑞奇就站在廁所門口。他什麼都看到了，他看到亞傑克吻我，看到我回吻他，看到我除了呻吟之外什麼也沒做，看到他的宿敵撫摸我為丈夫穿上的洋裝底下。

我的臉頰通紅。我結結巴巴，但一句話也說不出來。瑞奇抓住我的手腕，抓得很用力。

他把我拉出廁所時，我在腦海中看到模糊畫面像閃光燈一樣閃過：亞傑克大量流血；人們盯著我們；珊卓大喊我的名字；後門被一把推開；月亮和星星閃閃發光，瑞奇抱著掙扎的我穿過覆雪停車場，把我扔進車裡。

沒人做出任何舉動。沒人試著阻止他。

我們開車回家時，瑞奇一言不發。他的沉默讓我感到無比恐怖、冰冷又致命。我很快就清醒過來。二十分鐘後，我們回到家門前，但我不想進去。壞事在裡頭等著。所以他下了車，來到副駕駛座的車門前，用力打開，然後他再次把我抱起來，帶進屋裡，我扭動，掙扎，尖叫。

走廊裡的燈沒開。我洋裝的肩帶被扯斷了，我在他面前半裸著。他在陰影中，充滿原始的憤怒，完全失控。老虎。我慢慢後退，但他朝我逼近。靠近門的桌上放著我父親送的一盞小燈，瑞奇一怒之下抓起那盞燈，砰的一聲把它甩到地上。

他要殺了我。我知道。

他要把我打得血肉模糊，然後他要殺了我。我轉身逃命。他在我身後衝來，喊著恐怖的話語，拿難聽的字眼罵我。我跑上樓梯，但他就在我身後，抓住我的腳後跟，想把我拖下臺階。我踢了一腳，掙脫他。我進入我們的臥室，砰地關上門，上了鎖，但這沒辦法拖住他多久。

我來到梳妝臺前，拉開最上面的抽屜，拿出裡面的槍。我手裡拿著我的警用左輪手槍時，瑞奇正在踹門。門板飛離門框，他就在那裡，他的眼睛因怒火而發黑，他的手指像爪子一樣彎曲。我舉起槍，對準他。

「別動。」我喊道。

他不斷朝我走來。

「別動！」

這一次，我開槍了。我不是對準他，而是對準他的頭部上方。爆炸聲像炸彈一樣震耳，響得我以為我的耳朵會流血。石膏和灰塵從天花板灑到他身上。

「下一發會打進你的腦袋。」我告訴他。

瑞奇瞪著我，他知道我是認真的。他舉起雙手，但我看得出來，他想用那雙手掐住我的喉嚨。

「我們之間結束了！」我朝他咆哮。「我們結束了，玩完了。我再也不想看到你的臉。滾出去，瑞奇。我要你離開這棟屋子。現在就出去，永遠別回來。」

他後退。我走向他，把槍舉在身前，保持水平，兩條胳臂堅如磐石。他轉身下樓，我們的腳步在走廊的碎玻璃上嘎吱作響。我在追逐過程中丟了一只鞋，我的腳開始流血。

瑞奇來到前門時，再次面對我。我看到他眼睛裡的挑釁和威脅。「妳犯了一個大錯。妳最好別這麼做。」

「滾出去！」

「我會回來的，到時候妳會看到我能對妳做什麼。」

「如果你在五秒內不離開這棟房子，我會開槍打死你。」

他知道自己輸掉了這會合。他轉身，大步離去。幾秒後，門砰的一聲關上了，他在門外面。

我繼續用左輪手槍指著門口，無法放下雙臂。我聽到引擎怒吼，他開車朝主街疾馳而去，我看到車頭燈閃過。

我癱靠在牆上，滑到地板上。我小心翼翼把左輪手槍的擊錘歸位，把槍放在我身邊，然後我掩面抽泣。

甜心，過了那個晚上，我知道事情再也不一樣了。也因為我太瞭解瑞奇，所以我知道這件事遠遠沒有結束。

第十一章

第二天早上，我聽到敲門聲時，我還在走廊裡。我知道那人不是瑞奇，因為瑞奇不會敲門。我撐身站起，為了以防萬一而給門扉扣上門鏈。黑狼郡的居民大多不鎖門，但我暫時會採取更保險的作法。我把門打開一條縫，看到戴瑞站在門階上。

他的臉因擔心而顯得嚴肅。他知道發生了什麼事。

「妳有沒有受傷？」

「我沒事。」我低聲說。

「瑞奇在哪？」

「我不知道。我逼他離開了。」

「來跟我和我女兒一起住。」戴瑞說。

「不。這是我的房子，我要留下。」

「妳需要什麼？」

「半小時，」我告訴他。「我需要洗澡換衣服，然後我就能準備好。」

「我不是這個意思。妳需要什麼？」

「我需要去上班。」

「蕾貝卡，妳現在的狀況不適合。」

「我沒問題的。給我半小時，戴瑞。我沒事。」

他搖頭。「既然如此，那我來煮咖啡吧？」

我擠出笑容，解開門鏈，後退一步，而且不得不抓住斷裂的肩帶處，以防衣服掉下來。清晨的空氣吹進來，我再次顫抖。外面還很黑，所以我打開了走廊的燈。戴瑞進來，他的眼睛注意到一切：壞掉的小燈，我腳上的血，我的左輪手槍在地板上。

「蕾貝卡。」他呢喃。

「咖啡。」我對他說。

我上了樓，洗了一個漫長的熱水澡，感覺傷口和瘀傷的刺痛，但肥皂讓我再次感到乾淨。我洗了頭，髮絲總是因此成了鳥巢。洗完澡後，我刷了牙，穿上制服，把槍放回槍套裡。就這樣，我變回副警長。

新鮮咖啡的氣味把我引到樓下。我把咖啡裝進保溫瓶，隨身帶著，來到屋外，進入戴瑞的警車。我們沒再對彼此說話。現在很早，是星期一早上的七點三十分，地平線的粉紅光芒正在努力驅散黑夜。我啜飲咖啡，覺得它讓我重新活了過來。戴瑞沒發動引擎，而是像個父親一樣看著我。

「妳要不要告訴我發生了什麼事？」他問。

「我相信八卦已經傳遍了全鎮。」

「我不聽八卦。」

「真可惜，這次的很精彩。」

「別開玩笑，蕾貝卡。發生了什麼事？」

我是可以給他《讀者文摘》那種濃縮版。亞傑克吻了我，我允許他，瑞奇發現了我們，我如果沒拿到槍就可能被他掐死。還有什麼好說的？

「我要離婚。」我說。

「妳確定？」

「是的。」

「妳會不會改變心意？」

「不會。」

戴瑞發動引擎。「嗯，妳早該離婚了。」

就這樣。他要說的就這些。

當時，事情不會就這樣結束。當然不會。我沒蠢到以為事情結束了。但我洗了個熱水澡，喝了熱咖啡，此刻，我不想再想別的。

「我們要去哪？」我問戴瑞，因為他沒把車開往警局，而是開向公路。我們往東駛向初升的太陽。

「諾姆打來。今天早上五點左右，他開車去他的拖車。他原本打算在向日葵湖附近拍些日出的照片。但他到那裡的時候，發現有一輛車停在拖車外面。又有人在那裡霸住。」

「他知道是誰嗎？」

「不。而考慮到發生了什麼事，他覺得我們應該會想去看看。所以他回到家裡，打電話給我。」

戴瑞繼續開車。在這個時辰，路上只有我們這輛車。太陽升到樹上時，我們不得不在強光下瞇起眼睛。諾姆的拖車在郊區大約一小時車程外，聽起來很遠，但在黑狼郡這種地方其實不遠。通往拖車的那條泥土路，沿著國家林地的邊界延伸。滑雪者、徒步旅行者、漁民和攝影師都把車停在這裡，沿著小徑徒步穿過數百平方哩的樹林、河流和湖泊。我自己就走過幾十次。我十歲時就是在這片樹林裡露營，而且跟那頭野獸面對面。

我們沿泥土路又行駛了八、九哩。鏟雪車不常深入這個地方，所以我們的車在布滿車轍的雪地上打滑。戴瑞知道往哪開。他在拖車進入視野之前停車，以免讓拖車裡的人知道我們的到來。他以某種角度停車，以免任何車輛能繞過警車逃離。我們倆都下了車，在晨光下走過樹林，在前方看到諾姆那臺 Airstream 拖車。

正如諾姆所說的，有一輛車停在拖車的門外。是一輛黃色的凱迪拉克，掛著加州的牌照。

「搞什麼？」戴瑞咕噥。

我們凝視車窗，但沒看到任何跟車主有關的線索。副駕駛座上有一張蘭德麥克納利公司出版的大地圖。

我繞拖車走了一圈，它讓我感到熟悉。營地沒變，樹林也沒變。諾姆這六年來都沒移動這輛拖車。想起沾滿紅血的白牆，我感到有些不安。我把耳朵貼在金屬外殼上，但什麼也沒聽見。我不知道這表示拖車裡沒人，還是凱迪拉克的車主在裡頭睡覺。

我回到戴瑞身旁，搖頭。「沒聲音。」

他帶頭走向拖車的門扉。他的手就在佩槍旁邊，如果需要就能迅速拔出。他的其他手指握成拳頭，重重敲了門。

「黑狼郡警察！開門！」

裡頭沒反應，所以他再次發出警告。這一次，我們看到拖車微微震顫，聽見沉重的腳步聲。戴瑞和我謹慎地在門的兩邊等候，門終於向外打開。

一個穿著絲絨浴袍的矮胖巨人，在看到我們的時候綻放微笑。

「你好啊，柯蒂斯副警長，」班恩・馬洛伊以大嗓門對戴瑞說：「我就知道在這兒遲早會見到你。看來我們又該去抓厄蘇利納了！」

※　※　※

我以前從沒真正跟班恩・馬洛伊說過話，但確實有在電視上和黑狼郡附近見過他。他是我們本地的名人，出生於蘭頓郡，後來在好萊塢取得成功。他並不是湯瑪士・謝立克或李察・張伯倫那種英俊影星。他曾在一九七〇年代的科幻系列中擔任配角，飾演一名可以隨意複製自己的外星戰機飛行員。班恩很搞笑，這個角色也很受歡迎，雖然節目本身只持續了幾季。那部影集結束後，他花了一年時間試著找新節目，但除了客串《玄機妙算》和《霹靂嬌娃》之外沒什麼成果。

後來，發生了奇普和瑞瑟命案後，班恩的家鄉再次因為厄蘇利納傳奇而聲名大噪。他那部關於犯罪和尋找野獸的紀錄片成了NBC頻道年度收視率最高的節目之一，而且不久後，《班恩・馬洛伊尋奇》在黃金時段首播。接下來的三年裡，他每週二晚上探索神祕的麥田圈、百慕達三角、失蹤的飛行員愛蜜莉亞・艾爾哈特、不明飛行物、輪迴，以及其他各種未解之謎。厄蘇利納讓班恩成了富翁。

「你在這兒做什麼？」戴瑞問他。

班恩走下拖車的門階，把手伸進浴袍口袋，掏出一根菸斗，用火柴點燃。他的菸斗就是他的名片。他在每一集電視節目結束時，會在一個結滿蜘蛛網的陰暗圖書館裡抽著菸斗，同時說出關於本週探索的謎團的最終理論。

「你在開玩笑吧？」班恩回話，抽一口菸。「厄蘇利納再次殺人！野獸歸來！這是大新聞啊，副警長。」

「我的意思是，你在這裡做什麼？這輛拖車不屬於你，還是你不小心忘了？」

「噢，沒錯，沒錯，我知道，可是諾姆不會介意的。他是個好人。我原本會打電話給他，但我是在午夜之後才來到這裡。我猜全縣的人都在睡覺。那時候也來不及入住『好時光』度假村，而且說真的，我想在這兒跟那頭野獸共度一個晚上。這裡是一切的起源！牠在這裡第一次殺人！讓牠聞到我，讓牠知道我再次來到鎮上。所以我拿著我的八釐米攝影機，在拖車附近拍了一些夜晚的畫面。」

班恩說話的方式迅速又誇張，彷彿一直在讀劇本，鏡頭從不暫停。

「拍攝？」戴瑞嘆氣。

「沒錯，當然！我媽跟我說了這起命案的五分鐘後，我已經在跟NBC的大佬們講電話。他們對拍攝紀錄片續集感到興奮。時機再好不過。我有個團隊正在路上，他們應該過幾天就到。我已經在安排採訪，讓宣傳引擎開始運轉。其實，我很希望能採訪你啊，副警長，獲取關於尋找怪物的最新消息。」

「沒有怪物，」戴瑞答覆：「而且我不接受媒體採訪。」

「沒錯，我知道，我記得。真可惜。儘管如此，你上次還是幫了很大的忙。整整一星期，兩百名志願者日以繼夜地在樹林裡搜索！多麼盛大的活動！雖然冬天讓搜索變得更困難，但也許我們可以重現昔日盛況。嗯？你覺得怎麼樣？」

「這得由警長決定。」

「當然。我會打給傑瑞。警長還是傑瑞吧？亞傑克還沒篡位吧？」

「還是傑瑞。」戴瑞說。

「好極了。」班恩用嘴唇夾著菸斗的末端，他那雙開心的棕眼盯著我。「那麼，戴瑞，這位辣翻天的黑髮美女是誰啊？她是你的搭檔？你換了一個更好的！你當年的搭檔起來像一隻被沖上海灘的大眼死魚。」

「我是副警長——」我開口，但不禁猶豫。

我是誰？

我還姓托德嗎？還是該換一個？我接下來該姓什麼？

「我是副警長，姓科爾德。」我做出決定。而我一旦做了決定，就不會回頭。「蕾貝卡・科爾德。」

「科爾德，科爾德，科爾德。妳父親是哈洛・科爾德吧？」

「沒錯。」

「卡車司機？」

「是的。」

「哈洛是個男子漢。我和他曾經一起在一二六酒館共度幾個晚上，我當時才二十一歲左右。我印象中的妳，還只是個蹣跚學步的孩子。看看妳現在的模樣，還有妳那雙深邃的眼睛。她的眼睛很神奇吧，戴瑞？」

戴瑞看起來好像在咀嚼一塊大部分是軟骨的牛排。「我得通知局裡，讓他們知道這裡一切正常。我也得告訴諾姆，是你闖進他的拖車。」

「噢，當然，當然，你該怎麼做就怎麼做。這裡由我和蕾貝卡守著。」

戴瑞走向警車。班恩・馬洛伊雙手扠腰，咬緊牙關，大聲倒吸一口冷氣。他很難讓人討厭，但也很容易讓人覺得煩。他高大肥胖，卻有著一張小天使般的臉龐。

他的短髮棕色捲曲，而且他有個神經質的習慣，總是把額前的頭髮往後撥。以大塊頭的男人來說，他的動作靈活又優雅。

「那麼，蕾貝卡・科爾德，」班恩開口：「妳會不會幫我找到厄蘇利納？」

「我的職責是幫戴瑞找出是誰殺了戈登・布林克。」我答覆。

「都一樣！都一樣嘛！」

「這是刑事調查，馬洛伊先生，不是電視節目。」

「啊，看來戴瑞把妳訓練得跟他一模一樣。不說廢話，總是認真嚴肅。我喜歡。那麼，妳可能會感到驚訝，因為我其實也是個認真的人。」

「噢，是嗎？」

「非常認真。」班恩向我保證。

「對什麼認真？金錢？」

班恩從嘴裡拿出菸斗，重新打量我，帶著怪誕的假笑。「哎呀呀，看來妳很聰明，是吧？」

「戴瑞才聰明，我只是努力工作。」

「噢，妳可以儘管否認，但我看得出來妳那雙黑眼睛底下活力十足。人們不該招惹妳，是不是？那麼，蕾貝卡・科爾德，事實是，我確實靠著販賣怪談而賺了很多錢，我不否認。古代外星人是否訪問過地球，還把他們的科技留給瑪雅人和埃及人？老實說，我認為應該沒這回事。圖坦卡門的墓穴是不是真的被下了詛咒？我很懷疑。但是對我來說，厄蘇利納的故事不僅僅關乎於收視率或金錢。」

「是嗎？」

「當然。其實，我跟妳一樣是在黑狼郡長大，而且我知道一個祕密。」

「什麼祕密？」

班恩眨個眼，壓低嗓門。他靠近我，我能聞到他鼻息中的菸味。「厄蘇利納不是神話。牠是真的。我見過牠。」

第十二章

班恩・馬洛伊的歸來，重新點燃了警方對戈登・布林克命案的調查。這主要是因為傑克森警長開始接到來自全國各地媒體的電話，他們詢問厄蘇利納是不是回來了、我們是不是快抓到那頭殺人野獸。

「我們看起來像笨蛋一樣！」傑瑞在關上門的辦公室裡對我們咆哮。「你們昨晚有沒有看《六十分鐘》？安迪・魯尼專題報導了厄蘇利納。他滔滔不絕地講述了我們沒解決的懸案。他還秀出照片：厄蘇利納出現在達拉斯的草丘上。厄蘇利納埋葬吉米・霍法。厄蘇利納帶著大盜庫柏的錢，從一架七二七飛機上跳傘出來。」

「班恩知道怎樣宣傳。」戴瑞回話。

「他在六年前拿我們開玩笑，那已經夠糟了。我有出現在那部紀錄片裡，你們還記得嗎？警長和後院裡的怪物。我不想再來一次！明白了嗎？我要知道是誰殺了戈登・布林克，我要看到有人被抓。」

「我也是。」

「下一次《時人》雜誌打給我的時候，我們最好已經把一個人類關進牢裡，而如果你們做不到，那麼你們可以開始在樹林裡睡覺，直到你們抓來一隻七呎高的人猿。」

戴瑞沒笑。這一切對他來說都不好笑。

「傑瑞，我真的很希望我能跟你說我們快找出答案，但就目前來說，調查陷入了僵局。」

警長從辦公桌後面站起來，來回踱步。在外表上，他是亞傑克的老年版，高大、瘦削、英俊，但他的性格就像一條點燃的導火線，總是瀕臨爆炸。傑瑞五十多歲，比戴瑞年輕幾歲。前任警長退休的時候，全縣很多人都以為戴瑞會角逐這個職位。但戴瑞對政治沒有耐心。他讓傑瑞來處理園遊會、商會晚宴，還有四健會野餐。傑瑞跟他侄子一樣魅力十足，也沒人反對他出來競選。他已經當了十多年的警長，可能會繼續工作下去，直到他被埋在地底下。

「沒有陷入僵局這回事，」傑瑞怒罵：「只有不做事的懶警察。」

「我沒辦法憑空生出證據，傑瑞。」

「沒錯，但你可以改變現狀。」警長回到桌子後面坐下。我不禁注意到，打從我和戴瑞走進他的辦公室，他一直沒正眼看我一次。我簡直就像透明人。

「那你有什麼建議？」戴瑞問。

「你在這起命案中有一個十足的嫌疑人，你卻一直把他當成小孩子。我要你去打探他。」

戴瑞嘆氣。「傑伊。」

「沒錯。戴瑞，你應該也看得出來，這種犯罪手法是私人恩怨。除非有著強烈的動機，否則誰會把人切割成那樣。而這通常意味著凶手是家庭成員。如果你問我，我覺得妻子總是最有可能殺害丈夫，但你確認了戈登的妻子是在戈登被殺後才從明尼蘇達回來，不是嗎？那麼，還剩誰有嫌疑？那個兒子。傑伊。」

「問題是，沒有證據顯示那孩子跟案件有關。」

「沒有證據？我看過你的筆記，戴瑞。傑伊和戈登痛恨彼此。那孩子對父親的死訊毫無反應。他還罵戈登是怪物——我靠，他說得還不夠清楚嗎？況且，傑伊承認他星期天晚上在家。他的房間能俯瞰房子的前方，他卻聲稱他沒聽到或看到任何東西。這種可能性有多高？」

「很低。」戴瑞坦承。「如果傑伊當時在自己的房間裡，就應該有看到什麼。」

「所以，要麼他有看到，但為了保護某人而撒謊，要麼就是他自己殺了戈登。總之，你得找出真相。」

我聽著這兩個男人的談話，然後我打岔：「無論父子關係是好是壞，我覺得傑伊實在不像是會弒父的那種少年，警長。我跟他的朋友威爾談過，他也是同樣看法。」

傑瑞終於看著我，惱火得嘴角下垂。我立刻知道他想找我麻煩。「殺手會在胸前寫上『我是殺手』嗎，蕾貝卡？還是他們有特別的刺青？妳光是看著一個人的眼睛就能看出他們有沒有暴力傾向？那妳可真是天賦異稟。妳才工作了兩年，卻已經獲得這種能力。」

我試著管住自己的舌頭。我雖然習慣了被羞辱，被藐視，被忽視，但我實在受夠了。我真的不在乎我是否必須辭職，還是傑瑞要解雇我。我開口想回嘴，但戴瑞在我犯下會害我丟掉飯碗的錯誤前打斷了我。

「聽著，傑瑞，你可以儘管諷刺我們，但這並沒有讓我們更接近答案。你聽了也許不高興，但蕾貝卡說得沒錯。我也跟傑伊談過了。那孩子不是殺手。」

「真的嗎？」傑瑞口氣惡毒。

「真的。」

警長靠向椅背，雙手放在腦後。他臉上混雜著微笑和冷笑，這讓他看起來就跟亞傑克一模一樣。「跟我說說戈登・布林克的辦公室。」

戴瑞一臉困惑。「什麼意思？你想知道什麼？」

「誰進得去？」

「只有戈登自己，」戴瑞答覆：「其他人都進不去。」

「其他人都不行？」

「艾芮卡說他隨時把門鎖上。」

傑瑞又看著我，他臉上的酸澀告訴我，他知道一些我們不知道的事。「是這樣嗎，蕾貝卡？戴瑞沒說錯？」

「是的。艾芮卡跟我說她從沒進去過。戈登失蹤時，她甚至不太願意讓我進去。他把訴訟相關的所有機密資料都收藏在裡頭。」

「傑伊呢？」傑瑞問。

「他也給了我們同樣的說詞。」

「沒錯，他有這麼做。我看了你們訪談他的摘要。我不能進去，任何人都不能進去。這樣應該再清楚不過了吧？」

「你究竟要說什麼，警長？」戴瑞問。

傑瑞把手伸進抽屜，拿出一個馬尼拉信封，甩在桌上，用一根指頭戳戳。「亞傑克今天給了我指紋分析的結果。他徹底採集了戈登辦公室裡的指紋，你們猜結果是什麼？」

我和戴瑞瞪著信封。我們大概猜到答案。

「辦公室裡到處都是傑伊・布林克的指紋，」傑瑞說下去。「他有進去裡頭。他說了謊。」

我皺眉。「也許傑伊是在剛搬到那裡的時候進去過裡頭，在戈登把它當成辦公室之前。」

「他進去過臥室？」傑瑞問。

我瞪著他。「什麼？」

「臥室。那張床。戈登陳屍處。那裡也有傑伊的指紋。」

戴瑞站起身，我知道他在生氣，氣傑伊對我們說謊，氣自己在上司面前丟臉。「我們會跟他談談。」

「當然。但做事做徹底一點，戴瑞。讓那小子懂得害怕上帝，讓他知道我們是玩真的。就像我剛剛說的，他要麼親手殺了他父親，要麼知道是誰幹的。逼他說出來。」

「是，長官。」

戴瑞走向辦公室門口，但我起身跟著他時，傑瑞舉起一手。「托德副警長，妳先留步。我得跟妳談談。」

戴瑞在門口用眼神問我要不要他留下。我示意不用，就算我已經猜到我接下來有苦頭吃。戴瑞走出門外，把門帶上，我再次坐下。警長的怒火化為一種冷酷又平靜的態度，而根據我的經驗，這比他大發雷霆的時候更糟糕。

「托德副警長。」他說。

「其實，請叫我科爾德副警長，長官。我和瑞奇要分開了。」

「蕾貝卡，妳就算想自稱道格副警長，我也不在乎。」

「是，長官。」

「亞傑克對妳提出了申訴。」

我目瞪口呆。「什麼?」

「他說妳週日晚上在一二六酒館襲擊了他。妳甩了他一巴掌，在他的臉頰上劃出一道很深的傷口。」

「我——這個嘛，我是有這麼做，可是他——」

「他說妳喝了太多啤酒所以需要上廁所，他提出讓妳使用男廁，因為女廁太多人排隊。妳走出廁所隔間後，開始對他進行性挑逗。他拒絕了，但妳沒放過他。就在那時候，妳丈夫進入廁所，而妳為了掩飾自己的不當行為而毆打了同事。」

我猛然站起。「那不是事實。是亞傑克來接近我。你比誰都清楚他是什麼樣的人。你知道他從我踏進這間辦公室開始就怎樣對待我。」

「如果妳沒辦法應付這個部門的工作條件，一開始就不該來應徵。」傑瑞回話：「咱們面對事實吧。妳不適合這份工作，從頭到尾都不適合。」

「因為我是女人？還是因為我拒絕跟你的侄子上床？」

警長從桌上拿出一個密封的公文信封，推給我。我看到印在信封上的大寫字母，那是我的名字：蕾貝卡・托德副警長。

「這是申訴的副本，」傑瑞告訴我。「裡頭包括亞傑克的陳述。我們會進行正式的調查。如果申訴成立，妳就會遭到懲處，包括解職。」

我搖頭。「你要解雇我，因為亞傑克把手伸進我的裙子底下？」

「妳該知道，我也跟妳的丈夫討論了這件事。」

「我的丈夫？」

「瑞奇確認了亞傑克的說詞。」

「他根本沒在場目睹！他那麼說，是因為我把他踢出了家門。警長，這不公平。」

傑瑞懶得聽我說話，而是翻動文件，戴上老花眼鏡，瞟我一眼，彷彿不明白我為什麼還在這裡。「沒其他事了，蕾貝卡。」

第十三章

「他不會解雇妳。」我開車前往戈登・布林克家的犯罪現場時，戴瑞對我說。

我沒向他吐露警長跟我說了什麼，但他已經知道了。局裡每個人都知道，因為亞傑克到處宣傳他的說詞。他說是我對他主動。

「傑瑞這兩年來一直在找機會炒我魷魚，」我說：「這次就是絕佳機會。」

戴瑞搖頭。「妳跟亞傑克的那件事，不是妳的錯。」

我瞥向他。我知道他是試著安慰我——他總是對我很親切——但我今天實在不想對我自己有好感。我犯了太多錯，現在要付出代價。

「你怎麼這麼肯定，戴瑞？你以為我是天使嗎？你怎麼知道事情不是像他說的那樣發生？」

「既然妳打了亞傑克，這就表示他給了妳充分的理由打他。我知道他是什麼樣的人。更重要的是，我知道妳是什麼樣的人，蕾貝卡。」

我犯了錯：我說出首先跳進腦海裡的想法。「我不是你的女兒，戴瑞。不要把我當成你女兒那樣對待。」

他立刻閉上嘴。

從他的表情來看，我看得出來我深深地傷害了他。

我知道，甜心。不用妳說，我也知道我這樣很惡劣。對這個從我小時候就愛我、幫助我的男人來說，我這句話是多麼愚蠢又無禮。

沒錯，戴瑞不是我父親，但我的親生父親在哪？他總是在某條路上。我一個月能跟他說上兩次話就算幸運了。我每次能跟我爸說話的時候，總是向他保證我很好。我知道他很忙，但說真的，他長期不在家，讓我感到失落又孤單。說真的，沒有他在身邊，這讓我變得憤怒，所以我大概能想像妳現在是什麼感受。我有時候迫切需要我的父親，因為我難過、哭泣、孤獨和痛苦，因為我深陷井底，看不到藍天，但他就是不在我身邊。我覺得被遺棄，覺得苦悶。我從他那裡得到的只是一首詩，是他在我小時候唱給我聽的。但我需要更多，而跟我父親相比，戴瑞給了我更多支持，我現在卻惡劣地叫他別管我。

我有沒有為自己的殘酷行徑道歉？沒有。我只是繼續開車。

戴瑞終於改變話題，語調冰涼。「雪要來了。」

「什麼？」

他向前傾身，打量樹木上方的地平線。「雪快來了。大概很多。」

他說得沒錯。在這裡，我們學會如何判讀冬季天空。再過一天，一場暴雪就會掩埋我們。再過一天，我的人生就會因為深沉之雪而出現無可挽回的變化。當然，我這時候還不知道日後會怎樣，甜心，但事後看來，我就算有能力也不會改變那天。這是妳需要瞭解的。雖然發生了那些事，但我毫無遺憾。

總之，雪還沒到來。我只是繼續開車。

我們來到戈登・布林克遇害的那間屋子。艾芮卡正在搬離這裡，諸多箱子被送上一輛廂型車。她監督整個過程，有條不紊地告訴男人們什麼東西應該放在哪裡。看到我們的到來，她不高興地皺眉，因為我們打擾了她的行程。儘管如此，她還是撫平了自己的金髮，吩咐搬家工人們休息一下。然後她帶我們進屋裡。

「妳要離開？」我開口問道。我們在客廳就座，壁爐裡的火劈啪作響。

「沒錯，除舊迎新。律師事務所要派另一個合夥人來接管訴訟。相信我，我迫不及待想離開這個地方、回到文明世界。無意冒犯。你們如果想跟我談話，可以打去我在明尼蘇達的號碼。」

「不是密爾瓦基？」我問。

「不是。我要回娘家住一陣子，判斷接下來該怎麼辦。我最不想做的就是住進戈登的房子。那是他的房子，不是我的。」

「了解。」

「那麼，你們有什麼事？」艾芮卡問：「恕我說得直率，不過天氣預報說會下雪，所以我想今天就離開黑狼郡。」

「我們還有一些後續問題想問妳，布林克太太，」戴瑞說：「也想問傑伊一些事情。他在嗎？」

「不在。他在學校。」

我驚訝地看著她。「他不跟妳一起走？」

「傑伊決定留在黑狼郡，念完這個學期。誰知道為什麼？我以為他會抓住機會離開這裡，回去他母親身邊。」

「他會住在這棟房子裡嗎？」

「不會。諾姆・佛茲會讓他住在他家。他已經整理好行李了。搬家工人會順路把傑伊的箱子放在諾姆家。」艾芮卡瞥向手錶。「如我所說，我在趕時間。我們能不能盡快談完？你們找我有什麼事？」

「我們訪談了某人，那人說妳丈夫在他公司的女性當中有著某種名聲。」我告訴她。

艾芮卡繃緊漂亮的下巴。「名聲？」

我不知道該怎麼委婉，也不打算委婉。「他在面試的時候，會要求應徵者跟他發生性關係。」

「誰跟妳說的？」

「這不重要。」

「讓我猜猜。潘妮・拉姆齊。那潘妮有沒有提到，她的名聲是洩漏客戶的祕密？我說個令人震驚的例子：她曾向公司外面的一個朋友，洩露一件涉及我們客戶的一位高級主管的軼事。她明明該被解雇，但戈登確保她保住飯碗。而他現在死了，沒辦法為自己辯解，她就趁機抹黑他。」

「戈登的名聲是不是事實？」我再次問道：「他是不是強迫女人跟他發生關係？」

「這跟你們的調查有什麼關聯？」

戴瑞打岔：「因為那種行為可能引發殺人動機。」

「如果你們認為潘妮・拉姆齊或其他女人因為辦公室沙發上的一次性愛而謀殺了戈登，那你們應該跟她們談談，而不是跟我。我對這件事沒什麼要說的。如果你們沒別的事，那現在就可以走了。」

她站起來，但戴瑞待在原位。

「還有一件事，布林克太太。」

她再次坐下，一臉不耐煩。「什麼事？」

「妳說過除了戈登以外，沒人進去過那間小屋。」

「沒錯。所以?」

「這向來是事實嗎?還是妳或傑伊偶爾會進去?」

「去參觀那間至聖所?不,從不。」

戴瑞皺眉。「那麼,妳能不能解釋為什麼裡頭發現了傑伊的指紋?」

艾芮卡瞪著我們。「傑伊進去過戈登的辦公室?」

「是的。」

「我看不出這怎麼可能。戈登不在裡頭的時候,小屋一定是上鎖的。」

「傑伊有沒有可能弄到鑰匙?」戴瑞問。

「我猜他是有可能,可是這不合理。」艾芮卡再次起身,面向爐火。她的側面對準我們,臉龐漲紅,顯然意識到戴瑞暗指了什麼。「我的天啊。你們認為是他。你們認為是傑伊殺了他,是不是?」

「我們有些問題要問,」戴瑞說:「有些說詞不合理。」

艾芮卡轉身。「傑伊威脅過戈登。」

「什麼?」

「他威脅過他父親。」

「妳為什麼之前沒告訴我們?」

「我原本不知道這件事。那是在我離開的時候發生的。」

「妳是怎麼得知的?」

「我在兩天前跟他媽媽談過。雖然她和我的關係不算融洽,但我需要知道她希望我怎樣安排傑伊的生活。畢竟他是她的兒子,不是我的。他跟我說他想留在這裡,我也不在乎,但我想確保他媽媽同意。」

「她同意嗎？」戴瑞問。

「看來如此。傑伊跟她說他終於交到朋友，而且他不想再半途轉學。她也跟我說了我原本不知道的事。我在明尼蘇達的時候，傑伊和戈登大吵了一架。傑伊打電話跟他母親哭訴。」

「吵架的原因是？」

「戈登打算在聖誕假期結束後，把傑伊送回他母親那裡。」

「而傑伊想留下？」

「沒錯。這跟我們去年十月來這裡時的情況正好相反。傑伊當時非常討厭離開密爾瓦基和他母親，現在卻非常討厭回去。我也不知道為什麼。也許他只是想跟戈登唱反調。我跟你們說過，他們倆水火不容。但他母親說，傑伊變得相當極端。」

「怎麼說？」戴瑞問。

「傑伊說，他父親如果試著送他回老家，就一定會後悔。」

「他這麼說是什麼意思？」

「我不知道。但他母親擔心你們會認為是傑伊殺了他。她不希望我把這件事說出來。」

戴瑞皺眉。「妳說傑伊的東西都在樓上的箱子裡？」

「是的。」

「我們想搜查。」

艾芮卡指向樓梯。「請便。」

※ ※ ※

傑伊沒帶多少私人物品去諾姆的房子。他的音樂、海報、書籍和衣服全塞進兩個紙箱裡。戴瑞拿起其中一個箱子，把裡頭的東西倒在男孩的床上。

「你要找什麼？」我問。

「我也不知道，蕾貝卡。」他表現得冷漠又公事公辦，我也不怪他，畢竟我說了那種傷人的話。「也許日記吧？傑伊似乎是那種會寫日記的孩子。」

「這真的會幫到我們？我很難想像他會在日記裡坦承。『我今晚吃了披薩當晚餐。我殺了老爸。』」

戴瑞聳肩。「更奇怪的事情也發生過。」

「我不認為是傑伊殺了他，」我說：「你也不這麼認為。」

「也許吧，但警長說得沒錯。傑伊是我們目前唯一可能的嫌疑人，我們越是瞭解他跟他父親的關係，就越發現所有線索都指向他。指紋出現在不該出現的地方？爭吵、威脅，就在戈登遇害的幾天前？沒有不在場證明？我也許不確定他有罪，但我不再確信他是無辜的。」

戴瑞翻了翻唱片和捲起的海報，但沒找到日記之類的東西。他傾倒了第二個箱子，裡面裝滿書。

「諾姆說戈登懷疑自己遭到傑伊的監視，」我指出。「也許這是真的。如果傑伊有試著挖出關於戈登或訴訟的黑料，這或許就能解釋辦公室裡為什麼有他的指紋。」

「嗯，我有想過。」

「監視他父親也許是不道德的，但這並不等於他是殺手。」

「沒錯，」他同意。「這樣不等於是殺手。不過這個東西很可能算是證據。」

「什麼？」

戴瑞指向傑伊床上的一本書，它躺在箱子裡的經典文學和詩集之中。我知道這本書是什麼，因為我自己的書架上也有一本。黑狼郡每個人都讀過。

班恩・馬洛伊所著的《厄蘇利納凶案》。

這本書詳細描述奇普和瑞瑟的死亡，以及那頭野獸對他們的身體做了什麼。

「對模仿犯來說，」戴瑞說：「這本書就像地圖。」

第十四章

傑伊坐在高中一間無人教室裡的一張課桌後面。諾姆・佛茲坐在他旁邊。我先前說過，八卦流言在黑狼郡傳播得比電報還快，所以我們到達學校時，每個人都已經知道傑伊成了他父親命案的嫌疑人。我們跟他交談時，諾姆已經來到現場，擔任這名少年的律師。

我試著弄清楚傑伊向我們隱瞞了什麼，因為他絕對有所隱瞞。我或戴瑞提出疑問時，他甚至沒抬頭看著我們。他坐在課桌後面，用手指推著一本平裝本的《道林格雷的畫像》。這本書是個有趣的選擇，描述一個人向世界展示一張無辜的臉孔，而另一張祕密的肖像變得越來越可怕。

傑伊儀容端正，紅頭髮乾淨整齊，修長的雙腿從桌子底下伸出來。他穿著一件看起來很貴的菱紋冬季毛衣，料子可能是羊絨。對於一個試圖融入黑狼郡其他孩子當中的少年來說，這種衣服是錯誤的選擇。我們本地人大多是在主街上一家舊貨店買衣服，而且「炫富」絕對能害自己惹人厭。但我總覺得，傑伊並不在乎別人對他有什麼看法，那個「別人」也包括他的父親。

戴瑞主導這場訪談。他換上陸戰隊的臉孔，而就算他已經六十幾歲，其威懾力絲毫不輸他在三十年前以中士軍階在韓國打仗的時候。

戴瑞開口：「傑伊，我們第一次跟你談話的時候，你說你不被允許進入你父親的辦公室。」

「嗯。這又怎樣？」

「那麼，我們為什麼在裡頭發現你的指紋？」

傑伊在答覆前猶豫了一下，我看得出來他正在編故事。他是很聰明，但散發一種自大傲慢的氣息，自以為其他人都比他笨。「我只是想跟他玩遊戲。」

「什麼樣的遊戲？」

「我有時候會偷戈登的鑰匙，進他的辦公室裡亂搞。」

「亂搞？」

「搬動東西。只是稍微而已，讓他不確定是不是他自己移動的。戈登很偏執，所以我喜歡搞得他心神不寧。」

「你多常這麼做？」

「我也不確定。三、四次吧。我已經有一陣子沒這樣搞了。」

「你在辦公室裡的時候，有看過你父親的私人文件嗎？」戴瑞邊問邊看諾姆一眼。

「嗯，有時候。」

「官司的相關文件？」

「也有。」

「你有沒有讓任何人知道你看到什麼？」

「沒有。」

諾姆把手放在男孩的胳臂上。「我重申一下我跟蕾貝卡和亞傑克說過的話：我從沒叫傑伊幫我打探什麼，我也未曾從他或威爾那裡取得任何機密資料。」

「可是我會願意幫忙打探。」傑伊補充一句，引來諾姆皺眉。

「戈登有沒有發現你進去過他的辦公室？」戴瑞問。

「沒有。」

「他有沒有在這件事上質問過你？」
「沒有。」
「他知不知道你看過關於訴訟的資料？」
「不知道。」
「那麼，戈登為什麼確信你在暗中監視他？」
「我說過了，他很多疑。他在這裡的每一天都在注意身後，彷彿以為會發生什麼事。」少年臉上露出不該有的竊笑。「他彷彿知道厄蘇利納會來找他。」
戴瑞冷冷地盯著他。「你的繼母說，你打算留在黑狼郡念完這個學期。」
「嗯。」
「我以為你不喜歡這裡。」
「我是不喜歡這裡。我的意思是，如果我冒犯了你的小小天堂，那我很抱歉，但這整個縣就是一個鳥不生蛋的荒野。這裡的天氣很爛，食物很爛，人也很爛。」
「那你為什麼想留下？」
「因為我今年已經轉學過一次了，不想因為再次轉學而搞砸成績。我在秋天要申請大學。」
「我們聽說你父親打算在聖誕節後送你回密爾瓦基，」戴瑞說：「你們倆曾為此爭吵。」
「這算什麼新鮮事？我們在任何事上都吵得起來。」
「你父親為什麼想送你回去？畢竟當初就是他把你從密爾瓦基的學校轉走。你說過，他認為那裡的學校給你灌輸了一些想法。」
「沒錯。」
「所以什麼改變了？」

「誰知道?也許他受夠了帶著我。」

「我們聽說你曾經威脅他，」戴瑞說下去。「你曾說，他如果試著把你送回密爾瓦基，他會為此後悔。你那麼說是什麼意思?」

「沒有任何意思，只是就那樣說出口。我當時只是說氣話。」

「你有沒有威脅說要洩漏你在他的資料裡看到的東西?」

「沒有。我說過了，他根本不知道我進去過他的辦公室。」

「那你那番話究竟是什麼意思?」

「沒有任何意思。那只是蠢話。」

戴瑞把手伸進外套裡，取出一個紙袋，把裡頭的東西倒在傑伊面前。是班恩・馬洛伊那本著作。

「這是你的嗎?」戴瑞問。

「嗯。」

「你為什麼買這本書?」

「我聽說過那頭野獸潛伏在附近樹林裡的故事。我很好奇。」

「你讀了嗎?」

「有。很血腥。」

「我們發現，你父親陳屍的情況跟書中描述的非常相似。」

「這又怎樣?你以為是我殺了戈登，而且遵照書中的描述，好讓事情看起來像是厄蘇利納幹的?」看戴瑞表情沒變，傑伊目瞪口呆，流露恐懼。「你是在開玩笑吧?你居然這麼想?」

「你得對我們實話實說，傑伊。你父親是不是你殺的?」

「不是！不可能是我。我沒做那種事。」
「你母親不希望艾芮卡讓我們知道你跟你父親吵架。她怕我們會認為是你殺了你父親。她為什麼擔這種心？」
「我媽有時候會反應過度。她知道戈登在我眼裡是什麼樣的人。」
「那他在你眼裡是什麼樣的人？」
傑伊結巴，開始掙扎。「我的意思是，她知道我跟他處不好。我是說他生前的時候。」
「你跟你父親經常吵架。」
「嗯。我已經說過了。」
「戈登會吼你？他在口頭上有虐待過你？」
「他當然有。」
「爭吵有沒有演變成肢體衝突？」
「什麼意思？」
「你父親有沒有打你？」
傑伊皺眉。「嗯。有時候。」
「多常？」
「好吧，其實他經常動手，幾乎天天都有。他是個有暴力傾向的王八蛋。」
「你有沒有還手？」
「沒有。」
「可是你想還手。」
傑伊一手用力握拳。「嗯，當然。我是想還手。」

「你恨他。」戴瑞口氣就事論事，彷彿這根本不是發問。

我注意到傑伊眼裡閃過怒火。「嗯，我恨他。這又怎樣?他是豬。」

「你有時候希望他死。」

「你要我說出來?行，好吧，我就說出來。我有時候希望他死。你說得一點也沒錯。」

戴瑞是箇中高手。承認自己希望父親死掉，這是一件可怕的事，而就算你沒殺了他，之後也不會有人相信你的否認。諾姆顯然也想到同樣的問題。

「我們談完了，戴瑞，」諾姆強硬地打岔。「不准再問了。」

傑伊還沒說完，還沒意識到自己在給自己挖坑。「你不知道戈登是什麼樣的人。我跟你說過他是個怪物，但你就是聽不進去。」

「傑伊，不准再說了，」諾姆輕聲道：「夠了。」

少年的雙拳重重砸在課桌上。「不，我受夠了在他的事情上演戲。沒錯，我恨死那個王八蛋。他對我想動手就動手，把我打得死去活來。他罵我是垃圾。他罵我是──」

「別說了。」諾姆強硬道。

「可是人不是我殺的！」傑伊對我們咆哮。「我沒殺他！」

他聽起來就像個雙手沾染巧克力手的孩子，跟媽媽說自己不知道誰吃掉了好時牌巧克力棒。

我必須做點什麼。我不能再看著這孩子自證其罪，所以我給傑伊拋出一條救生索。不管警長想要什麼，不管戴瑞認為自己的職責是什麼，我都需要給傑伊一個機會說出真相。

「傑伊，你星期天晚上在哪?」我以尖銳口吻問道。

少年瞪著我，眼睛大得彷彿會跳出頭殼。「什麼?」

「你那時候在哪？」

「在屋子裡。我已經說過了。」

「沒錯，可是我覺得你當時說了謊。你那時候究竟在哪？」

「我那晚一直在我房間裡。我什麼也沒聽見。」

「你什麼也沒聽見，是因為你根本不在那裡。」我堅稱。

「蕾貝卡，」戴瑞朝我斷聲道：「妳究竟在做什麼？」

我沒理他，而是抓起傑伊的手腕。「你如果有不在場證明，就需要說出來。如果你星期天晚上不在家，就不可能殺了他。你明白這個意思嗎？只要你在星期天晚上是在別的地方，你對你父親說過或做過的任何事都沒有任何意義。你那時候在哪，傑伊？」

我們四目交會。

他知道我沒在跟他玩遊戲。這不是圈套。有那麼一刻，教室裡感覺空蕩無人，彷彿戴瑞和諾姆都離開了，只有我和傑伊獨處。我能感覺到他迫切地想向我敞開心扉，他的祕密很想爬出來。他看著我，用眼神問道：妳知道，是不是？

因為我確實知道。

我知道他在隱瞞什麼。我甚至沒辦法說明我為什麼知道，或是透過什麼線索猜到。但正因為我知道真相，所以我也知道傑伊絕對不會坦承。絕不可能。

「我說的是實話，」他對我重複：「我一整晚都在我的房間裡。」

然後他刻意強調一句：「獨自一人。」

第十五章

那天晚上，我坐在家裡的地板上，周圍一片漆黑，一點燈光都沒有。我想假裝自己不在家。壁爐冰冷，一陣寒風沿煙囪而下，讓我不寒而慄。我抽著菸，但吐氣時甚至看不到灰煙。我偶爾起身，望向窗外，但天上沒有月亮，沒有星光，只有厚厚的雲層，那些雲將在明早把我們埋在雪中。

我知道他在外頭某處。瑞奇。

我把他趕出去之後就換了門鎖，所以他的鑰匙不能用了。當我回到家時，做的第一件事就是檢查窗戶，確保他沒闖入。我聽說他睡在他一個礦工朋友的沙發上，但我知道他遲早會來找我。他一定想報仇。戴瑞繼續敦促我去他家住一段時間——他這麼做很大方，因為他很氣我干涉他對傑伊的盤問——但我拒絕了他。我雖然安全度過一個晚上，但很難保證隔天晚上會一樣安全。瑞奇遲早會找上我，我必須做好準備。

他在我的答錄機上留言。他一開始表現得很溫柔，帶有道歉的態度，試圖讓我回心轉意。嘿，寶貝，我們可以解決這個問題。別這樣，妳知道我愛妳。後來，隨著他喝多，他好鬥的一面就顯露了出來。罵髒話。口頭威脅。不堪入耳的字眼。威脅。他用我不想讓任何人聽見的字眼罵我，而我更不可能說給妳聽，甜心。

我是可以逮捕他，可是這又有什麼用？他很快就會回到街上，比之前更瘋狂。不，我跟他的那一天即將到來。我不知道那一天什麼時候會來，但這就是為什麼我獨自坐在黑暗中，槍就在手邊。

我父親也留了訊息給我。他在某處的路上，醉醺醺，心情差。他向我保證他會更常打電話給我，這是他每年都會許下的承諾，但從沒做到。我明白。我跟我父親雖然深愛彼此，但過著各自的人生。有很長一段時間，我一直以為這是因為我們都是孤獨的人，我、他，還有我哥。但這向來不是事實。我們三人之所以分開，是因為失去了我的媽媽。我們每個人都進入自己的洞穴哀悼，再也沒出來。

他在電話答錄機上的聲音有點不太一樣。我是指他的語氣，而不是他說的話語，他彷彿為一些他應該去做卻未曾做到的改變感到後悔。我不禁懷疑，他是不是生病了。過了幾個月後，事實證明我猜對了。

總之，那天晚上，我抽完半包菸後，看到車道上有車頭燈。我立刻站起，握著扳動了擊錘的手槍。我熟悉瑞奇那輛卡車的引擎轟鳴聲，車道上不是他那輛車的聲音，但他也可能狡猾地開著別人的車到來。我還來不及看到是誰，車頭燈已經熄滅。我聽到腳步聲接近前門，然後有人輕聲叫了我的名字。

「蕾貝卡？」

是亞傑克。

我站在門的另一邊，一動不動，沒吭聲。

「別這樣，蕾貝卡，我知道妳在裡面。」

他不打算離開。我打開走廊裡的燈，把門打開夠寬的一條縫，讓他看到我手裡的槍。他舉起雙手，露出招牌的咧嘴笑容。

「別開槍。」他說。

「你想怎樣？」

他穿著副警長的制服，他的警車停在車道上。「看來妳我得想辦法在工作上和平相處。」

「看來你得別再亂摸我。」我說。

「那晚在瑞奇出現前，我可沒聽見妳抱怨。」亞傑克摸摸臉上被我的戒指割出來的紅色長痂。「妳在那時候才患上貓抓熱。」

「離我遠一點，亞傑克。」

「我願意撤回申訴，」我正要關門的時候，他對我說：「我只要跟傑瑞說一聲，整件事就會結束。我知道妳需要這份工作。」

「那你想要什麼回報？」

「我什麼也不想要。我只希望妳我能重新來過，就這樣。拜託嘛，讓我進去，我們好好談談。只是談談，我發誓。」

我把門開得更大。「你膽敢碰我，我就會踢你的要害。」

「我相信妳。」

我們一起進入客廳。亞傑克在沙發的一端坐下，我坐在另一端。他點燃一根菸，我也是。我們警惕地看著彼此。我們很長一段時間都沒說什麼，我猜這就是他的計畫。他只想坐在我的屋裡，讓我感受我們之間的性吸引力。我也確實感覺到。我有過經驗，知道他很懂得如何接吻，如何運用雙手。我們越是坐在原處抽菸，我就越想脫掉他的衣服，只是想看看那會怎樣。

「你願意撤回申訴？」我終於開口。「你是認真的？」

「其實，我已經這麼做了。我叫傑瑞撤掉申訴。我跟他說是我反應過度。妳我那時候在酒館，都喝多了，所以發生了一些事。」

「謝謝你。」

「別客氣。」

「說真的，我實在搞不懂你，」我搖頭。「你有美麗的妻子和孩子，為什麼還要到處偷吃？」

「妳幹麼在乎？」

「我只是好奇。」

「這個嘛，我也搞不懂妳。瑞奇明明配不上妳，妳幹麼嫁給他？」

「因為這裡的人就是會這麼做，會結婚。」

「妳明明可以嫁給更好的對象。」

「在黑狼郡？不太可能。在這裡，只能眼前有什麼就拿什麼。」

亞傑克把菸從嘴裡拿出來。「其實，瑞奇說妳性冷感。」

「你說什麼？」

「他就是這樣跟每個人說。他上妳的時候，妳動也不動，彷彿只希望趕緊結束。」

「我不在乎瑞奇對人們說什麼。」我發火道。

「是嗎？」

「去死吧你，亞傑克。」

「嘿，我不怪妳。瑞奇在我眼裡是個早洩男。誰想要那種男人？」

「你到底想說什麼？跟你睡一晚，就能永遠改變我？」

「也許。」

「哇靠，你也太自大了吧。」

亞傑克咯咯笑。「嗯，我承認有罪。但試試又何妨？我的意思是，我們又不用說出去。」

他不隱瞞自己的意圖，我反而覺得這充滿吸引力。

「說起來，你到底為什麼想把我弄到手？」我問：「我的拒絕讓你很興奮？這裡還有很多女人樂意為你躺下。」

「妳有其他女人沒有的某種特質。」

「噢，是嗎？什麼特質？」

亞傑克從沙發另一頭打量我。「說真的？我也不知道。但是瑞奇也看到那個特質。他第一次看到妳的時候，跟我說他找到一個與眾不同的女孩，一個強悍的小小邊緣人，有著不可思議的黑眼睛。我當時覺得他在鬼扯，但我後來親眼看到妳的時候，發現他說的一點也沒錯。我當時也想追妳。」

「問題是你已經娶了露碧。」

亞傑克聳肩。「嗯，這倒是。」

「我並不特別。」

「噢，妳當然特別。我覺得妳在說這句話的時候自己也不信。妳知道自己不一樣。」

「我認為你該走了。」

「怎麼，妳懷疑妳會忍不住對我怎樣？」

說真的，我有點懷疑自己會做出愚蠢的錯誤。我感到好奇、莞爾、震驚，卻也有點興奮。瑞奇說得沒錯，我很少這樣。我就是這種人。我有時候不禁好奇，在無關於權力和控制的情況下跟某人發生性關係會是什麼感覺。遇到一個真正的好人，跟那個人在一起，彷彿這個世界上存在著這樣的事。但有件事是我能確定的：那個人不是瑞奇，也不是亞傑克。

「我感謝你撤回申訴，」我說：「但你得走了。我沒在生氣，也不介意你說的任何話。其實，我感謝你對我誠實。但你我之間什麼事也不會發生，今晚不會，永遠不會。」

他優雅地接受了我的拒絕，至少暫時如此。我可沒笨到相信他在我身邊突然變成純情男。但我起身時，他也站起來，跟著我走到前門，沒對我做出任何嘗試，沒摸我屁股，沒在走廊吻我。

「明天見。」亞傑克說。

「嗯，明天見。」

我打開門，嚇得尖叫。

有人站在我面前的門廊上。在黑暗中，我原以為那是瑞奇，但在下個瞬間，我鬆了口氣，意識到弄錯了。

是威爾・佛茲。這個身材魁梧的橄欖球員從我身邊衝了進來，衝進屋裡。他居然在哭。

「我跟妳說過人不是他殺的！」威爾朝我尖叫。「人不是傑伊殺的！現在戴瑞卻想逮捕他！」

第十六章

威爾在客廳的粗毛綠地毯上瘋狂地來回踱步。我認識了他一輩子，從沒見過他這麼難過的模樣。他那副輕鬆的笑容消失了。他用毛衣擦拭鼻水。他呼吸非常急促，似乎需要一個紙袋來防止過度換氣。那個喜歡每個人，生活態度就像老鷹樂團的歌曲一樣圓潤的孩子，在我們面前崩潰。

「威爾，坐下。」我對他說。

他沒這麼做，而是繼續來回踱步。我重複兩次後，亞傑克在客廳中央攔住了少年，抓住他的肩膀。「坐下。」

威爾癱坐在沙發上，雙手掩面。我坐在他身旁。威爾試著喘氣時，我輕聲問亞傑克：「對傑伊發出的拘捕令？你知道這件事嗎？」

「一定是傑瑞。他希望布林克的案子結案。我聽說了在學校的訪談，傑伊大發雷霆，說希望他父親死。再加上其他線索，傑瑞可能認為能起訴。」

「人不是他殺的！」威爾再次喘道。

我抓住他肌肉發達的肩膀。我在他小時候當過他的保姆，但他現在的塊頭比我大一倍。

「威爾，告訴我怎麼回事。發生了什麼事？」

「戴瑞來到我們家，說要用謀殺的罪名逮捕傑伊。這太扯了！我在樓梯偷聽，聽見我爸跟他說話。他說戴瑞用脅迫的手段，逼傑伊承認自己沒做的事。可是戴瑞說自己別無選擇，一定要逮捕他。所以我爸上樓找傑伊，發現他不見了。」

「不見了？」亞傑克問。

威爾低頭看著自己的膝蓋。「我叫他爬窗戶逃走。他逃跑了。我不知道他現在在哪。」

「你那麼做很愚蠢，威爾，」我說：「逃走反而讓傑伊更有嫌疑，也害他有危險。你該相信你爸，他會知道怎樣應付。」

威爾焦急地搖頭。「不是。我爸不知道發生了什麼事，傑伊也拒絕告訴他。」

「告訴他什麼？」

「關於星期天晚上，」威爾說：「傑伊對那天發生的事情說了謊。我一直叫他坦承，但他就是不願意。他寧可因為殺害他爸的罪名而去坐牢，也不想說實話。我受夠了，我不能再讓他繼續保護我。」

亞傑克終於也坐下。「保護你？這到底怎麼回事，威爾？你跟戈登命案有關？」

但我知道亞傑克完全弄錯了。這跟戈登無關。

「傑伊星期天晚上不在家裡吧？」我說。

威爾沒抬頭，而是搖頭確認了我的說詞。

「他當時在哪？」我輕聲問。

「跟我在一起。」

「在哪？」

「我爸在林子裡的拖車。」

「整晚？」

「嗯。整晚。」

亞傑克還是沒聽懂。「你們那時候在做什麼？搜索厄蘇利納之類的？」

「不是，」威爾咕噥：「我的意思是，沒錯，我有跟傑伊說厄蘇利納的事。我甚至給了他班恩那本書，因為他覺得這整件事很瘋狂，彷彿那頭野獸是真的。這就是為什麼我們選了我爸的拖車。那算是試膽，看我們敢不敢整晚待在那裡。」

「你明明可以直接給出這個說詞，」我提議。「不需要承認到底發生了什麼事。」

「不。人們會猜到真相。我在學校已經看到一些人投來的目光，聽到一些人討論。」他以眼神哀求我幫他說出來。

「你們兩個是……同性戀？」我說得有點猶豫，因為我可能猜錯了。但我不認為我有猜錯。

「嗯。沒錯。」

「這就是為什麼傑伊一直在保護你？為了隱瞞這個祕密？」

「嗯。」

亞傑克的臉色變得陰沉，一開始顯得驚訝，接著充滿鄙視。我就算讓他猜一千次，他也不會猜到真相。他站起身，說了一些難聽的話語。他這番辱罵就像拳頭打在威爾臉上，而且威爾清楚知道接下來還會有更多。在他生命中的每一天，無論他去哪，周圍的人們都會知道他是誰。這不是那種能被隱匿起來的故事，尤其在黑狼郡。

「你父親知道嗎？」我問。

「還不知道。我猜我現在得告訴他。」

「我熟悉諾姆的個性。他會接受的。」

威爾搖頭。「別這麼肯定。」

「傑伊想繼續隱瞞這件事？」我問。

「嗯，但不是為了他自己。他不想洩漏我的性傾向。我跟他說過，我們應該出櫃坦承，但他知道如此一來人們會怎樣對待我。他可以回去密爾瓦基，但我會被困在這裡。但既然我知道他是無辜的，我就不能讓他被逮捕。他星期天晚上跟我在一起。整晚。他有不在場證明。他沒殺他父親。」

「戈登看傑伊不順眼，就因為他是同性戀？」

「嗯，沒錯，戈登沒辦法接受。兒子是同性戀，這讓戈登覺得自己不像個真男人。這是戈登親口說的。這就是為什麼戈登把他從密爾瓦基的學校轉走。他以為是那所學校讓傑伊變成同性戀。他以為把傑伊帶來這裡，傑伊就會遇到一個不錯的金髮女孩。」威爾發出酸苦的笑聲。「結果他遇到一個不錯的金髮男孩。」

我注意到亞傑克站在客廳遠側的陰暗處。他不發一語，甚至沒看著威爾。他是發自內心地覺得反感。我很想說他在這裡是討厭同性戀的少數人，但真相是，這裡大多數的人都跟他一樣。在這裡，人們不會太在意一個人有哪些缺點，但同性戀身分例外。這算是威爾・佛茲的末日，這個受歡迎的橄欖球明星。

「戈登發現了你跟傑伊的真相？」我問。

「嗯。他抓到我們在一起。說真的，那很蠢。我當時應該阻止傑伊，但他想在戈登的辦公室裡親熱。其實，我認為他是透過這種方式報復他父親。這就是為什麼裡頭有他的指紋，因為我們進去過裡頭，在床上。我們親熱到一半的時候，戈登回來了，發現了，氣得差點中風。這就是為什麼他堅持要我爸逼我遠離傑伊。那其實跟官司沒有任何關係，那是他瞎掰的，因為他不打算承認究竟發生了什麼事。」

就這樣，威爾說到一半的時候，亞傑克離開了現場。他沒對我們倆說一個字。他沒看我或威爾一眼，而是直接離去。幾秒後，我聽見前門被甩上。整棟房子在地基上搖晃。亞傑克駕車揚長而去。

「他要告訴大家，是不是？」威爾說。

我很想否認，卻做不到。我就算否認，威爾也不會相信我。他知道會發生什麼事。幾小時後，消息會傳遍全鎮。他所知的人生將就此結束。

「我不在乎，」他擦擦臉，口氣強硬。「就讓他們發現吧，讓每個人發現。傑伊是無辜的。我不在乎我會有什麼下場。」

第十七章

第二天中午，威爾已經進了醫院。

事情發生在第一節課跟第二節課之間的休息時間。他正要從置物櫃裡拿課本的時候，遭到八個男孩襲擊。這麼多孩子才能壓制威爾；他做出了頑強的反擊，但終究被壓在地上毆打。二十幾個青少年站在旁邊圍觀、歡呼。襲擊持續了將近十分鐘，直到兩名老師最終介入，將孩子們拉開。

我和戴瑞到達學校時，一輛救護車已經把威爾送去鄰近的縣，那是最近的醫院所在之地。我們逮捕了三名被威爾留下瘀傷和黑眼睛的青少年。他們拒絕透露其他參與這件事的青少年的身分，而且在走廊圍觀的那些孩子也拒絕跟我們說話。就連老師們也聲稱沒看到還有誰參與其中。

我不得不離開訪談室，沒繼續聆聽偵訊過程，因為我聽到的東西令我噁心。我認識這些青少年，也認識他們的家長。在那天之前，我會說他們是好孩子，風趣，愛運動，甚至看待世界的方式有點天真。但這些少年襲擊了一個曾經被他們視為英雄的男孩，而且他們的眼神裡毫無懊悔。他們認為自己才是真正的受害者，威爾耍弄了他們，誘使他們跟一個變態當朋友。在他們用來形容他的詞彙當中，「變態」其實是最溫和的一個。

他們的所作所為不會有任何法律後果。我知道。我們雖然逮捕了他們，但郡檢察官會讓這一切不了了之。就算案件真的鬧上法庭，法官也只會對他們嚴厲說教一番，然後就放他們走。他們不會留下任何前科，不會有任何後果伴隨他們一生。

我回到我的辦公桌，但能聽到其他副警長討論這件事。他們把這件事當笑料。亞傑克也是其中之一。亞傑克那晚離開我家後，大概直接去了一二六酒館，引發了消息的傳播。他清楚知道消息一出會給威爾造成什麼影響，但他不在乎。我甚至沒辦法看著他。一想到我其實對這個男人感到肉體上的吸引力，我就覺得噁心。我在辦公桌前坐了一會兒，試圖摒除這些雜念，但我意識到我需要離開這裡。我抓起外套離去，感覺好像他們的說話聲把我逐出門外。

在外面，我們預料的大雪已經開始下起。雪如白雲般降下，沉重又緊緻，讓世界顯得更靜謐。這種暴雪在冬季會來個一、兩次，隨著時間經過而一吋吋地累積，讓你懷疑它到底會不會停止。我坐進我的警車，開車上路。除了試圖跟上雪勢的幾輛鏟雪車之外，整條公路上只有我一個人。我努力把車子維持在車道上，避免滑進溝裡，我為了看清楚前方而瞇起眼睛。

暴雪籠罩所造成的一片白，會讓人產生幻覺。我看到了最奇怪的幻象：白雪貓頭鷹、路上的屍體、我母親像天使一樣飄浮在天上。我開始感到一種深深的憂鬱，彷彿暴雪的空虛開始反映我靈魂中的空虛。我以前只有一次這樣的感覺，一種空洞感，曾困擾我好幾個星期。在那段時間裡，我有幾天一整天都沒起床。我記得那感覺就像我手裡拿著一把槍，我的大腦一個接一個擊毀對我來說很重要的事。那是我經歷過最可怕的時光。我意識到我只有兩個選擇：去死，或重新開始生活。我選擇活下去，而在度過了那個令我空虛的夏天後，我找到了繼續前進的意志。那份憂鬱再也沒以同樣方式回到我身上，但我再次感受到它的存在。我能在雪雲中看到它，它正在朝我逼近。

九十分鐘後，我越過了縣界線，來到收留威爾的醫院。他昏迷不醒，被打得面目全非，布滿藍黑瘀痕的眼睛腫得緊閉，頭上纏著繃帶，一隻胳臂打了石膏。這個快樂、英俊的少年，我從小就認識的男孩，前一天晚上還在我家裡，坐在我旁邊。一天後，他在這裡，奄奄一息。我坐在床邊，握住他的手，唯一能做的就是低聲告訴他我有多難過。

「是誰做的？」

我抬頭，看到諾姆站在隔簾旁邊。他手裡拿著一杯醫院的咖啡，他看起來好像在幾小時內老了十歲。

「什麼？」

「是誰做的？」他問我。「是誰跟大家說了威爾的事？我知道不是妳，蕾貝卡。」

「當然不是我。」

「那麼是誰？」他在我旁邊的椅子坐下。「亞傑克？」

「放下這件事吧，把精神集中在威爾身上。」我說。

諾姆搖頭，彷彿不可能放下。他瞪著兒子，滿臉無助和恨意。「說真的，我這一輩子都是跟法律有關，如何在法律體系之下完成一些事。但現在，這套體系毫無價值。亞傑克在我兒子的胸前畫上槍靶，而我對此無能為力。法律不存在，什麼都不存在。我只想宰了那個王八蛋。」

「你不該說這種話。」我輕聲說。

諾姆臉龐抽搐。他啜飲咖啡時開始無聲哭泣。我以前從沒見過他哭。

「醫生們怎麼說？」我問。

「他的一條胳臂骨折，鼻梁骨折，下巴骨折，頭骨骨折。他們擔心他會腦腫脹。我們得等他醒來才能更清楚狀況。」

「他會挺過來的，」我迫切希望這是事實。「他很強壯，他不會有事的。」

諾姆沒吭聲。

「凱西在哪？」我以為他妻子也會在這裡。

「他們不得不給她鎮靜劑。她在另一個房間裡。」

「我真的很抱歉，諾姆。這都是我的錯。」

「沒有什麼是妳能做的。」

「威爾昨晚來見我。我家裡——當時不是只有我。亞傑克跟我在一起。威爾很難過，想說出傑伊的事。我當時該阻止他，我該等到只有我跟他的時候再讓他說出來。我早就知道他要說什麼，我也早該知道這會有什麼後果。」

諾姆瞪著我。「妳早就知道他要說什麼？」

「我有猜到。」

「怎麼猜到的？」

「我也不知道。我就是有種感覺。我甚至沒辦法告訴你那種感覺從哪來的。」

諾姆搖頭。「他是我兒子，我卻什麼也不知道，我一無所知，凱西也是。我今天之所以發現真相，是我看到他們在他的置物櫃上寫了什麼。那個字眼。我以為他們弄錯了，他們因為一場誤會而差點殺了我兒子。我完全沒想到那是真的。我看到傑伊的時候，他向我坦承了，我還是不敢相信。」

「你見到傑伊？」我問。

諾姆點頭。「他有來醫院。他難過得幾乎崩潰。他看著威爾的模樣，我只能說他確實愛著他。而且妳知道嗎？我甚至不知道那代表什麼。我甚至根本無法理解。」

我很想問他傑伊在哪，但諾姆繼續說下去。

「妳說威爾昨晚去見妳？」他問我。「他跟妳說了他跟傑伊的事？」

「是的。」

「他卻沒辦法告訴我。我是他的父親，他卻不能告訴我。」

「他之所以告訴我，純粹因為他想保護傑伊。他知道警長打算因為戈登命案而逮捕傑伊。」

「可是他為什麼不告訴我？」諾姆語帶悲痛。「他以為我會說什麼？他以為我們會跟他斷絕關係？把他踢出家門？」

「你原本可能怎麼做？」

諾姆思索了很久才回答。「說真的？我也不知道。我很想說我很開明，但我真的不知道我會說什麼。也許他察覺到了。其實，過去這兩年，威爾在我們面前表現得怪怪的，跟我們比較疏離，不像小時候那樣什麼都跟我們說。他和我向來很親密，但最近這陣子跟我拉開了距離。我以為這只是因為他處於青春期。我根本沒料到他是因為這樣的事情而掙扎。」

「他一定很辛苦。」

「的確。」諾姆看著我。「戈登・布林克知道，是不是？所以他試著把威爾和傑伊分開。」

「是的。威爾就是這樣告訴我的。布林克有抓到他們在一起。」

「妳大概覺得這讓傑伊又多了一個殺害他父親的動機。」

「我相信警長會這麼想，但根據威爾的說詞，傑伊有不在場證明。他們在那個星期天晚上在一起。」

「妳我都知道，這不會讓傑瑞感到滿意。」

「的確，大概不會。我猜威爾也沒辦法證明他們曾經一起待在你的拖車裡。警長會說威爾只是在包庇傑伊，這裡的人們也會傾向於這種懷疑。」

「因為誰會願意相信同性戀的說詞，不是嗎？」

「我也不認為這很公平。」

「威爾不會說謊，」諾姆厲聲道：「既然他說他們那時候在一起，這就是事實。」

「我知道。但無論如何，我得去找傑伊。」

「為了逮捕他？」

「這得由戴瑞和傑瑞決定。說真的，現在對他來說，牢房裡可能是最安全的地方。你也看到那些孩子對威爾做了什麼。他們如果逮到傑伊，就可能做出更惡劣的舉動。我不希望他出事。你知道他在哪嗎？」

「我是他的律師，」諾姆說：「我不能洩漏他的行蹤。而且別跟我說他在牢裡會比較安全，蕾貝卡。我知道妳那些同事是什麼樣的人，我不相信他們會善待他。況且，就算我想說服傑伊自首，我也沒辦法離開醫院。我必須陪伴威爾。」

「諾姆，傑伊如果獨自一人，就會有危險。」

「那妳希望我怎樣，蕾貝卡？」

「相信我。告訴我他在哪。」

諾姆疲憊地揉揉臉，弄亂了稀疏的頭髮。「我能不能跟我認識很久的那個蕾貝卡‧科爾德談話？而不是那個副警長？」

「沒問題。我向你保證。」

諾姆瞪著躺在病床上的兒子。在昏暗的光線下，威爾吸氣吐氣，但沒有任何恢復意識的跡象。儘管如此，我覺得諾姆好像在向他兒子尋求建議，也懇求寬恕。

「傑伊失控了，蕾貝卡，」諾姆說：「他為威爾的遭遇自責。他走投無路。」

「那我就更該找到他。他在哪？」

「他開著他爸的車，那輛賓士。我叫他回去我家，把車停在車庫裡，確保門關好，待在屋裡，別開燈，有人敲門也別應門。」

「我要怎麼進去？」我問。

「我在門廊的黃銅燈具裡放了一把備用鑰匙。」

「謝謝你，諾姆。我會找到他，我會確保他安全。」

我從椅子上站起，離去前被諾姆輕輕拉住胳臂。「蕾貝卡？」

「怎麼了？」

他面有難色，又陷入掙扎，彷彿在律師和父親兩個角色之間為難。「還有一件事。妳如果進去，就得非常小心。」

「為什麼？」

諾姆用力嚥口水，勉強開口。「傑伊有槍。」

第十八章

在公路上，鏟雪車已經放棄了與暴雪的鬥爭。在前往諾姆家的路上，我的輪胎在潮濕的雪地上震顫滑動。我穿行其中的山丘地被白雪覆蓋。雪勢完全沒有減緩的跡象。我幻想出來的雪中幽靈一路尾隨，影響我的情緒。我看到厄蘇利納的三個受害者站在路肩，他們的皮膚被割成絲帶。我看到瑞奇躲在每一棵樹後面。最重要的是，最糟糕的是，我一直聽到風嘯聲中傳來孤獨哀傷的嬰兒哭聲。

這算是某種預感吧。某種預兆或徵兆。

是妳嗎，甜心？是妳在告訴我妳在某處？妳為了之後會發生的事而哭泣？

我到達蘭頓外面的森林時，傍晚的灰色天空已經開始變暗。我來到諾姆的房子，發現第一個到來的不是我。這裡已經遭到蓄意破壞。車庫被噴上巨大的紅色字母，是辱罵同性戀的字眼，一樓有幾扇窗戶被打碎。到處都是碎片，灰燼和煙霧隨著雪飄在空中。我意識到他們闖進了工作室，把威爾的木製品扔到院子裡，像篝火一樣燒掉。他們也把威爾高中置物櫃裡的東西丟在門前的臺階上，還在門上留下一條給他的訊息。

別回來。

我沒敲門，而是從靠近門的燈柱裡取出鑰匙，然後自己開門進去。屋裡很冷，冬天的空氣和雪花從破窗裡嘶聲而入。硬木地板上到處都是鋒利的玻璃碎片。

「傑伊？」我喊道：「傑伊，是我，蕾貝卡。你在嗎？」

無人回應。我找遍了整個房子，找不到他。他的搬家紙箱已經送到了，但放在樓上一間臥室的地板上，沒打開。我來到外面，檢查車庫，沒看到戈登・布林克那輛賓士。要麼傑伊看到房子遭到破壞而離開了，要麼他根本沒來過。

鎮上的其他孩子們想必正在獵捕他。而且傑伊有槍。這非常可能演變成暴力事件。我得找到他。

我曾考慮去搜查戈登租的那棟房子，但我不認為傑伊會回去。而且他對這個地區依然陌生，所以我不認為他會像本地青少年那樣知道這裡的藏身處。另外，這裡大部分的祕密地點都是避暑勝地，而現在是冬天，雪花紛飛。

然後我知道答案。

我清楚知道傑伊會去哪。他會回去他和威爾曾經一起過夜的地方。

我回到車上，往東方行駛。我出發不久後，夜幕降臨，我被迫同時應對暴雪和黑暗。因為雪勢的阻礙，加上很低的能見度，平時只需一小時的車程花了我兩小時的時間。我錯過了通往諾姆拖車那條泥土路的岔道，只好在路上原地迴轉。積雪的深度使得這條路幾乎無法通行，但顯然有幾輛車比我先開過這段路，我能夠利用他們留下的車轍穿過森林。

幾哩後，我的車頭燈反射在一輛停在岔路口的汽車底盤上，在樹叢中幾乎看不到。我能看到那是一輛賓士。我把車停在它後面，下車查看。頭上的樹冠幫我遮住一點雪，但往我臉上吹來的風又凍又猛。我踉踉蹌蹌地走向那輛車，用手電筒照進去，但車裡空無一人。

「傑伊？」我喊道，在狂風呼嘯下幾乎聽不見自己的聲音。「傑伊，你在嗎？」

沒人回應我。

這裡沒有足跡，只有雪，但我知道我要去哪。我沿著一條穿過樹林的小路前行，在前方看到一個微弱的方形光芒，就像一縷小精靈。是諾姆那輛拖車的窗戶裡透出來的光芒。裡頭有人。然而，當我接近拖車時，發現另一輛車停在小路的盡頭。是一輛黃色的凱迪拉克。

班恩・馬洛伊又在林子裡過夜。

我敲了敲拖車的門。跟往常一樣，班恩嘴裡叼著菸斗應了門。他穿著前襟敞開的羽絨外套，下半身是紅色燈芯絨褲和雪靴。他的脖子上掛著一臺裝了閃光燈配件的相機。

「蕾貝卡副警長，」他顯得驚訝。「妳怎麼會在暴雪下來到這裡？」

「我也想問你同樣的問題，班恩。」

「這個嘛，我當然是在找厄蘇利納。我正準備去追蹤那頭野獸。既然妳來了，我很高興這場遠征有人同行。」

「你有沒有見到傑伊・布林克？」我問。

「誰？」

「一個少年。高個兒，紅頭髮，黑眼睛。」

「我沒見過他，應該說我在這裡沒見到任何人。」

「他的車就停在路上。我得找到他。」

「我來幫妳。」班恩答覆。他拉起外套拉鏈，走下拖車的門階。「我有指南針、提燈和花生殼。」

「花生殼？」我問。

「能記錄我們走過的路，確保我們找到回去的路。我們可不想在外頭迷路吧？」

「的確。」

「我們該從哪裡開始找這孩子？」

我用手電筒照著拖車周圍空地上的雪，很快就找到傑伊的蹤跡。在附近，一條新鮮的腳印來到拖車窗前，然後進入森林。「那裡。傑伊一定是意識到拖車裡有人，所以離開了。」

在手電筒的指引下，我們跟隨傑伊的踪跡。班恩走在我身後，但除非我直接把光芒對準他，否則我根本看不見他。這段路很難走，我能聽到他喘著粗氣，但他沒抱怨。他吃著花生，丟下花生殼，就像童話故事《糖果屋》那對兄妹那樣留下麵包屑。他的菸斗味跟著我們穿過樹林。

狂風吹過，灑下濕雪，使得我的肌膚感覺刺痛。我跌跌撞撞地向前推進，樹枝迎面撞來。雪花鑽進我的靴子裡融化，不久後我的腳又濕又冷。我有幾次跟丟了傑伊的腳印，不得不停下來掃視地面，再次找到它們，然後我們才能繼續前進。在其中一次漫長的中斷，我擔心我徹底跟丟他的足跡時，我們聽到不遠處的動靜。班恩立即舉起相機，閃光燈的強光差點讓我失明。我的眼前飄浮著橘色的反射光時，我注意到一隻鹿在林中跳躍。

「你下一次要用閃光燈前先警告我一聲。」我說。

「結果錯過厄蘇利納？抱歉，副警長，恕難從命。打鐵要趁熱！」

我沒吭聲，只是繼續在雪地上尋找傑伊的腳印。我擔心得胸腔緊繃。

「妳不相信我，是不是？」班恩的輕聲細語從黑暗中傳來。在大教堂般的森林中，他的話語感覺像呢喃。

「關於什麼？」

「我說我小時候看過厄蘇利納。」

「我從沒說我不相信你。」

「這個嘛，前幾天我跟妳說這件事時，妳臉上有一種奇怪的表情，我猜那是懷疑。相信我，我早就習慣了。但是，就算妳認為我的電視節目是騙局，我也沒有在我看到什麼的這件事上撒謊。」

「是嗎？」

「嗯，我是真的看過牠。其實，那個地點離這兒並不遠。九月的某個週末，我獨自露營。我那時候大概十八歲吧。說真的，森林從不讓我覺得害怕，我在這方面跟一般人不一樣。我一個人在森林裡待很久，總是有一種賓至如歸的感覺。」

我很想告訴他：我也是。

「如果我沒弄錯，這裡離向日葵湖不遠，」班恩說下去。「妳知道那裡嗎？」

「嗯，我知道。」

我知道那個湖，因為那是我十歲時全家露營的地點。我父親、我哥，還有我。我就是在那裡進入樹林，看到牠，聞到牠，聽到牠。呼哧聲。我多次回去過那裡尋找牠。很怪吧？我在某種程度上想念那頭野獸。在某種深不可測的方式上，牠屬於我。不屬於班恩・馬洛伊，不屬於其他人，而是屬於我，蕾貝卡・科爾德。我很討厭班恩也見過牠。

「那天，我在湖邊健行了一整天，」班恩說下去。「我那時候……嗯……離營地大概三、四哩吧，一直走在湖邊。天色已晚，邁入黃昏，一切都灰濛濛的，這時我聽到一種響亮的鼻息聲。我以前從沒聽過這種聲響。我沒有相機之類的，也看不太清楚。但我沿著岸邊跑，然後我看到牠。我只瞥見牠一眼，牠就迅速消失在樹林裡。牠直立行走，體型巨大，一身尖刺般的橘色皮毛。我跑過去，找到牠消失的地方，但那裡很乾燥，也沒有腳印。我花了一小時試著找到牠，但牠消失了。我後來再也沒見過牠。我找了又找，但就只有看到牠那一眼，僅此而已。但我說真的，你一旦看過牠，就會對這個經歷感到著迷。除非我再次見到牠，否則我死不瞑目。這聽起來很瘋狂吧。妳大概無法理解。」

「噢，我能理解。」我的嗓音有點顫抖。

班恩似乎對我的語氣感到好奇。他打開提燈，舉起來看我的臉，然後他只是盯著我。我試圖隱藏自己的情緒，但他所說的一切，關於他的目擊事件——以及他在事後的感受——跟我打從十歲以來的感受是一樣的。

「哎呀呀，真想不到。」班恩說。

「什麼？」

「妳也見過牠。」

「少開玩笑了。」

「妳有在找牠，是不是？妳有在尋找牠的聲響。就跟我一樣。那種喘息聲非常獨特吧？一種呼哧聲。」

「我聽不懂你在說什麼。」

班恩驚奇地搖搖頭，彷彿找到了失散多年的妹妹。「妳那奇怪的表情。原來那不是懷疑。妳是在嫉妒。牠讓人不捨得跟別人分享吧？我明白那種感受。獨占牠，會讓人覺得自己很特別。我見過很多人聲稱他們看過厄蘇利納，但老實說，我很確定他們大多都在說謊，只有一個老頭例外，他的說詞幾乎跟我的一模一樣，還有他的眼神，那個眼神讓我知道他有著跟我一樣的執著。見過那個老頭後，我真的很沮喪。我知道這聽來很扯，但我居然覺得那頭怪物背著我在外頭偷情。然而，我最終意識到這是一件好事。我能叫腦海裡那個說我其實沒看過牠的聲音閉嘴。妳知道我說的那種聲音吧？」

「不。我真的不知道。」

我轉身避開他的光芒，因為我不想再被他檢查我的臉。我把手電筒轉回地面，在一棵肥大橡樹附近的積雪中再次看到傑伊的蹤跡。它正在迅速被風撫平。他的腳印很快就會徹底消失。

「來吧，我們得動作快。」

我盡快穿過雪地。班恩跟在我後面。我們離湖非常近。即使在黑暗中，我也能看到不遠處一片空地的微弱光芒。水灣就在那裡，從深水處湧來，樹木環繞著岸邊。傑伊的腳印就是通往那裡。多年前，我站在湖邊，在滿月下抓著身上被蚊蟲叮咬的地方，聽著貓頭鷹的警告，完全不知道樹林裡有什麼在等著我。

腳印直達岸邊。

「傑伊？」我喊道：「傑伊，你在嗎？是我，蕾貝卡・科爾德。」

我跌跌撞撞地走到樹林盡頭，手電筒晃動著，因為我幾乎是在奔跑。因為空地上沒有任何阻礙，風勢因此增強，發出咆哮，如颶風般捲成白雪。鬆軟的土地在我腳下變成了石灘。有些地方的雪有兩呎深，有些地方的雪已經被吹開，只剩下粗糙的石頭。我面前沒有黑色的水，只有一層厚厚的冬季白冰床。

我的錐形光束照亮了一小塊水灣。傑伊在那裡。他站在冰層上，雪花在他周身打轉。一個孤獨的少年，被世界的殘酷所淹沒。

「傑伊！」我在風中朝他喊話：「別擔心。我不是來逮捕你。我只是想確保你安全。」

我示意班恩待在原處。我朝傑伊走近，走向陸地和冰層之間的分界線。傑伊在大約二十呎外，被猛烈大風吹打。他的雙手埋在口袋裡，身體顫抖。他看起來很冷。他一直在哭，淚水已經凍結在臉頰上。在手電筒的強烈光線下，他臉色蒼白，幾乎就像頭顱的空心骨頭。

「來吧，傑伊。讓我帶你離開那裡。」

我踏上冰面，但立刻驚恐地停下來。傑伊從口袋裡掏出一隻手，把握在手裡的手槍抵在他的太陽穴上。

「不！」我尖叫。「傑伊，別這樣！把槍放下。別衝動。」

少年的胳臂在顫抖，槍管也跟著顫抖。「妳有沒有看到威爾？妳有沒有看到他們對他做了什麼？」

「有。那真的很過分。可是威爾很堅強，他會好轉的。」

「醫生說他可能腦部受到損傷，他再也不會跟以前一樣。」

「傑伊，聽我說。他會好轉的。」我試著說服他，也試著說服自己。

「是我害的。他躺在病床上，是我害的。」

「這不是事實。」

「我有叫他不要把我們的事說出去。他為什麼就是做不到？」

「因為威爾是個正派又誠實的孩子。」我說。

「我愛他。」

「我知道。」

「我愛他，可是我毀了他的一生。我真希望我沒見過他。我真希望我能回到過去，改變一切。」

「我明白。我真的明白。我清楚知道你的感受。可是這不是答案，傑伊。把槍放下，放在冰面上，然後走向我。」

傑伊沒照做。相反的，他把槍口用力壓在腦袋上，我為之一顫。我舉起雙手，又向前走了幾步。雪花飛旋，狂風呼嘯。冰球聚集在我的眼瞼上時，我眨眨眼。在我的腳下，我能聽到水的拍打聲，就像身軀推擠冰層，試圖掙脫。我覺得我們好像被死者包圍，所有在我們之前來過這個世上的人。他們在白雲中來來去去，鬼魂用彎曲的手指指著我。我感覺胃袋翻攪。

「戈登恨我。」傑伊還是沒辦法叫那人爸爸。

「不，他不恨你。也許他不瞭解你，但父親不會恨自己的兒子。」

「他恨我，我恨他。」

「別這樣對待自己，」我告訴他。「讓我幫你尋求幫助。把槍放下，讓我們離開這裡。」

傑伊搖頭。「我完了。」

「你沒完，沒這回事。你才十七歲，大好的人生才剛要展開。你什麼也沒做錯。」

「我想認罪。妳是警察，不是嗎？我想認罪。」

「認什麼罪？」

「我殺了戈登。」傑伊說。

「不，你沒有。」

「有。是我。」他伸出一根手指，戳向走出樹林、站在湖岸邊的班恩・馬洛伊。「你！你有沒有聽見我？你有沒有聽見我說什麼？是我殺了他！我殺了戈登・布林克！是我一個人幹的！是我把那混蛋碎屍萬段。我把他割開，看著他失血而死。你想找到殺了人的野獸？那頭怪物？就是我！」

「傑伊，」我哀求他。「別這樣！你在做什麼？」

「我是厄蘇利納！」他咆哮。

「住口！你不是！」

「威爾說了謊！」他朝我們吼道：「他想保護我。威爾不是同性戀。我才是。我跟他只是朋友。去告訴大家！那是誤會一場！他說謊是因為他不希望我坐牢。整個故事都是他捏造的。他為了一個謊言而犧牲他自己。我們沒有一起來這裡。我跟他之間什麼也沒發生。我有對他示愛，但被他拒絕了。去告訴他們！我星期天晚上在家。我跟戈登大吵一架，然後我去辦公室裡跟他對峙。我打了他，然後我把他割成碎片。你有沒有聽見？我模仿了書中內容，把場景安排得跟其他案子一樣。是我幹的！」

「傑伊，不要。」我在哭。我想跪下。「別這麼做！」

他的聲音變得平靜，而這種平靜比什麼都糟。這種平靜意味著他做出了決定。「請告訴他們。救救威爾。讓他能重拾人生。」

「傑伊！」

少年的手指滑過扳機。時間暫停。我跑上前，但離得太遠，什麼也做不了。我朝他尖叫，但在下一秒，他開槍了。在這一刻，狂風如女妖般嚎啕大哭，我幾乎聽不到槍聲。我之所以知道傑伊死了，是因為我看到他的屍體倒在我面前的冰面上。

第十九章

我的錯，甜心。

這是我的錯。威爾躺在醫院裡，傑伊死了。兩個可愛的少年，一個的人生被毀了，另一個的生命結束了。我沒能阻止。

我只能告訴妳，我崩潰了。我再也不想要我現在的人生。凝視著傑伊在冰面上的屍體，他頭部的鮮血已經在白雪上結冰，我意識到我想遠離周圍的一切。遠離這一切。遠離死亡、虐待、孤獨、失敗，還有厄蘇利納的幽靈。我對森林裡的怪物痴迷了太久。

我知道我有職責在身。我是副警長，而現在有個少年死了。我得通知人，得蒐集證據，得寫報告，得遵守法律和程序。但我什麼也沒做。我做了的，是茫然地離開現場。班恩・馬洛伊對眼前發生的事感到震驚，他對我提出一大堆疑問，但我什麼也沒說。我麻木了，不知所措，無法運作。我拿著手電筒，沿小徑一路回到諾姆的拖車。我回到我的警車裡，開車離去，留下班恩沮喪地朝我大喊大叫。

我跟妳提到的那種憂鬱情緒？

它從天而降，落在我身上，像雪一樣包裹我。我腦海裡的那把槍，把我所愛的一切、我關心的一切、一切有意義的東西都炸飛的那把槍，緩慢而無情地轉動，直到冒煙的黑色槍管對準我的臉。我感到全然又徹底的空虛，我成了一具空殼，沒有什麼目標，沒有幸福，沒有快樂。我的存在並沒有給這個世界增加任何東西。把蕾貝卡・科爾德扔進湖里，她的身體會直接沉沒，不激起一絲漣漪。

我的腦海沒有對我該做的事提出任何疑問。我要結束這一切。這就是我的計畫，是我唯一能想著的事情。我唯一不確定的，是去哪裡。我在最後這一刻該走去哪裡。我該在哪裡把槍管塞進嘴裡。我不禁好奇，我的眼睛最後看到的景象會是什麼，在白雪變成死亡的黑暗和虛無之前。

我沿著覆雪公路行駛，打量每個十字路口，心想哪個標誌會寫著往這兒走，蕾貝卡。我停下來五、六次，考慮要不要轉動方向盤。既然打算自殺，那麼哪個地點都一樣適合。但我每一次都繼續往前開。我猜人生會把你帶去你該去的地方，無論好壞。

而拯救我的，是一隻貓頭鷹。

妳是因為一隻貓頭鷹而來到這個世界上，甜心。

我瞇著眼睛，看著沾染雪泥的擋風玻璃外面，突然間，牠出現在我面前，翅膀展開，就像十字架上的耶穌。車子撞到貓頭鷹，又或許是貓頭鷹撞到車子，然後牠不見了，在空中升起，醉醺醺地上上下下，彷彿在奮力升空。我在路肩緊急煞車，然後我下了車，在樹林裡尋找那隻鳥。貓頭鷹雖然不見了，但牠的叫聲呼喚我，指引我。我朝聲源跑去，在樹林中發現一個缺口，旁邊是一條入口道路，通往目前因冬季而關閉的國家森林營地。

在路上的某處，貓頭鷹用叫聲呼喚我。

往這兒走，蕾貝卡。

雪深及膝。我沒辦法用走的或用跑的，而感覺像是游過其中，這讓我累得喘不過氣。我沿著入口道路來到靠近湖的一片空地。這個巨大的湖泊就是向日葵湖，因為在森林中央形如向日葵，圓形水灣宛如花瓣而得名。在這面湖的岸邊某處，班恩・馬洛伊曾目睹厄蘇利納。湖流入核心的深水區，那裡的冬季冰層很薄。這面湖延伸到我曾經駐足觀看滿月的位置，還有我剛剛看到傑伊•布林克朝自己腦袋開槍的地點。

妳相信徵兆嗎，甜心？

那隻貓頭鷹帶我來到這面湖。牠讓我找到我注定要找到的東西，因為當我到達那裡時，我發現自己並不孤單。岸邊停著一輛皮卡車，幾乎被雪掩埋，顯然哪裡也去不了。隔著凝結蒸汽的車窗，我意識到車裡有人。有人需要我的幫助。

我的人生又有了使命感。

我頂著雪花前進，敲了敲司機的車窗。車窗搖下時，我發現自己盯著一個比我大幾歲、頂多三十歲的年輕人，看起來快凍死了。他沒穿外套，而是居然穿著一件短袖襯衫，在一月份！他是個強壯的男人，一頭濃密略捲的棕髮，修剪整齊的棕色鬍鬚。和我一樣，他臉上帶著悲傷，但我不禁注意到他是多麼的英俊。

這個男人看到我，給了我一個微笑，就像最順口的威士忌一樣溫暖了我的心。我能跟妳說什麼？那是一個沒有詭計、沒有懷疑、沒有情慾的微笑，只是一個正派人的誠摯笑容。我對他一見鍾情。事實上，甜心，妳可能相信也可能不相信，但我在那一刻愛上了他。看到他的眼睛和他的笑容，我為之融化。也許是因為我當時的處境吧。當我的神經緊繃到崩潰的時候，也許我需要看到一張善良的臉。但無論如何，這個男人臉上的某些東西讓我心花怒放。

「妳一定是天使，」他對我說，而我其實也以為他是天使。「我原本不確定我能否熬過這一夜。」

我發現自己說不出話，但我終於回過神，說道：「你在這種地方做什麼，先生？」

「我也希望我能回答妳，副警長，但我連這是哪裡也不知道。」

「你還好嗎？需不需要醫生？」

「不，不是那回事。我只是今天很不順。我母親今天早上過世了。」

他說出來的方式，像最鋒利的箭一樣傷了我。我猜我們對自己的母親都是這麼想。向把我們帶來這個世界的女人道別，是一種無可比擬的損失。沒錯，我也知道，妳和我之前的關係比那更複雜。

「我非常遺憾。」我告訴他。

「謝謝妳。我大概是在事情發生後情緒崩潰了吧。我坐進我的車裡，一直開車。我在雪中開了幾小時，然後來到這裡。說起來，這是什麼地方？」

「向日葵湖，」我告訴他。「在黑狼郡。」

「它讓我想到我在家鄉最喜歡的一個湖。榭爾比湖。」

「榭爾比，」我重複這個字。「很漂亮的名字。」

「也是很漂亮的湖。我也不確定，但也許這就是為什麼我停在這裡。某種因素吸引我來到這裡，彷彿這就是我要來的地方。妳明白我的意思嗎？我猜每個人都會來到該去的地方。」

「我確實明白你的意思。」我說。

「總之，雪一直下個不停。我原本沒太在意，但在不久前，我意識到我沒辦法離開這裡了。災難就是這樣悄悄到來。而且如妳所見，我沒穿上這個季節該穿的衣服。」

他說話的方式很輕鬆，嗓音帶著一種跟他這副大塊頭不相符的溫柔。我喜歡聽他的聲音，就像我喜歡聽人輕輕彈奏吉他。他的鬍鬚遮住了嘴脣以外的部位，所以他看起來像是在用眼睛說話。他的眼睛是巧克力般的棕色，眼神認真卻又溫柔。我不記得有哪個男人像他那樣看著我。他仔細打量我，但眼神裡沒有要求，沒有期望，沒有占有慾，只有欣賞。他那雙眼睛看我一眼，就讓我知道我很漂亮，然後它們讓出空間給我。但我突然不想要這種空間，我不想跟他保持任何距離。

這個男人和我有著某種羈絆，我們都是從黑暗的地方來到這裡。我只能用這種方式解釋。至於精神崩潰，我明白那是什麼感受，因為我自己也處於這種狀態。但奇怪的是，我一遇到他，我原本的計畫就從腦海中莫名消失了。

「你叫什麼名字？」我問他。

「湯姆，」他告訴我。「湯姆・金恩。」

※　※　※

在鏟雪車到來之前，湯姆的皮卡車哪裡也去不了。我透過無線電請人來清除營地的積雪，他們原本不會在這種寒天浪費這種力氣。即便如此，他們還要再過幾個小時才會到達這裡。雪繼續覆蓋這個區域，鏟雪車將忙於清理公路和城鎮街道上的積雪。

我是可以——也應該——帶湯姆去警局。基本上，我現在算是擅離職守。我把一具屍體留在冰面上，沒採取任何行動，而且在那天晚上，我沒辦法面對戴瑞、亞傑克或傑瑞。而事實證明，湯姆也不想去警局。他也是擅離職守。我原本就覺得他的名字聽來耳熟，他提醒我他其實是米特爾郡的警長，該郡是我們位於這個州的東側的遠鄰之一。他不想應付警局那些人的疑問、場面話或虛假的同情。這個夜晚是關於他和他母親，我完全理解他對隱私的渴望。

所以我帶他回我家。

這個人的某種氣質，讓我感到既安心又受到保護。和他在一起，讓我感到容光煥發，彷彿我既是母親也是妻子。他在我家裡表現得怡然自得，還在壁爐裡生了火。他的衣服濕漉漉的，而且全身凍得幾乎發紫，所以我讓他在我的浴室裡換衣服，沖個熱水澡。我把他的衣服丟進洗衣機。他比瑞奇高得多，也更強壯，所以我丈夫的衣服都不適合他。取而代之的，湯姆套上一件對他來說有點短的毛圈浴袍，然後在身上多裹了一條毯子。他在爐火邊坐下，我也洗了澡換了衣服。

幾個小時都沒吃東西，我們倆都應該餓了，卻沒有這種感受。我們坐在破舊的地毯上，被火焰催眠。他凝視著火焰，似乎陷入沉思，但我偷偷瞥他幾眼。即使在冬天，他的皮膚也散發一種古銅光澤，這跟我明顯的蒼白肌膚形成鮮明對比。他的棕髮因為洗了澡而依然潮濕。他很瘦，對他的身高來說也許有點太瘦，但肌肉發達又強壯。在他身邊，我覺得自己很嬌小，卻是小鳥依人的那種。

「你母親病了很久？」我們沉默了幾分鐘後，我輕聲問。

「是的。她患有早發性痴呆，這陣子一直在惡化。」

「她幾歲？」

「還不到六十。」

「噢，你一定很難過。」

「這個嘛，其實失去任何親人都會讓人難過，但我這五年來是一天一天地失去她。這種殘酷性讓人很難理解，看到一個原本非常堅強又獨立的人完全不知道自己是誰。不幸的是，我父親也在同一條路上。我估計他只剩幾個月的時間。他現在和我一起住。我現在其實應該陪他，但我媽過世後，我沒辦法回家。我請我的同事莫妮卡留在我家，好讓我知道我爸沒事。但我感到內疚。我甚至沒打電話讓他知道我媽——他的妻子——離開了我們。他不會理解的，而這讓我無法承受。他們在一起三十五年，彼此卻不再認識。他們現在成了陌生人。這真的是很孤獨的疾病。」
「我深感遺憾，湯姆。」
他又對我微笑。然後他伸手握住我的手。我喜歡這樣。
「妳知道什麼最可怕嗎？」他回頭面向爐火。「我知道我的時候也會到來，我也會步上後塵。我遲早會成為那個忘記自己的過去、朋友和整個身分的人。」
「你沒辦法確定這點。」
「我這麼說吧，我的家族史讓這件事成了幾乎一定會成真的賭注。基因不會放過任何人。但這其實不完全是壞事。烏雲罩頂，這提醒我必須過著有意義的人生。如果我失去了自己的記憶，至少我希望別人對我有著美好的回憶。」
聽他這麼說，我感到難以言喻的難過。
「你結婚了嗎，湯姆？」我問。
「沒有。為了工作和照顧爸媽，我沒時間分給其他任何人。」
「以警長來說，你年紀很輕。」
「的確。」他自嘲。「別以為我很特別。米特爾郡其實沒人想要這份工作，而我承認，我想要。這是我一直想做的事。這是我小時候在電視上看《獨行俠》就開始有的夢想。有些人過完一生都不知道自己想要什麼，但我……我一直都知道。兩年前，我父親還比較清醒的時候，堅持要我在老警長過世後爭取這份工作。我覺得我應該等我年紀更大一些再說。我也不認為我能在擔任警長的同時照顧爸媽，但他告訴我，機會來敲門的時候，你不能忽視它，否則它會去敲其他人的門。」
「我覺得我會很喜歡你父親。」我說。

「妳會喜歡他的，這點我能肯定。我的一切都是因為他。」

「這個嘛，我也喜歡你。」

湯姆轉頭過來，用那雙棕眼盯著我。爐火照得他臉龐發光，又或許他是在臉紅。「我一直在講我的事。抱歉，我只是個不請自來的訪客。跟我說說妳吧。」

「我的事沒什麼好說的。」

「我很懷疑。每個人都有故事。」他朝我的左手點個頭。「我看到戒指。所以妳結婚了？」

「快結束了。」

「我很遺憾。」

「別這麼想。我終於意識到他不是個好人。」

「這個嘛，有些男人是這樣。妳值得擁有更好的人。」

「我不確定我值得。」

「妳不該說這種話。我才剛遇到妳，但我已經看得出來妳心地善良。這反映在妳的眼睛裡。更別提妳很漂亮。」

這次輪到我臉紅。「你嘴真甜。」

「這個嘛，妳救了我，我對妳嘴甜是應該的吧？」

「我今晚其實根本不該出現在那個營地，」我坦承。「我那時候在逃跑。」

「逃離什麼？」

我猶豫了一下，但湯姆讓我覺得安全，所以我告訴他發生了什麼事。關於威爾、傑伊、冰上那具屍體、我沒辦法留在那裡。他是警長，負責管理我這種副警長，我原以為我會在他臉上看到批評。如果他的哪個手下做出我做的這種事，一定會被他開除。可是湯姆沒咬著這件事不放。

「有時候，我們很難從自己所在的位置看到上天給我們的安排，」他說：「如果妳那時候留在那裡、履行職責，妳也許會覺得更舒坦，但我會被困在我的卡車裡凍死。記住這點。」

「你大概是對的。」

「如果妳願意，我可以打電話跟妳的上司解釋。如果妳擔心妳的工作。」

「你不需要這麼做。」

「我們都會犯錯，蕾貝卡，但就像我說的，人生就是有辦法帶我們去我們該去的地方。我很慶幸妳有逃離那裡。妳救了我。」

「其實，是你救了我。」我衝口說出事實。

「我救了妳？」

「你阻止了我。」

「阻止妳做什麼事？」

我聳肩，彷彿沒什麼，彷彿這在宇宙的宏偉計畫中無關緊要。「開槍打死我自己。」

他的反應是用有力的雙手抓住我的臉，輕輕捧著我的臉頰，彷彿在抱著什麼珍貴的東西。「蕾貝卡。妳是說真的？」

「我也不知道。總之我原本有這個念頭。也許我會臨陣退縮吧。」

「妳怎麼會有這種念頭？」

我感覺下唇顫抖。我隨時都可能徹底失控。我充滿自憐，被自我憎恨壓得喘不過氣。

「我不知道我在這個世上做什麼，」我告訴他。「我孤單一人。如果我消失了，沒人會注意到，沒人會在乎。有些日子，我只想走進森林裡，再也沒出現。」

我原本以為，我一旦說出這種話，會得到一般人知道你在考慮自殺的時候會發表的那種演講。他們會拍拍你的頭，說些陳腔濫調。你還年輕。你的人生還很漫長。可是這就是我最不想聽的話。對我來說，問題就是人生還很漫長。這就是為什麼我考慮結束我的人生。我無法忍受帶著我的那些感受度過餘生。

可是湯姆完全沒對我說那種話。他整個人的態度都變了。他用那雙深邃的眼睛俘獲我，用他充滿善意和關心的氣場緊緊裹住我。彷彿我的故事給了他一個使命，而且他一定要完成這個使命。我沒想到我會遇到有著這種強烈、反射性質的忠誠的人。他就像更年輕的戴瑞，但也擁有一些戴瑞沒有的特質。我在他身上沒感覺到非黑即白的道德觀。他見過更堅強的人崩潰。他自己就是個堅強的人，他知道自己有一天也會崩潰。

我根本不認識這個男人。對我來說，他是個陌生人。我跟他才剛認識。但我已經知道——我知道——如果我有麻煩，我可以去找他，他會放下他生活中的一切來幫我。真的沒有其他人是我能這麼說的。

湯姆・金恩就是這種男人，甜心。

但妳當然知道。

「我能怎麼做？」他問：「我能怎麼幫妳？」

「我不知道。我真的不知道。」

「告訴我。」

「我不知道該從何說起。」

「那麼，在妳告訴我關於妳的一切之前，我不會離開。」

「你為什麼想這麼做？」

他對我坦承。「妳很不一樣，蕾貝卡，我甚至沒辦法解釋。可是我想瞭解真正的妳。」

「我不向任何人展示她。」

「為什麼？」

「因為我害怕她。」我說。

「妳嚇不到我。」

我真的以為那是真的。我以為我終於遇到一個相信我並理解我的人，一個我能分享我最深層祕密的人。老實說，那是我這輩子唯一一次想把厄蘇利納的事說給另一個人聽。

可是，不。

我沒說話。我的話已經說完了。以後還有時間說話。在這一刻，我從湯姆・金恩身上想要的不是跟他說話，這不是我對如何共度今晚的打算。我想從他身上得到別的東西。

第二十章

凌晨四點，我接到公路工作人員的電話，通知我營地已經被清出一條路。湯姆能回家了。我在黑暗中開車載他去營地，我們一路上幾乎沒說話。我猜他希望我談談我們什麼時候會再見面，但我沒這麼做。我知道他在人生中還有其他責任，沒有我的空間。他讓我這個女人在一個好男人的懷抱中度過了一晚，這是我對他的唯一請求。我以前未曾體驗過這樣的快樂或親密感。

以後也再也沒有。

我們分手時沒對彼此說什麼，但氣氛並不尷尬。我們之間的情況很簡單。他吻了我，抱了我，然後他回到他的皮卡車上，駕車離去。我在空蕩蕩的停車場站了許久，細細品味著內心的感受，在寒冷的黑夜裡感到溫暖和幸福。暴雪已散，留下繁星。風已經完全靜止。我哼起小曲。我給了那隻貓頭鷹一個飛吻，無論牠在哪。

然後我該回家了。

經歷了一個感覺像是中場休息的夜晚後，我不得不重返這個世界。我不知道班恩・馬洛伊是不是親自通知了警局去湖邊尋找傑伊的屍體，但不管怎樣，我需要換回我的制服，做我在幾小時前就該做的所有事情。我準備好掌控自己的人生，再次成為副警長。

我花了一個小時才回到家。路面很滑，但我承認，我因為一直想著湯姆而分散了注意力。我還能聞到他在車裡的存在，還在我的嘴脣上嚐到他。我開車送他去營地時，我們手牽手。我知道我們一起度過的時光，將成為我從絲絨回憶盒裡拿出來的一顆寶石，我在未來幾年裡會天天擦亮它，直到它顯得璀璨嶄新。

我回到一條空蕩蕩的街道，回到黑暗的家。在一月份，早晨的天空很晚才會發亮。壁爐的甜煙味在空氣中揮之不去，車道上被雪覆蓋，所以我把車停在路邊。我走向前門，進入房子時，我整個人還有點飄飄然。我完全沒開燈。我掛起外套。很重要的是，我這時候沒帶槍。槍在樓上，跟我的制服放在一起。

我進入客廳。在黑暗中，我盲目地收拾我脫在這裡的衣服，連同湯姆用過的浴袍和毛毯。我拿起這些東西時，嗅聞他在浴袍上留下的氣味。很多想法在我腦海中飛速掠過：湯姆、我的身體還有我想念的東西、我的工作、我的童年、我的母親、我的父親、我的哥哥。我唯一沒想著的，是我應該記住的危險。我沒想著瑞奇。我徹底忘了他。在這一刻，我的丈夫不存在。我先前出門時沒開燈，也沒檢查門窗。

當然，這是非常、非常嚴重的錯誤。

他不知從何處向我襲來，一個從陰影中衝出來的隱形人。上一秒，我懷裡還抱著衣服，下一秒，我真的整個人飛過半空中，被瑞奇甩到房間的另一側。我的體重還算輕，所以他毫不費力地把我拋離地面。我撞到牆壁，一個玻璃相框被我撞碎，濺出的碎片劃破了我的臉和胳臂。他在我跌倒前抓住我，再次拋甩我，這次是全速拋向磚砌壁爐。我的頭撞到石頭。烈火般的痛楚在我眼睛後面爆發。我倒在地毯上，嘴裡嚐到血味。

「妳這婊子！妳這天殺的婊子！」

他彎下身子，衝著我的臉大喊。我仰躺著，但看不清楚上方的黑暗輪廓，因為我陷入頭暈和疼痛組成的龍捲風。我無力地舉起雙手想推開他，但他用力扭動我的左腕，我聽到骨頭像鉛筆斷裂一樣折斷。我無法自拔，痛苦地尖叫。他用膝蓋壓住我的胸口，令我窒息，然後他把全身重量都壓在我身上。接下來，他一遍又一遍地用拳頭毆打我的臉，每打一次，我的頭骨就會撞到地板。他打裂了我的顎骨。他打斷了我的鼻梁。我頭上的血流進眼睛裡。

我想死，好讓痛楚消失。我求饒，哀求他住手。

但他只是打得更狠。

他一而再、再而三地打我，直到我終於昏倒在地板上。昏迷是一份禮物。我沒作夢。我不知道他對我做了什麼。

感謝老天。

我再次醒來的時候，已經過了幾小時。太陽已經升起。外面是個美麗的早晨，雪和雲都已被遺忘。一隻北美紅雀在窗外的餵食器上顫音鳴唱。明亮的光線流過客廳，掃過地板上的我。

我隻身一人。屋裡很安靜。瑞奇離開了。

我全身上下都是疼痛，我做的每個動作都像利刃般刺傷我。我試著撐身爬起，但忘了手腕骨折，胳臂因此癱倒在我身下，另一道閃電般的劇痛刺穿我的神經。我再次躺下。

有很長一段時間，我只能哭。

穿過煙囪而來的冷空氣，使我的肌膚冰涼。我勉強坐起，強忍嘔吐感，眼前視線旋轉。我的雙眼腫得幾乎閉上，我只能瞇著眼睛。我勉強看到周身，意識到自己赤身裸體。我周圍到處都是我被撕裂撕碎的衣服，鈕扣如橡實般散落一地。我滿身青紫，使我成了一道駭人的彩虹。我周圍的地板上，還有我臉上和胸部的血跡，都已經凝結。

我渾身都在痛，所以很難區分某個特定部位，但我清楚感覺到雙腿之間的疼痛，這道痛楚深入我體內。我觸摸那個區域，不禁皺眉，我知道他做了什麼。那是他對我的最後侮辱。

最後的羞辱。

對不起，甜心。我真的、真的很抱歉，把這個重擔加諸在妳身上。我原本不想告訴妳這一切。我原以為我能略過這個部分，以為我能避免讓妳知道醜陋的細節，但妳必須知道那天晚上的完整真相。妳需要知道我面對過的恐怖，否則妳怎麼會瞭解？

那就是妳開始成形的那個夜晚，妳被帶到這個世上的夜晚。妳的故事就是從那裡開始。是愛情把妳帶來的？妳是我跟一個剛認識的男人度過那幾小時幸福時光的產物嗎？還是妳是來自一場永遠改變了我的暴力？

我不知道。說真的，我永遠不想知道，永遠不想查出真相。也許我會無法忍受聽到錯誤的答案。我沒辦法告訴妳，妳的生父究竟是湯姆•金恩還是瑞奇•托德。可悲的是，妳在我的生命中待的時間不夠長，我沒辦法在妳長大後看到答案。我在妳眼裡唯一看到的人，就是我。第一次把妳抱在懷裡的時候，我看到這個完美、美麗、微縮版的我自己抬頭看著我。

妳是我的女兒。

我知道這點，感覺到這點，我感覺到我們之間的聯繫。我全心全意愛妳，一種對我來說似乎不可能的愛，因為它深深地融入了我的靈魂。在當時或以後，我對妳的愛勝過對世上任何人。妳必須相信，甜心。我愛妳。

可是我必須把妳送走。

第二部　妳的母親

第二十一章

被瑞奇襲擊後，我在醫院住了兩星期，然後在家休養了三星期。我真正能起床走動的時候，是三月中旬。我是右撇子，所以即使左腕骨折，我的日常生活也沒受到太大的影響。我的傷口癒合了，而且令我慶幸的是，它們沒留下明顯的傷疤。瘀傷開始消退。奇蹟般地，我雖然頭撞到地板，但沒發生腦震盪。隨著春天接近，我覺得健康，恢復正常。

在我康復期間，我哥打了幾次電話給我，但他在新墨西哥州有一份工作，無法離開。我父親休息了幾星期，在那段時間幾乎都和我一起住。他在家裡幾乎毫無用處，完全沒有煮飯或打掃的經驗，意思就是大部分的時間都是我在照顧他而不是他在照顧我。但我喜歡和他一起住一段時間，儘管我們就是有辦法激怒彼此。然而，他最終不得不回到他的卡車上，重新開始賺錢，而房子在他離開後感覺空蕩蕩的。考慮到即將發生什麼事，我很感激我們一起度過的那段時光。

鎮上其他人也有幫忙。他們雖然有許多缺點，但當哪個人需要幫助時，這裡的人們還是會團結在一起。在我失業期間，班恩・馬洛伊堅持給我五百美元來支付我的開銷。他是匿名捐贈，但我透過小道消息聽說是他。戴瑞、他太太和女兒們總是送來飯菜。諾姆幫我的車道剷雪。傷勢大半痊癒的威爾給我做了幾件新家具，以取代在襲擊中受損的家具。他說話和走路的速度稍微比以前慢一點，但他還活著，那副迷人的笑容又回來了，雖然夾雜更多的哀傷。

至於瑞奇，他離開了鎮上。他沒面對刑事起訴，而是消失了，只帶走了他的卡車和身上的衣服，其他什麼也沒帶。沒人確定他去了哪裡，但我聽說他去了賓州，用不同的名字生活。在諾姆的幫助下，我提出了離婚，而因為瑞奇沒出庭，所以我沒遇到任何異議。

四月初復活節後的第二天，我正式確認了我幾星期來的懷疑。我懷孕了。在我遭遇襲擊後，一次月經沒來未必一定不尋常，但兩次沒來就不容忽視。況且，真相是，我早就知道了。我感覺到妳在我體內，甜心。我確定妳在那裡。是妳給了我力量，讓我持續好轉。

那個星期一，醫生打電話給我時，我正在吃著豆軟糖和巧克力，玩弄著戴瑞做給我的復活節大籃裡的綠紙花飾。電話一響，我就知道是醫生，也知道他會說什麼。我記得在我回答之前，我盯著復活節籃子，好像它是一個搖籃，我想像那些花飾中是一個嬰兒，而不是巧克力兔子。醫生告訴我這個消息，我開始哭。喜極而泣的眼淚。知道自己要生孩子，這是我打從在地板上醒來後第一次感到幸福。

我應該對自己會成為單親媽媽而感到害怕，但我沒這種感受。妳彌補了一切，甜心。我在生命中經歷過的一切，帶我走到了那一刻。當然，我不知道我懷的是男孩還是女孩，但在內心深處，我知道妳是女孩。蕾貝卡•科爾德會有個女兒來分享她的人生。我立刻開始跟妳說話，告訴妳我們將一起做的事。我唱歌給妳聽。我為妳寫詩。我知道妳不記得這一切，但我喜歡告訴自己，妳大腦的某個小角落裡還藏著我的聲音。

妳大概在想，我有沒有打電話給湯姆•金恩，讓他知道我發生了什麼事，或告訴他我懷孕了。我沒這麼做。噢，相信我，我確實很想這麼做。我沒辦法告訴妳，我有多少次拿起電話又放下。我知道如果我打去，他就會立刻來到我身邊；但這樣侵入他的人生，對他來說似乎不公平。他要照顧他父親，他有他自己的責任。妳可能覺得我聽來很膚淺，但我在被毆打後的那幾星期裡看起來很糟。我不想讓他看到我這副模樣。在他心目中，我很漂亮，就像天使，一個完美的小小仙子，救了他的女孩。他如果真的來找我，只會看到一個傷口腫脹，渾身布滿撕裂傷和瘀青，臥床不起的女人。他會因為義務而非意願而留下。我討厭這樣。我休養的幾星期終於過去了，我恢復了原來的樣子，但我覺得已經經過了太多時間，不適合再聯繫他。他在過著他自己的人生。我有點懷疑他是否還記得我，儘管我的內心深處說他每天都在想我。但我放下了他。我未曾打給他。

我原以為我再也不會見到他。

我錯了。

※ ※ ※

我在四月底回去工作。不，不是副警長。傑瑞終於如願以償。因為我在傑伊死亡那晚做出的行為，警長可以開除我。就連戴瑞也不願意為我離開自殺現場、沒向警局報告而為我辯解。但是一名副警長在被丈夫強姦，差點被丈夫活活打死後，躺在病床上時因怠忽職守而被解雇？傑瑞覺得這樣觀感會很差，所以我獲判緩刑。傑瑞其實很貼心，在我休養期間拜訪了我幾次，並確保我擁有我需要的一切。如我所說，人有時候會令我們驚訝。

然而，我願意承認，我已經沒辦法再做我以前的工作了。我感覺好多了，也能到處走動，但這並不表示我已經恢復到副警長所需的體能。況且，我懷孕了，所以就算我的身體變得更強壯，我也已經患上了警長認為不合格的殘疾障礙。他根本沒辦法想像我想回去工作，但我有帳單要付，所以他同意讓我回去做我做過的職務。曼海姆太太被調去縣執照局工作，所以我又成了警局祕書。

在那之後，其他副警長們都更善待我，一方面是因為我經歷過什麼，另一方面是因為我回到了女性的工作崗位。我很想念在路上巡邏、跟戴瑞一起工作，但我並不想念被大家精神虐待的日子。在我生命中的那個時候，我不確定我還能應付以前那種壓力。

至於凶案調查？戈登・布林克的命案？

傑瑞已經結了案。他結案的時候，我正在住院，沒辦法提出任何抗議。警長盤問了班恩・馬洛伊，後者描述傑伊在自殺前坦承自己殺人。也許班恩當時沒聽清楚我和傑伊在冰層上所說的一切——那時候風一直不停呼嘯——又或許警長扭曲了班恩的陳述，以便達成自己的目的：戈登・布林克的命案結案。如果有人問我，我會說傑伊編造了這個故事來保護威爾，但我恢復到能這麼說的時候，已經沒人在乎了。戴瑞沒抗議。諾姆和威爾也沒抗議。我猜諾姆可能在這件事上跟威爾談了很久，因為傑伊的虛假供詞導致了威爾「回櫃」。我不確定是否有人相信這個說詞，但鎮上大部分人都在假裝，而且威爾也能在沒有暴力威脅的情況下再次過日子。再過一年，他就要去上大學。我不認為他在發生這件事後還會在黑狼郡定居。

總之，我們找到了凶手。他死了，事情結束了。我和戴瑞為了戈登・布林克命案而收集的厚重資料，被束之高閣。

是我親手把那些資料收藏了起來。

※　※　※

在我懷孕的第五個月，我父親死了。我跟妳說過，我對這件事的到來有著第六感，所以我接到電話時並不非常驚訝。他是死在堪薩斯的威奇托市郊外一家廉價汽車旅館裡，那幾天正在路上開車。那天已經過了退房時間，但他還沒有離開房間，結果旅館老闆發現他陳屍在雙人床上。他是死在睡夢中，這應該算是某種祝福。根據驗屍官的說法，他當時處於胃癌末期，所以他一定是長期隱藏著巨大痛苦。和我在一起的時候，他從沒向我暗示過這件事。結局原本可能會更糟，但顯然上帝和他的心臟已經決定他受夠了。

我們在蘭頓舉行了他的葬禮。鎮上大多數的居民都有出席。我哥也來了，他和我一起度過了尷尬的幾天，然後他回去了他最近的工作崗位。繼新墨西哥後，他去了奧勒岡州，在一間木材廠工作。他完全不打算安定下來。巴布・狄倫風格的流浪生活很適合他：四周遊歷，結交朋友，和女人上床，把他們全拋在腦後。他沒興趣再住在蘭頓，也似乎不知道該對懷孕的妹妹說些什麼。我愛我哥，但說真的，我跟他之間實在陌生。我們很少相處。我十歲那年的野營旅行，依然是我對我們這一家唯一真實的回憶。

我和我哥繼承了我父親的房子，但我們都沒多愁善感得想留下它。我想繼續住在我平時住的地方。所以我們賣了它，交易也很快完成，因為我們所在地區很少有房屋出售。身為萬事通的律師諾姆，幫我們處理了簽約和產權移轉的相關工作。爸爸一直在慢慢支付房子的貸款餘額，所以我和我哥在賣房後拿到了合理的金額——足以讓我這輩子第一次擁有穩固的財務基礎。我還清了自己的小房子的房貸，銀行裡的存款也夠多，所以我不會一想到我的微薄薪水就皺眉。

那年夏天大部分的時間都被這些活動占據。日子成了例行公事，至少算是我等妳在秋天加入我人生之前所期望的例行公事。我做我的工作，日復一日地生活。有一段時間，我過著類似隱居的日子，但後來慢慢地讓小鎮再次看到我。我偶爾會走進一二六酒館，跟珊卓和其他女生聊聊。當時已經過去了一陣子，所以她們不再把我視為受害者，而是再次將我看作蕾貝卡・科爾德，一個她們認識了一輩子的女孩。

在許多方面，那是我度過最快樂的夏天。我讀了很多書，尤其是古老的經典文學。我自己也寫了一些東西，主要是詩句，大部分都很糟。我上了吉他課，發現自己有點天賦，所以我開始寫些歌，朝著國家森林的樹林彈奏。我照鏡子時，會發現自己在微笑。那對我來說是一種全新的體驗。

最重要的是，在那年夏天，我為妳感到興奮。

我能感覺到妳在移動、踢打、挪身，彷彿妳迫不及待地想加入我所在的世界。隨著時間流逝，我的預產期越來越近，我開始允許自己夢想我能有個未來。妳和我能有個未來。

現在知道那些希望是海市蜃樓，我還是會感到難過。

就在我懷孕的最後一個月，一切都分崩離析。我在我的生活中所擁有的那種脆弱信心，就像風中的蜘蛛網一樣被吹散。一夕之間，我知道我拿到的牌裡沒有幸福。

因為，厄蘇利納回來了。

第二十二章

十月初的某個星期天早上，戴瑞在天亮前出現在我家門口。這幅畫面對我來說曾經稀鬆平常，但後來已經很久沒發生了。從他臉上奇怪的恐懼表情，我看得出來有事情不對勁。他為吵醒我而道歉，但他問我能不能跟他一起去一個犯罪現場。

而且盡快。

在那時候，我做什麼事都是慢慢來。我走去任何地方都很辛苦，就連上下床也要花上我十分鐘。我是那種除了孕肚之外其餘部位都很瘦的孕婦身材，而妳的體積大得就像一隻足以讓一個二十口之家吃飽的感恩節火雞，而且妳的體重意味著我每小時都得準時小便。我離預產期還有幾個星期，但我感覺妳會早點來而不是晚點，所以我並不急於遠離家中。

「看看我，戴瑞，」我說：「你在開玩笑吧？」

「沒錯，我明白，可是我收到關於命案的通報，而且這一次我希望妳能跟我一起去。」

「為什麼找我？我只是個祕書，已經不是副警長了。如果傑瑞發現你把我帶去犯罪現場，一定會大發雷霆。」

「我到了那裡再解釋。我這樣請求妳，就是因為我需要妳。」

「為什麼不找亞傑克？他現在是你的搭檔。」

戴瑞嘆氣。「聽著，蕾貝卡，妳如果不願意，可以拒絕。如果妳現在的狀況不適合，那我當然明白。我光是開口問就感到內疚，但我真的很想要妳的幫助。」

我沒打算拒絕，畢竟戴瑞和他家人在這一年裡幾乎就是我的救命繩索。他也知道。我花了一些時間才換好衣服，然後戴瑞扶我坐進他的警車。現在還不到早上七點，上教堂的人都還沒出來，所以街上空無一人。我們開車時，天色變亮，揭露了紅黃相間的樹林。不久後，樹葉就會掉落，像冬雪一樣掩埋我們。

戴瑞在路上很少開口。我又問他兩次發生了什麼事，但我意識到，他在我們到達那裡之前不打算告訴我。我不確定他是不是出於某種原因而想保祕，還是他很難接受發生了什麼事。他臉上是我以前見過的不安神情。

這個眼神表示現場會有血。

根據我們走的路線來看，我起初以為戴瑞要帶我去他家，那在諾姆家附近一條泥土路上，隔壁是我父親以前那棟房子。

「你的女兒們都好嗎？」我擔心地問。

「她們都很好。」

「是諾姆？還是威爾？」

「不是。不是他們。」

這讓我稍微安心一些。我們來到十字路口時，戴瑞轉往相反的方向，在森林的陰影中行駛了數哩。他終於把車開進亞傑克和露碧家的車道。幾輛車比我們更早來到這裡。鄰居。朋友。只有我們這輛是警車。我看到露碧站在門廊臺階的底部，懷裡抱著她九個月大的兒子。她的紅髮狂亂地飄動，臉上滿是淚水。

「我的天啊，」我呢喃，轉向戴瑞。「是亞傑克？」

他用顫抖的嗓音答覆。「是的。」

「死了？」

「是的，露碧是這麼說的。」
「發生了什麼事？」
「我不知道。這就是我們需要瞭解的。」
我費勁地下車時，露碧尖叫著朝我們走來。她強烈的恐慌也引發她孩子的哭聲。我們一個共同的高中朋友從屋裡走出來，匆忙把露碧的兒子從她懷裡抱走。露碧這時候倒下，跪在沾染露水的草地上嚎啕大哭。
「他死了！他死了！是誰殺的？我該怎麼辦？」
戴瑞扶露碧站起。我為她正在經歷的事感到難過，但我也感到尷尬，因為我站在這裡，沒有真正的角色該扮演。我還是搞不懂戴瑞為什麼需要我，懷孕的警局祕書。如果亞傑克是受害者，戴瑞明明可以帶其他副警長來這裡展開調查。
「露碧，我們進去吧，」戴瑞輕聲對她說：「告訴我們往哪走。」
她把臉埋在他的胸膛裡，發出斷斷續續的嗚咽聲。他讓她再哭一會兒，然後輕輕攬住她的肩膀，抱著她，直到她能集中精神。
「露碧？我知道這很困難，但帶我們進去，好嗎？妳不用向我們指出遺體在哪。妳可以待在妳朋友身邊等我們。其他孩子在這裡嗎？」
她搖頭。「被我一個朋友帶去她家了。」
「很好。我們會需要跟妳談談，但我們得看——我們得先看看發生了什麼事。好嗎？」
「好悽慘。好悽慘。讓人無法相信。」
「我知道。」
然後，就像蛇頭一樣迅速扭動，露碧瞪著我，整張臉從悲痛變成仇恨。「她來做什麼？」

「我想要她幫忙。」

「她已經不是警察了。叫她離開這裡。」

「露碧，拜託，現在不是時候。帶我們進去。」

她用迅速又憤怒的步伐大步離開我們。我們跟上，我拖慢了大家。我今年很少見到露碧，而我有看到她的時候，她冷漠又疏遠，但她今天的反應超出了她以前給過我的態度。我不認為她已經忘了我和亞傑克幾個月前在一二六酒館的廁所裡發生的事，但她今天的激烈態度應該不是因為那件事。

我們進入屋裡，露碧一言不發，只是指著一扇通向地下室的橡木門。然後她進入客廳，又把孩子抱在懷裡。客廳裡有另外三個女人圍在她身邊。我認識她們每一位，但她們向我投來的眼神都反映露碧對我的反感。

戴瑞打開地下室的門，但接著遲疑了。他好像這才看到我挺個大肚子，就算我們這幾個月來天天都一起在警局裡。「抱歉。我不該逼妳跟我來。我知道妳有孕在身，而且妳經歷過很多事，但我還是把妳當以前那個妳。我想要妳的幫助，我卻沒認真考慮過妳會如何反應。妳準備好了嗎？」

「我甚至不知道底下有什麼。」

「這個嘛，根據露碧告訴我的，場面很血腥。如果妳認為這會使妳或胎兒碰上任何風險──」

「戴瑞，要麼告訴我真相，要麼我們直接下樓去，好嗎？」

「嗯，好。」

我用雙手抓住扶手。我們走下階梯，進入陰涼的地下室時，戴瑞確保我沒摔倒。地下室很寬敞，在整棟房子底下伸展，但裝修還沒完工，我看到水泥地板和地基牆，頭頂上是木橫梁。地板沒鋪地毯，房間中央只有幾塊小地毯，還有兒童玩具組成的地雷區。燈具是用鏈子開關的那種普通燈泡，夾在絕緣層之間。

「他在哪？」我輕聲問。

「露碧跟我說在後側，在洗衣機和烘衣機後面。」

戴瑞帶路。跟在他身後時，我感到困惑和恐懼，因為我真的不知道我們會看到什麼。我很難想像亞傑克自殺。他的自負心態不會允許他自殺。我懷疑他是不是和他哪個女朋友玩性愛遊戲出了差錯。根據那些女人在一二六酒館說的，聽說這年頭流行所謂的「自慰性窒息」。又或許，某個吃醋的丈夫終於受夠了亞傑克在黑狼郡到處偷吃人妻。

無論我在想什麼，我都沒有為我們在地下室後側看到的場面做好準備。

在我前面，戴瑞像在想起血腥戰爭場面時那樣僵住了。我聽到他低聲倒抽氣。他轉身阻止我進去，但我還是往前走。我的眼睛在一秒內吸收了這一幕。這是一個沒有窗戶的小房間，裡面只有一張雙人床，沒有床單，沒有毯子，只有一張床墊和一塊枕頭。

我不敢相信我看到什麼。我真的不敢相信。

亞傑克躺在床上，赤身裸體，已經死透。不是自殺，不是性愛遊戲。這是昔日事件的捲土重來，就像奇普·威爾斯和瑞瑟·莫里茲，就像戈登·布林克。他的手腕和腳踝都被綁住，他的眼睛睜得大大的，充滿一種我未曾在亞傑克臉上看過的恐懼。他的身體被剝了皮，從頭到腳都被切開。他的內臟被展示出來，有些像蠕蟲一樣從被割破的腹部擠出來。他身下的整張床墊都浸滿紅色，一片紅，彷彿是用酒紅色的布料縫製的。鮮血也在地板上形成了血泊，水泥牆上到處都是飛濺的血跡，往下滴落成細條紋般的長條。

「不，」我喃喃自語，抱著頭部，震驚得不斷眨眼。「不可能。這不可能是真的。」

但這是真的。

幾個月過去了，怪物回來了。在牆上，我們看到用亞傑克屍體上的血潦草寫下的訊息。

四具屍體旁邊都有著相同的簽名：

我是厄蘇利納

第二十三章

我回到樓上，需要喝水。我發現露碧獨自在廚房。她的深紅頭髮顯得油膩，鬆散地披在肩上。她雙手握著流理臺，凝視窗外廣闊的後院。她臉上的淚水已經乾了，一種近乎狂野的凶猛表情取代了悲傷。她的下巴繃得非常緊，緊得好像咬斷了舌頭。她成了有三個孩子的寡婦，生存本能因此開始啟動。我對露碧的一個瞭解是，她跟釘子一樣硬。

「我為亞傑克的事深感遺憾。」我告訴她。

聽到我的聲音，她的腦袋在天鵝般的細脖子上猛然轉來，她的眼神熾熱得彷彿能點燃我。「妳在這裡做什麼？」

「戴瑞說他需要問妳一些問題。」

「我不是這個意思。妳在這裡做什麼？我不敢相信妳還有臉來我家。」

我一頭霧水地搖頭。「露碧，我真搞不懂。我的意思是，我知道妳因為亞傑克而難過，可是我到底做了什麼惹妳生氣？難道還是因為一二六酒館那件事？因為我真的很抱歉，但那不是我的錯。」

她什麼也沒說，但她的眼睛刻意從我的臉轉移到我的肚子上，然後又轉回來。我困惑得皺眉，然後終於恍然大悟。

「妳是認真的嗎？」我衝口說出，無法控制自己的反應。「妳以為這是亞傑克的孩子？」

「不是嗎？」她厲聲道。

「不是！我真希望他從沒說過這是他的孩子。」

「他不用說出口。去年一月，妳的一個鄰居看到他進了妳家。妳以為我看不懂日曆？妳這個不值錢的小蕩婦。這裡每個人都知道真相。」

她失控了，但我沒跟她計較。她的丈夫剛剛被謀殺，她想把氣出在身邊任何人身上，而我湊巧在她的射程內。但我逼自己別對她咆哮。

「聽著，露碧，我知道這有多可怕，我也知道妳多麼為孩子們感到害怕。妳不必相信我，但我從沒跟亞傑克睡過，從來沒有，一次也沒有，完全沒有。這種事根本沒發生。這不是他的孩子。我發誓。」

我看到她的眼神。她沒被說服。

「好吧，」我放棄。「妳要怎麼想都行。現在的重點是，有人殺了妳的丈夫。戴瑞正在試著查明是誰，而且他需要跟妳談談。」我捧著肚皮，妳正在拚命踢個不停，甜心。「除非妳以為我在我這種狀態下也能殺人。」

露碧用力吸口氣，鼻孔張開，就像賽馬場上的純種馬。她氣沖沖地從我身旁走過。我跟上，穿過客廳，我們的幾個高中朋友已經聽到整場爭論，她們投來的眼神都表示不相信我。看來我太天真了。這一整年，鎮上的人們顯然都在猜我和亞傑克有一腿，而我對此一無所知。這些流言都沒傳進我耳裡，我猜是因為人們太友善或太尷尬，而沒讓我知道其他人在說什麼。我回到局裡當祕書的時候，亞傑克對待我的態度也似乎沒有什麼不一樣。他是沒以前那麼輕浮，但我猜這是因為我挺個大肚子，所以他沒興趣跟我上床。

我來到車庫旁邊的一個房間，亞傑克把這裡當成用來喝啤酒的娛樂室，裡面有一臺「蜈蚣」遊戲機和全尺寸的撞球桌。《花花公子》的裸女海報填滿整面牆。

露碧在一張棕色皮沙發坐下。戴瑞已經坐在亞傑克的掀蓋式辦公桌前，從抽屜裡取出文件，塞進一個紙箱裡。我在沙發的另一端坐下，露碧的敵意像冷風一樣朝我吹來。

「你拿那些東西做什麼？」露碧問戴瑞。

「我們必須把他辦公桌上所有東西拿回去檢查。」

「為什麼？」

「我得查閱亞傑克的文件，說不定裡頭有關於凶手的線索，威脅之類的。」

「那麼，我需要把它們全拿回來，」露碧說：「我有帳單要付。既然亞傑克死了，這個家就由我做主。」

「當然。我們今天下午就會把這些處理完，我會派人把不需要的東西送回妳家。如果我們要保留任何東西，我會列一份清單給妳。」

「我不希望她碰那些東西，」露碧邊說邊瞥我一眼。「那些都是私人物品。」

戴瑞嘆氣。他臉上的表情告訴我，他知道露碧為什麼看我不順眼，儘管他在這件事上一直瞞著我。「我們發現的任何東西都會留在局裡，露碧。」

她又狠狠瞪我一眼，然後撥開臉前的一縷紅髮。「那麼，你想知道什麼？」

「很抱歉我們必須現在這麼做，」戴瑞說：「但請一步一步地詳細說明到底發生了什麼事。」

露碧轉動手指上的婚戒。我看到她又長又完美的指甲，沒有一處破損。「星期四早上，我和孩子們去馬凱特郡看我姊，度過長週末。」

「亞傑克沒跟你們一起去？」

「他討厭我姊。我姊也討厭他。」

「妳不在家裡的時候，有跟他保持聯繫嗎？」戴瑞問。

「有。那天晚些時候，我有打電話跟他說我們到了。他那時候正要去一二六酒館。我們在星期五晚上七點左右有再次交談，那是我最後一次跟他說話。我在星期六打了幾次電話給他，但沒人接聽。我就是在那時候開車帶孩子們回家。我們星期六晚上天黑後回到家。」

「亞傑克知道你們要回家嗎？」

「不知道。我原本應該星期天才回來。」

「妳為什麼提前回家？」

露碧撫平身上的T恤。「因為我認為他正在趁我不在家的時候把他的老二插進某個蕩婦的雙腿之間。我打算捉姦在床。」

「可是妳發現這種事沒發生。」

「沒錯。」

「妳回到家後做了什麼？」

「我哄孩子們上床。我等了一會兒，但後來我自己也睡了。」

「那時候是幾點鐘？」戴瑞問。

「我也不確定。午夜吧。」

「妳當時有下去地下室嗎？」

「沒有。我只有查看《花花公子》的房間，就這樣。」

「他不在家，但他的車還在車庫裡，妳有沒有感到驚訝？」

露碧搖頭。「我們有一個額外的獨立車庫，亞傑克把他那輛翻新的野馬跑車停在那裡。那是他的寶貝。我以為他是開那輛車出門。那是他專門用來釣馬子的車。」

「但妳實際上沒去查看它是不是在那個車庫裡？」

「嗯。」

「之後呢？」

「我剛剛說了，我去睡了。」

「妳晚上有沒有聽到任何動靜？外頭的車輛？屋裡的聲響？」

「沒有。而且我沒睡好，所以如果有發生什麼事，我應該會聽到。當時很安靜。」

「妳為什麼沒睡好？」

「因為我一想到我老公在跟另一個女人上床我就火大！媽的，戴瑞，你是真的假的聽不懂？你跟他工作過，你知道他是什麼德性。」

戴瑞沒吭聲，但這是事實。他確實熟悉亞傑克。我也是。在場每個人都知道亞傑克是什麼樣的人，戴瑞和我也都完全相信露碧的說詞。當然，她沒有確鑿的不在場證明，這也是事實。如果他很晚回到家，而且身上飄著最新戰利品的香水味，夫妻倆就可能會在孩子們睡著的時候在地下室吵架。她就可能有打他。殺了他。她做完了剩下的一切，然後平靜地把血洗乾淨。亞傑克常開玩笑說，露碧是紅髮女人，而紅髮女人很瘋狂。看著她可怕的眼睛，我相信他的說詞。

然而，我不認為人是她殺的。她的指甲太完美。對那具屍體做出那種事，就不可能完全不折斷指甲。

可是如果人不是她殺的，會是誰殺的？

「妳幾點起床的？」戴瑞問。

「很早。大概五點半。孩子們要再過幾個小時才會起床，所以我煮了咖啡，決定去洗衣服。我收拾了髒衣服，下去地下室。」她閉上眼睛，用力吐口氣。「我就是在那時候發現他。」

「妳有沒有摸房間裡的東西？」

「沒有。我只有尖叫。我站在原地尖叫。然後我跑回樓上，打了電話給你。」

我坐在沙發的另一端，聽著他們對話。我不確定自己該做什麼。我不再是副警長，所以我不確定戴瑞會不會希望我提出任何問題，但話說回來，他之所以再次請求我幫助，就是因為我們一起處理了戈登・布林克案。所以我決定插嘴。有一個令人不自在的問題必須提出來，而我可能會比戴瑞問得更好。反正露碧對我的怒火已經到極限了吧。

「妳知不知道亞傑克跟誰上床？」我問。

看到露碧的反應，我意識到她對我的怒火沒有極限。她竟然氣得口吐白沫。「閉嘴，妳這小——」

「露碧。」

戴瑞打岔，但露碧已經用難聽的字眼罵了我。

「妳這麼做沒幫助，」他說下去。「我知道妳很難過，可是我和蕾貝卡是來這裡查明真相，所以不要把個人情緒牽扯進來。如果妳有答案，請回答蕾貝卡的問題。妳認為亞傑克跟誰有染？」

「你是指現在還是去年一月？」她厲聲反問。

我開口想反駁，但被戴瑞瞪了一眼而閉嘴。我再次否認也沒意義。

「露碧，」他重複。「別這樣。」

她的怒火降至悶燒狀態。「好吧。如果你想要一份跟他有染的女人的名單，就把他的聯絡簿的副本給我。亞傑克不算是奉行一夫一妻制，戴瑞。我嫁給他的時候就知道了，我也接受。」

我真的很不想再打岔，我這麼做只會讓事情變得更糟，但露碧在騙我們，我不確定戴瑞是否意識到這一點。這是男人很可能忽視的那種謊話。

「妳為了捉姦在床而提前回家，」我輕聲道：「妳為了跟他對峙而熬夜等他。我覺得這聽起來不像妳有接受。最近是不是發生了什麼變化？」

這一次，她沒有回擊我，但也沒回答我的問題。她整個人看起來僵硬又緊繃，彷彿在支撐一堵即將倒在她身上的牆壁。

「這一次的人比較特別？」我說下去。「妳覺得那個人對妳的婚姻構成威脅？」

她緊張地抖著腿。「我不知道那個人是誰。」

「但有個特定的人？」

「是的。」

「妳是怎麼發現的？」

她聳肩。「我是他老婆，我感覺得出來。他表現得不一樣。他更常不在家，有時候是一整晚。他會編造一些很瞎的藉口。還有，幾星期前，我去鄰縣購物，在亞傑克買下我結婚戒指的那家珠寶店停步。老闆問我喜不喜歡亞傑克給我的項鏈。問題是，他根本沒給我那種東西。我在這件事上矇混了過去，但我猜老闆大概知道。亞傑克買那條項鏈不是送給我，而是送給她。而既然他送她珠寶，我就認定他認真了。」

「但妳不知道那個人是誰？」戴瑞問。

「不知道。」

「她有沒有可能已經結婚了？」

「我毫無頭緒。」

她嗓音急促，顯然希望我們不要在這件事上繼續追問。我相當確定露碧確實知道那個女人的身分——或至少她強烈懷疑某人——但她不願意告訴我們。也許她沒辦法大聲說出這個名字，是因為一旦這麼做就會讓一切變成事實。

「亞傑克最近有沒有遇到什麼問題？」戴瑞問：「他什麼也沒對我說，但想對妻子隱瞞這種事應該會更困難。」

她聳肩。「我也不知道該怎麼說。他很緊繃，很焦躁。我以為是因為婚外情，但也可能是別的原因。」

「金錢方面呢？」

「我們過得還不錯。也許今年手頭比較緊吧，但不是什麼大問題。」

「妳在銀行帳目上沒發現任何異狀？」

「沒有。」

「妳能想到誰對亞傑克懷恨在心嗎？」

露碧用纖細的手指梳理頭髮。「這個嘛，諾姆那裡有件事。」

「妳是指去年冬天？關於威爾？」

她搖頭。「不是。這次比較近期。那個官司終於再次升溫。礦業公司已經沒辦法繼續請求延後開庭，所以看來這個案子應該會在今年年底之前開庭審理。幾星期前，我被叫回去回答更多問題。」

「這跟亞傑克有什麼關係？」

「他開車送我去做口供。我們到了那裡的時候，諾姆在房子的外面。我進屋之前，他和亞傑克發生了爭吵。」

「關於什麼？」

「亞傑克開了一些關於威爾的玩笑。我的意思是，你也知道他的個性。關於同性戀的玩笑。那個玩笑滿惡劣的，即使按照亞傑克的標準也是。」

「諾姆做了什麼？」戴瑞問。

「他用槍指著亞傑克，」露碧答覆：「威脅說要殺了他。」

第二十四章

我今年見過諾姆很多次，但我大概太專注在自己的問題上，所以沒真正觀察他。我們來到他家時，我意識到他看起來很累，而且看起來老了好幾歲，瘦了一些。諾姆原本總是散發一種快樂的能量，相信沒有任何事能打敗他或拖慢他，但很明顯的，去年一月的威爾事件造成了影響。

但他隱藏得很好。他對我噓寒問暖，確保我在他家作客得很舒服。他和戴瑞談論了露營、攝影和大學橄欖球。但我們坐在後門廊，戴瑞向他描述亞傑克的事情時，我看得出來他的表象消失。他沒刮鬍子，一臉疲憊地抓抓下巴，彷彿在問：接下來是什麼？

「我猜你要拿我的槍去做彈道測試，」他猜到我們為何前來。「露碧一定跟你說了我做出的威脅。」

「亞傑克不是被槍殺。」戴瑞回話。

「不是？好吧，這算是讓我鬆了一口氣。發生了什麼事？」諾姆來回看我們倆，然後做出正確的結論。「又是厄蘇利納？真的嗎？」

「這件事要暫時保密，」戴瑞告訴他，「雖然我相信這個故事很快就會傳遍全鎮。」

「嗯，當然。」諾姆起身，靠在門廊的窗戶上。清晨的陽光讓他顯得臉色蒼白。「我沒辦法說我對亞傑克的死感到難過。我的意思是，這對露碧和他們的孩子們來說當然是悲劇，但我從沒原諒他散布關於威爾的事。」

「跟我們說說那個威脅。」戴瑞說。

諾姆看著我們，臉上帶有懊悔。「我一說出那句話就想把它收回去。我只能告訴你，我當時是以父親而不是律師的身分做出反應。我絕不可能履行那個威脅。」

「你拿槍指著他？」

「是的。威爾發生那件事後，我就一直帶著槍。我開始遵循你的人生觀，戴瑞，『別認定任何事』。如果有人想找我或我的家人麻煩，我打算做好準備。」

「你們吵了什麼？」

「我相信露碧有告訴你。亞傑克拿威爾開了個殘酷的玩笑。我就不說出內容了，但它真的很惡劣，惹火了我。隨著開庭日越來越近，我每星期工作七天，每天工作十四個小時，而且我很緊繃。我並不是說我會對他開的玩笑一笑置之，但我確實反應過度了。但很重要的是，重點不只是那個玩笑，而是開玩笑的人是亞傑克。」

「你週五和週六在哪裡？」戴瑞問。

「我剛剛說了，我在工作，從早工作到晚。我已經大概兩個月沒過週末了。」

「有人能確認嗎？」

諾姆搖頭。「我外帶了幾頓飯，打了幾通電話。除此之外，我那段時間都獨自在我在蘭頓的辦公室。我很少見到凱西和威爾。他們知道我有多忙，現在是官司的關鍵時刻。」

「所以你沒有不在場證明。」戴瑞做出結論。

「取決於亞傑克被殺的確切時間點，沒錯，我沒有不在場證明。而且，沒錯，我確實熟悉厄蘇利納命案現場。其實，我就稍微順水推舟，確認你已經知道的：我如果想謀殺亞傑克，而且讓現場看起來像先前的命案，我是可以輕易做到。」

「諾姆。」戴瑞打岔，因為諾姆顯然情緒失控。在大多數情況下，戴瑞不會試圖阻止嫌疑人說話，但諾姆畢竟是他最好的朋友。去年十二月，戴瑞就因為這個原因拒絕盤問諾姆，但這一次他沒讓這個原因阻止自己。這令我好奇，他是不是對諾姆抱有懷疑，而且想親自判斷他在朋友臉上看到什麼表情。

不管怎樣，諾姆繼續說下去，說得又急又大聲。

「而且沒錯，我當時確實很想殺了那個王八蛋，」他說道：「威爾差點丟掉性命，亞傑克在這件事上就跟毆打了威爾的那些小子一樣有罪。戴瑞，你也有孩子，你知道那是什麼感受。蕾貝卡，妳就要生孩子了，所以妳很快也會明白那種感受。孩子遭遇危險的時候，妳會為了救他們而不擇手段。妳會願意走過烈火。妳會願意偷搶騙，沒錯，也願意殺人，而且不會有任何猶豫或一絲懊悔。妳會願意為了救孩子而犯下世上所有罪行。妳會像我愛我的孩子一樣愛妳的孩子，這意味著妳會犧牲一切來保護他們。妳會放棄自己的人生、未來、對妳來說重要的一切。而我就是樂意為威爾這麼做。」

甜心，我這時候本能地用雙手抱著肚皮。諾姆說的一點也沒錯，而且我甚至不用等到妳來到這世上才會想保護妳，我現在就已經在保護妳。世上只有妳會讓我願意為之放棄一切。我就像一隻小黑鳥，願意為了保護巢中的雛鳥而對抗老鷹。

我是母親。

諾姆嘆口氣，坐回椅子上。「可是我沒殺他，戴瑞。沒錯，我完全有理由希望他死，我也有時間和機會這麼做，但我沒這麼做。你想搜就儘管搜吧，我家裡、辦公室、車子，去找染血的衣服、刀子，你想找什麼就去找。你找錯人了。」

我知道戴瑞並不傾向於相信他的朋友是兇手。我也不相信。

但話說回來，別認定任何事。

「你能想到還有誰可能殺了亞傑克嗎?」我問。
「除了露碧之外?我的意思是,妳也知道他對她有多糟。」
「你是指虐待?」
「不,我是指他成天偷吃。」
「露碧覺得這次可能有個特別的對象,」我說:「讓他認真的女人。」
「如果有,他們一定很低調。我沒聽到謠言,而我負責的那些原告及其家人應該會討論這種事。」
「你的官司進行得怎麼樣?」我問。
「進展中,」諾姆以律師的謹慎態度答道:「幫礦業公司處理案件的新合夥人是個很酷的客戶。妳見過她沒有?喬安妮・斯維塔克。她跟布林克一樣無情,也許更無情。」
「露碧是礦業公司的關鍵證人。這算不算是動機?」
「這個嘛,她對這個案子很重要,但我看不出有誰會把氣出在她丈夫身上。」
「亞傑克本人有沒有參與訴訟?」
諾姆遲疑不決。「不算有,至少沒有直接參與。但我在採訪一些礦工時,確實有問到他。」
「為什麼?」
諾姆花了一點時間來決定願意跟我們分享哪些情報。「露碧在礦場的經歷,跟大多數的其他女性不一樣。我想知道她為什麼沒被騷擾。我想知道,她嫁給副警長是否給了她某種保護。」
「真的有嗎?」我問。
「我是這麼認為,但我沒辦法證明。沒人承認任何關於亞傑克有沒有恐嚇或威脅他們的事情。然而，有一件事讓我很好奇。這都是道聽途說，我一直無法證實。事實上，跟我談過的每個人都否認這件事有發生，但這只讓我更加懷疑。」

戴瑞在椅子上俯身向前。「什麼事？」

「根據站在我們這邊的一位女性的說法，露碧在礦場確實發生了一件不好的事。那是在提起訴訟之前，大概五、六年前。我的證人堅稱說，她看到一名礦工朝露碧露出下體，還試著要她幫他手淫。他是新來的工人，是外地人。有意思的是，礦業公司第二天就解雇了他。他離開了鎮上，再也沒回來。」

「但你那個證人不知道他是誰？」

「不知道。她不記得他的名字。我在露碧提供證詞時詢問了這件事，她說這種事從沒發生過。我也找不到任何一個能證明這個故事的工人。真正奇怪的是，這傢伙好像從沒存在過一樣。我查看了礦業公司的僱傭記錄，想找到在短時間內被雇用又被解僱的人，但沒找到。他們想必清除了那些人的紀錄。」

「這跟亞傑克有什麼關係？」我問。

「我能在法庭上證明的關係？完全沒有。我完全沒辦法證明這件事跟他有關。」諾姆搖頭。「但在我們記錄的針對礦場女性的數十起騷擾事件中，這是礦業公司唯一一次對其中一名男性做出行動。有人騷擾露碧，公司立刻制止了這件事，還開除了他。如果這件事是發生在之後，在提起訴訟後，我能明白公司想保護她，因為她站在他們那一邊。可是發生在之前？這不合理。為什麼要幫助露碧，而忽略其他女性的遭遇？我唯一能想到的答案，就是亞傑克參與其中。他要麼靠他自己，要麼請他身為警長的叔叔介入。這是我的猜測，但這是我的直覺告訴我的。我相信我的直覺。」

「你有跟亞傑克和傑瑞談過這件事嗎？」戴瑞問。

「有，他們倆都否認了，」諾姆答覆。「但我不認為這件事是我的證人編造的，我不認為她弄錯了。因此，如果每個人都在這件事上說謊，這就意味著他們在隱瞞一件大事。」

※　※　※

戴瑞繼續跟諾姆談話，但我得上廁所。

上完廁所後，我來到外面抽菸。我懷孕期間一直想戒菸，但在這天早上，我真的需要一支菸。我覺得不舒服，加上睡眠不足，而且我對厄蘇利納的回歸感到不安。幾個月來第一次，我發現自己又在森林裡尋找那頭野獸的呼哧聲。

這是個寒冷的十月早晨。我的靴子踩過草地上的冰霜而嘎吱作響。我的大肚皮讓我沒辦法拉起外套拉鏈，所以寒風朝我吹來時，我直打哆嗦。灰濛濛的天空帶著冬日的氣息，彷彿太陽永遠不會再發光。說真的，甜心，我這時候很想逃走。我這時候很想鑽進我的車裡，去別的地方，再也不回來。也許我就是該這麼做。但無論我去哪，我知道那個怪物遲早會找到我。

我打從十歲就知道。

「嗨，蕾貝卡。」

身後傳來的聲音把我嚇一跳。我轉身看到穿著短袖T恤和卡其褲的威爾，他看起來一點也不冷。「噢。嗨。」

「妳還好嗎？」

我聳個肩，抽口菸。「當然。」

「寶寶的預產期是什麼時候？」

「這個月底，」我說：「但我覺得她會提早來。」

「她？孩子是女的？」

「我其實不知道，不過，沒錯，我認為是女孩。」

「妳還有菸嗎？」威爾問我。

「我如果給你一支，你爸會不會殺了我？」

「大概會。」

我還是給了他一支，我們倆站在這裡抽菸。碩大的院子裡只有我們兩人，周圍是高聳的常青樹。威爾看起來跟以前一樣，迷人又強壯，但也其實完全不一樣。他發現這個世界是殘酷的，而你一旦發現這一點，就再也沒辦法用原本的方式看待人生。你會永遠帶著這種焦慮。

「我有聽到你們說話，」他說：「我聽說了亞傑克發生了什麼事。」

「嗯。」

「我不喜歡他。雖然他死了很糟糕，但我不喜歡他。」

「我也是。」我回話。

「你認為是同一個人殺了他們兩個嗎？亞傑克和戈登・布林克？」

「我也不知道。」

「我的意思是，妳我都知道傑伊沒殺他。我爸要我在這件事上閉嘴，但警長把罪名怪在傑伊頭上，這根本是狗屁。」

我以前從沒聽過威爾罵髒話。「嗯，我知道。傑伊沒殺他爸。」

少年沉默一會兒。他吐出的煙飄向樹木，逐漸消散。「嘿，蕾貝卡？我有件事要問。我們之間沒事吧？妳和我？」

「什麼意思？」

「妳這一年都用不一樣的方式對待我。是因為我是同性戀？」

「不，當然不是。」

「那到底是為什麼？」

我聳肩。「我為發生的事情責怪自己。」

「這種想法太瘋狂了。傑伊自殺並不是妳的錯，發生在我身上的那些事也不是妳的錯。」

「我很感激你這麼說，威爾，可是我覺得我有責任。」

「為什麼？當初是我去找妳，我跟妳說了真相，而那引發了一切。如果有誰該覺得愧疚，那個人應該是我。我試著挽救傑伊，卻害死了他。」

「你沒有做那種事。」

威爾擦掉一滴淚珠。「嗯，大概吧。我能做的就是帶著這份愧疚活下去，對吧？但我很高興妳我之間沒有嫌隙，我原本一直在擔心這件事。」

「你我之間沒問題。」

「謝謝妳給我菸。」

「別謝。」

威爾轉過身，但又停下腳步。他看著手裡的菸，彷彿想起了什麼。「聽著，我最好讓妳知道。我的意思是，這可能也沒什麼大不了。警長把戈登的死歸咎於傑伊的時候，我以為那件事不再重要了。但現在——亞傑克也死了——」

我繃緊身子。「什麼事？」

「嗯，滿蠢的一件事。我和傑伊有一天在這個院子裡抽菸。我有一二六酒館的火柴盒，我用它點燃他的菸。他看到火柴時，從我手中拿走火柴盒。然後他搖頭，說有件事真的很怪。」

「我聽不懂。他覺得哪裡怪？」

「傑伊小時候有在收集火柴盒。他爸會在出差的時候幫他收集。他有來自全國各地的火柴盒。有一段時間，他的玻璃瓶裡裝滿了這種東西。」

「了解。」我還是聽得一頭霧水。

「問題是，傑伊確信他的收藏品當中，有一個一二六酒館的火柴盒。他認得盒子的設計。他能得到它的唯一途徑，就是戈登出差、把它帶回來。所以傑伊認為，戈登說自己在去年秋天之前從沒來過這裡，那是謊話。戈登應該以前就來過黑狼郡。」

第二十五章

我們回到警局後，我和戴瑞搜查了亞傑克的辦公桌。

我們發現的東西在我們預料之內。在抽屜裡的案件檔案底下，他放著幾本《閣樓》和《好色客》成人雜誌，其中好幾頁都折了角，以便他找到他最喜歡的照片。他還收藏了一瓶隨身酒壺大小的伏特加酒、一盒香菸、一罐薄荷糖，還有一條避孕套。我們發現一本袖珍日曆，但大部分的格子都是空白的，所以我們無法確定他是否打算趁露碧週末不在家的時候去見某人。日曆上也沒有任何東西能告訴我們，他是否一直在跟妻子以外的女人約會。

我們搜查桌子時，傑瑞來到一旁。警長看起來因為侄子被殺而悲痛欲絕，也許這就是為什麼戴瑞說他想請我幫忙處理這個案子時，傑瑞沒提出異議。戴瑞指出，少了亞傑克，我們變得人手不足，而且我曾和他一起處理過之前的厄蘇利納凶案。我以為會發生一場爭論，但傑瑞只是點頭表示贊同，幾乎沒看我一眼。考慮到我挺個孕肚，我們都知道這只會是一項短期任務。

傑瑞離開後，戴瑞終於提出了我們倆迴避了幾個月的話題。既然厄蘇利納回來了，我們就再也沒辦法避開這個話題。「我知道妳原本希望我會反對傑瑞給布林克案結案，」他對我說：「妳不認同他把罪名怪在傑伊頭上。」

「我從沒這麼說過。」

「的確，但妳不認為是傑伊殺了他。」戴瑞說。

「你也不這麼認為。可是傑伊認罪了，所以我能理解你們為什麼結案。」

活。」

「這樣對威爾比較好，」戴瑞坦承，嘆口氣。「傑伊死了，但威爾還得繼續在這個鎮上生

「我知道。你說得沒錯。」

「問題是，我們現在又遇到一具屍體。」

「沒錯，的確。」

「其實，妳是對的，」戴瑞說下去。「我從不認為是傑伊殺害了他父親。我相當確定這三件案子都是同一個人幹的。布林克、奇普、瑞瑟。如果威爾的說法是對的，布林克幾年前就來過這裡，那麼兇手只有一人就更加合理。我們一定錯過了什麼共同點。」

他闔上抽屜，搖搖頭。「這裡沒什麼線索。咱們來看看從他家帶回來的個人文件。」

我們走進辦公室的會議室，這裡放著一口紙箱，裡頭是戴瑞從亞傑克家裡那張辦公桌收集來的東西。他抽出一疊疊文件，整齊地攤在會議桌上。我們有很多東西要查看：退稅資料、銀行對帳單、收據、信用卡帳單。我坐在桌子的一邊，戴瑞坐在另一邊，我們開始默默地從一堆堆東西中篩選。

翻閱亞傑克的個人紀錄，這種感覺很怪，彷彿我在未經他允許的情況下挖掘他生活的私人細節。我在週五早上就在這間辦公室裡見過他，總覺得他還活著。他應該走進會議室，帶著傲慢的笑容坐下來，問我們到底在做什麼。但他死了。我曾經盯著他被嚴重破壞的遺體。我總覺得這種事不可能發生。我沒辦法說我會想念他，但我搞不懂他為什麼會死。

我也搞不懂會是誰殺了他。

「信用卡帳單上有沒有什麼東西？」戴瑞問。

「露碧在珠寶店的事情上說得沒錯，亞傑克上個月在那裡花了將近一千元。如果東西不是

買給她，那究竟是買給誰？」

戴瑞吹口哨。「一千元？這可不是小數目。」

我翻閱了更多帳單。「他也喜歡玩具。他從體育用品和汽車零件商店購買了很多東西。」

「他的信用卡上有沒有未付清的餘額？」

「沒有，他每個月都付清了。在大多數的月份，金額是幾百塊。」

戴瑞抓起銀行紀錄。「亞傑克哪來這麼多錢？」

他拿走最近期的對帳單，把其他的交給我。我們翻閱它們，我查看了每份對帳單裡附帶的已兌現支票。

「他的支票帳戶和儲蓄帳戶餘額並不高，」戴瑞說：「他大多數的玩具費用不是靠他的薪水支付的，這點能肯定。」

「會不會是傑瑞金援他？」我問。

「傑瑞的收入沒那麼高。」

「且慢。」我說。

「怎麼了？」

「他沒開出給信用卡公司的支票。」

「什麼意思？」戴瑞問。

「他開了支票給鎮上很多地方，但我沒看到任何一張是開給 Visa 的。那麼，他是怎樣支付信用卡帳單？」

戴瑞再次查看散布在桌上的文件，接著皺眉，拿起另一疊銀行對帳單。「他有另一個帳戶。」

「什麼？」

「看看這些紀錄。他在鄰縣的某家銀行有一個單獨的支票帳戶。不是他跟露碧在這個鎮上開設的那種聯名帳戶。這個帳戶是他個人的名義。」戴瑞迅速翻閱紙張。「開給Visa的支票是來自那個銀行。直到去年底，他每個月都在那個帳戶裡存入五百元。」

「每個月？從哪裡？第二份工作？」

戴瑞搖頭。「他如果有第二份工作，我一定會知道。這裡沒有關於錢來自哪的資料。他只是每個月兌現支票。」

「誰開給他的支票？」

「這就是問題。」戴瑞再次瀏覽銀行對帳單。「最後一次存入是在去年十二月，在那之後就沒有了。在那之後，他一直在動用餘額，但那個帳戶裡還剩幾千美元。他收到這些款項，想必已經有一段時間。」

「十二月？他是在那時候停止收到錢？」

「是的。」

「布林克是在那個月遇害。」我說。

※ ※ ※

之後，我和戴瑞開車回到戈登‧布林克租過的房子。

我不喜歡這種似曾相識的感覺，也不喜歡這個地方的醜陋回憶。但從我上一次來過這裡以來，他的律師事務所已經徹底清理了這個地方。退休的礦業公司董事長決定永久留在佛羅里達州，這棟房子被從上到下重新粉刷和裝修。這裡幾乎沒有任何痕跡讓我想起布林克和他妻兒住過這裡。

接手訴訟的合夥人喬安妮・斯維塔克，就跟諾姆宣傳的完全一樣。她散發的強硬氣勢能割傷人。她的臉就像抹了白妝的蠟殼，唯一在動的就是她的眼睛，藍色而且嚴肅。她的頭髮是棕色的，像冰風暴中的海浪一樣在頭上飄動。她看起來大概四十五歲左右。我們在法院的法律目錄上查找了她，得知她是戈登・布林克在密爾瓦基那間律師事務所裡唯一的女性合夥人。我相信她是走了一條艱難的路才爬到這個位置。

我們坐下後，她明確表示沒有太多時間陪我們。她的簡短答覆讓訪談進行得很快。

「妳認不認識鎮上一個叫亞瑟・傑克森的副警長？」戴瑞問她。

「不，我不認識。」

「大家都叫他亞傑克。」

「我還是不認識。」

「他在週末遭到謀殺。」

凶殺案的消息沒引起任何反應。她只是用一支鉛筆敲敲桌面，靜靜等著戴瑞繼續說下去。

「這起謀殺的性質，跟妳的前輩戈登・布林克的謀殺案非常相似。」他說下去。

「多相似？」

「幾乎完全一樣。傷口一樣。牆上留下一樣的訊息。」

「你的部門不是得出結論，說布林克是被他兒子殺的？」她問我們。

「沒錯，那是警長的結論，不過——」

「那麼，這起犯罪案跟我或我的公司有什麼關係？」

「這就是我們想找出的答案。」戴瑞說。
我在椅子上向前傾身，這種動作對我來說可不容易。「亞傑克的妻子露碧，是礦業公司在這場訴訟中的關鍵證人。我們很難相信妳不知道亞傑克是誰。」
她的眼睛有著蛇一般的耐心和殘忍。「跟礦場或這場訴訟有關的任何人事物都是機密資料。」
「妳的敵對律師諾姆•佛茲，認為礦業公司掩蓋了一起涉及露碧的騷擾事件，」戴瑞說下去。「而他們不太可能在亞傑克不知情的情況下做到這一點。」
「我再說一次，跟礦場或這場訴訟有關的任何人事物都是機密資料。」她說。
「就算跟命案有關？」
「命案是你的問題，不是我的。」
「我覺得妳應該會感到緊張，畢竟有人殺害了負責此案的前任律師。」
「我並不緊張，但謝謝你的關心。」
我和戴瑞對看一眼。我們都認為我們應該帶一支冰鎬來敲開她冷酷的表象。
「就妳所知，戈登•布林克跟亞傑克有沒有任何關係？」戴瑞問。
「我根本不知道這個人是誰，當然也不知道戈登是否認識他。」
「亞傑克每個月從不明來源收到五百美元的付款，而這些款項在布林克先生遇害的同一個月停止了。妳的公司有沒有付錢給亞傑克？還是這些錢是布林克先生出的？」
「我一無所知。」
「妳能不能查出來？」
「我無權查看布林克先生的個人財務，而任何跟公司付款相關的事情都是機密資料。」

「布林克先生代表礦業公司多久了?」戴瑞問。
「與客戶關係有關的任何資料都是機密。」
「包括跟他們合作多久?」
「沒錯。」
「我們有理由相信，布林克先生在去年秋天抵達這裡之前，已經來過黑狼郡，」戴瑞說下去。「這是不是事實?」
「我沒辦法說。」
「是因為妳不知道，還是因為妳拒絕告訴我們?」
「我沒辦法說。」
「他來這裡，是不是跟妳代表礦業公司有關?」
「與客戶關係有關的任何資料都是機密。我以為我已經說得很清楚了。」
桌子對面的戴瑞沮喪得搖頭。「嗯，妳幫了我們大忙，斯維塔克小姐。」
「我沒有義務幫你，副警長。」
「即使這意味著或許能解決你同事的命案?」戴瑞問。
「戈登死了，這點不會改變。現在，我唯一關心的是保護我客戶的利益。我們談完了嗎?」
「是的，談完了，就目前來說。」
「那就麻煩你們自己出去吧。」
戴瑞從桌邊站起。我也起身，動作比他辛苦。我們都和律師握了手。她的手冰涼又柔軟。我們離開房間時，她已經回到她面前的文書工作，彷彿和我們一起度過的時光是她已經忘掉的麻煩事。

在我們要離開房子的時候，我又得小便。戴瑞走去外面，我試著找到一間廁所。我查看一扇扇門時，撞上了潘妮・拉姆齊，她正從一個當成法律圖書館的房間裡出來。我上一次見到潘妮，是我和亞傑克在去年十二月訪談她，所以我根本不知道她還在黑狼郡。

看到我，她瞪大眼睛。她立刻掃視走廊，確保這裡沒有第三人，然後她抓住我的手肘。

「我的天啊！亞傑克的事情是真的嗎？他死了？」

「是的，他死了。」

「發生了什麼事？」

「我們還不知道。」

潘妮用顫抖的手摀住嘴，從我身邊退開。「我不敢相信。」

「妳對他的死知道什麼嗎？」

「不，我什麼也不知道！」

「我覺得妳好像知道什麼。」

我看到她眼裡充滿淚水，她緊張地用手指撫摸脖子上的項鏈。她二話不說，跑過走廊，我看見她消失在另一個房間裡。門在她身後砰的一聲關上。

我雖然只看到她片刻，但跟我們上次見面相比，她的衣服、髮型和妝容都升級了。我上次在汽車旅館見到的那種艾米・歐文風格的純真氣質，已經被一種更優雅的風格取代。如果要我猜，她八成找到了一個會買禮物給她的男朋友。

例如她剛剛一直在愛撫的那條昂貴的黃金綠寶石項鏈。

我大概知道是誰買給她的。

第二十六章

天黑後，戴瑞把我送回家。我筋疲力盡，而且雖然我沒告訴他，但我的腹部劇烈疼痛，腰部也持續隱隱作痛。我不知道這是不是提早到來的分娩疼痛還是其他原因。也許只是今天的壓力造成的。我走進屋裡，開了燈，然後踢掉鞋子，坐在客廳的沙發上，觀察疼痛是否消失。幾分鐘後，痛楚消失了。我開始覺得舒服些。

我考慮放張唱片，或是彈吉他，但在這一刻，我只想躺在沙發上。電話就在我手邊，我已經無數次想過要不要打電話給湯姆・金恩，讓他知道我懷孕的事。不。不。我如果聽到他的聲音，就會想見他。我大概會再次愛上他。儘管這很誘人，但因為太多的複雜情況，所以我不能讓它發生。

屋裡很溫暖，也可能只有我覺得溫暖，因為我的新陳代謝完全不正常。白天的炎熱和疲倦讓我閉上眼睛。我把頭靠在沙發背墊上，睡著了。我做了一個令我不安的夢，夢到自己又回到十歲那年，夢到我穿越樹林，身後的黑暗中有一個看不見的怪物。我不斷向父親、哥哥、戴瑞和湯姆求救。沒人來救我。感覺野獸的爪子碰到我的皮膚時，我驚醒了。

屋裡早已不再溫暖，不可靠的暖氣在我睡覺時熄滅了。我坐在沙發上，冷得發抖。我查看手錶，發現我睡過了整個晚上。現在剛過午夜。

我周圍感覺有些不對勁，我不知道哪裡不對勁，姑且算是本能吧。一種恐懼的感覺，彷彿我的夢魘跟著我進入了現實生活。但我觀察房間時，沒看到任何能解釋這種恐懼的東西。一切看起來都沒變。

但有些不一樣。

哪裡不一樣？

我掙扎著從沙發上爬起來，站起身。屋外的街道一片漆黑，我的左鄰右舍都在睡覺。一場秋雨開始降下，風把大橡樹上的濕葉吹到窗戶上。我確認窗戶是鎖著的，我每天都會這樣檢查，一方面出於習慣，一方面出於防範。我也總是鎖上前門。

難道我今晚忘了這麼做？

我回到門廳檢查。門是鎖著的，這方面沒問題。我打開門，把穿著長襪的腳伸進帶有遮棚的門廊裡。雨敲打著遮棚和遠處的街道，發出柔和又穩定的樂聲。秋夜的雨可能會持續幾個小時。我側耳聆聽，查看陰暗處。我嗅聞空氣，觀察有沒有泥炭味以外的氣味，像是香菸、汽車廢氣或汽油。但整個街區感覺很正常，就跟其他任何一個夜晚一樣。

我回到屋裡，再次鎖上門，但緊張情緒並沒有消失，而是不減反增。我進入樓下每個房間，檢查了其他的窗戶，確認它們也鎖著。通往後院的門也鎖著。地下室的門有一個沒被動過的輔助鎖，我把耳朵貼在門上，什麼也沒聽到。應該不可能有人在我不知情的狀況下進入室內，但我就是覺得……

有人在這裡。

我關掉樓下的燈，來到樓上，這裡只有兩間臥室。我把用不到的東西全塞在比較小的那間裡，所以裡頭一團亂。甜心，我是打算把它當成妳的房間，但就目前而言，妳在出生後會跟我一起睡在主臥室。我已經在角落裡放了一張嬰兒床，而且這幾星期來人們一直在給我衣服和相關用品。

屋外，前院的橡樹樹枝擦過臥室的小窗戶。如果有人想這麼做，其實可以爬上樹，從這個途徑進入屋內。可是這扇窗也是鎖著的。我早已吸取教訓，知道粗心一次就可能造成慘痛後果。

接下來是主臥室。

我站在門口，猶豫著要不要進去。我打開頭頂燈，它閃爍幾下，然後突然熄滅。我咒罵。我得請戴瑞幫我換燈泡。沒有燈光，我就看不清楚陰暗處。我是可以走過地毯，進入浴室，打開裡頭的燈，但穿過臥室的這段路感覺無比漫長。一陣刺麻的恐懼感爬上我的後背。黑暗在我身後，也在我面前。

「這裡有人嗎？」

我說得大聲又輕柔，而且帶有試探性。沒人回應，當然沒有。但我聽到的聲響使得我握緊拳頭，直到指甲陷進皮肉。風呼嘯而來，像被困在墳坑裡的骷髏一樣嚎啕大哭。

風是從敞開的窗戶縫裡吹來的。

我的兩條腿動彈不得。我僵在原地。我原本可以永遠待在門口。

妳在胡思亂想。妳忘了關窗。

我這樣告訴自己。我喜歡晚上的冷空氣，喜歡在秋季醒來時感覺屋裡寒冷。沒有人能輕易進入這裡。二樓窗戶俯視後院，而且附近沒有樹。房子的外牆上只有一條排水管，只有小蜘蛛才爬得上來。

我來到窗前。沒錯，窗子是開著的，只開了一、兩吋。我把窗子敞開，把頭伸到微風中，外頭除了輕柔的雨水之外什麼也沒有。院子裡一片漆黑，後側是樹林，我什麼也看不見。我再次關上窗戶，這一次我確定它牢牢關上，而且上鎖。

窗子是我昨晚自己打開的。因為戴瑞在一大早叫醒我，所以我忘了關上。這就是答案。

應該是吧？

我進入浴室，刷了牙。燈開著，所以我檢查了臥室的衣櫃，確保沒有怪物藏在裡面。我沒查看床底下，因為我一旦雙手雙膝跪地就大概再也爬不起來。然而，為了確認，我還是從床頭櫃抽屜裡找出一顆舊的網球，把它滾到床架底下。它從另一邊滾出來，撞到牆壁。

床底下沒人。

我知道我哪裡有問題。是因為亞傑克。屍體。謀殺。厄蘇利納。所以我提心吊膽。我被凶案的氣氛影響了。

儘管如此，我還是小心謹慎。我關上臥室門，然後從梳妝臺前拿起一把椅子，拖過地毯，卡在門的把手下面。如果有人想進來，就一定會發出很大的聲響。我也從衣櫃架子上找出我的手槍。我總是確保槍裡有子彈，能擊發，以防萬一。在冬天和春天的幾個月裡，我睡覺時一直把槍放在枕頭底下，但在炎熱的夏季，我覺得可以把槍放在衣櫃裡。

但今晚不行。

我再次把槍放在枕頭底下。有了這種保護，我的焦慮稍微開始緩解。自己的想像力變得這麼狂野，我覺得有點愚蠢。

我開始脫衣服。我脫下孕婦上衣和胸罩，扔進洗衣籃，然後我讓我的特大號牛仔褲滑到地上，從裡面走了出來。我從壁櫥裡找出一件跟床單一樣大的睡衣，披在身上，法蘭絨又涼又鬆。

接下來只剩我的襪子，無論是穿上還是脫下都是最大的挑戰。我在床上坐下，伸手拿起我那可靠的三呎長的尺子，把它滑到左腳踝和襪子之間。我把襪子剝下來，甩向洗衣籃的大略方位。我對我的右襪也做了同樣的舉動，但它卡在尺子的末端，拒絕被甩掉。所以我用手拿起它。

就在這時，我注意到一件怪事。

襪子的底部是濕的。我之前沒意識到，沒注意到我腳上的潮濕。

為什麼我的襪子濕了？

沒錯，我是有出去，可是遮蓋門廊是乾的。

我又盯著臥室的窗戶。

我稍早在客廳睡覺時，雨一直被吹進這扇窗裡。我剛剛從窗前看著後院時，踩到了濕地毯。我撐床起身，來到窗邊，確認了窗底下的地毯是濕的，我微微鬆了口氣。

我甚至能看到我濕漉漉的足印通往浴室，然後通往我用椅子固定的臥室門。

我的腳印。不是別人的。

我應該想到這裡就好，但我像貓一樣好奇。我來到臥室門前，把椅子推到一邊，打開門，凝視著屋裡其他區域的黑影。木頭結構吱嘎呻吟，這是風吹動牆壁造成的影響。

應該是吧？

這裡沒人。只有我一人。

我確保我的赤腳是乾的。然後我伸出腳趾，踩在臥室門前的地毯上滑動。令我驚恐的是，我的腳趾變得濕潤。房間外面的地毯是濕的。濕得就像有人穿著濕鞋從臥室裡走出來。

我關上門，把椅子放回門把底下。

我上了床，沒關掉浴室的燈。這天晚上，我不是把槍放在枕頭底下，而是拿在手裡。

我完全沒睡。

第二十七章

兩天後，我跟戴瑞和他的家人在一二六酒館共進晚餐。今晚是炸雞吃到飽之夜，熱騰騰的油膩雞腿是我最近最想吃的東西之一。

自從我父親去世後，戴瑞算是收養了我。他一直把我當女兒看待，但他在這一刻似乎正式承認了這一點。他的大女兒只比我小幾歲——她二十四歲——他還有兩個小女兒，一個十八歲，一個十六歲。我很榮幸他們把我納入他們的家庭，因為我自己並沒有真正的家庭。但我也感到內疚，因為戴瑞還有其他事情要煩惱。他的妻子瑪麗蓮五十歲出頭，但一看就知道她過得不好。她已經跟肺癌抗爭了兩年，而這個疾病正在取得勝利。她瘦弱又蒼白，黑色鬈髮被假髮取代。從戴瑞的臉上，從他勉強擠出來的笑容中，我看得出來他知道未來會發生什麼事。他是個堅強的男人，但失去配偶可能讓最堅強的男人屈服。

我不想拿自己的擔憂來增加他們的負擔，所以我裝作什麼也沒發生。我們吃炸雞，我們談笑。跟平常一樣，一二六酒館就像個瘋人院，喧鬧又粗暴。在這裡，就連最好的朋友也可能因為誰開了惡劣的玩笑而大打出手。吧檯上方的電視播放著《天龍特攻隊》，但沒人聽得見，因為自動點唱機正在大聲播放杜蘭杜蘭樂團的《雷霆殺機》，所以人們交談時必須對彼此喊叫。牆上有新的藝術品，一幅巨大的《最後的晚餐》，畫上是耶穌和使徒們抽菸喝啤酒。當地一些虔誠信徒對這幅畫抱怨過，但在一二六酒館，沒人在意。

我認識這裡的每個人。諾姆和威爾在其中一張撞球桌上輪換打球。露碧和她的高中朋友們坐在角落的桌邊，她的臉龐嚴肅又緊繃。班恩・馬洛伊又回到鎮上，穿梭於一張張桌子之間，談論他新的厄蘇利納特別節目。該節目將在萬聖節後的週六黃金時段首播，班恩打算在一二六酒館舉行一場盛大的派對，而且全鎮的每個人都受邀參加。他宣布贏得最佳厄蘇利納服裝獎的人將獲得現金獎勵，這意味著該活動將是一場怪物聚會。

珊卓・梭羅坐在吧檯邊，喝著啤酒和梅里特葡萄酒。她向我舉杯致意。她穿著磨損的天藍色高領毛衣、褪色牛仔褲，以及美國國旗牛仔靴。她坐在凳子上，朝向外側，跟周圍的男人們進行眼神交流，評估今晚要帶誰回家。

我從戴瑞的桌位告辭，拿著我的一籃炸雞來到吧檯。

「嘿。」我費勁地坐到珊卓旁邊的凳子上，跟她打招呼。

「嘿。」她對我的狀況報以同情的輕笑聲。「看來妳離那一天越來越近了。」

「還有幾星期，但我覺得任何一天都有可能。」

「妳準備好了嗎？」

「算是吧。」

「想好名字了嗎？」

「其實，我在考慮樹爾比。」我告訴她。

「樹爾比。很酷的名字，很不一樣，我喜歡。適合男孩也適合女孩。」

「是女孩。」

珊卓微笑。「這個嘛，妳雖然現在這麼說，但到時候準備感到驚訝吧。我原本也確信亨利是女孩，直到醫生把他抱到我面前，給我看了他的小雞雞。」

「是女孩。」我重複。

珊卓聳聳肩，啜飲葡萄酒。一方面，我知道她說得沒錯，因為這幾個月來每個人都跟我說了同樣的話。我有什麼感覺並不重要，上帝也不在乎我覺得我的孩子是男還是女。可是妳就是妳，榭爾比。妳注定要當個女孩子。我對此從沒懷疑過。

「那麼，亞傑克，」珊卓評論道：「很淒慘的消息，是吧？」

「嗯。」

「這下一共有四個了，厄蘇利納還真忙，雖然我對牠挑選受害者的品味沒什麼意見。」

「妳不該開這種玩笑，」我提出諫言，然後輕聲說：「不過有件事我想問妳。妳有沒有聽說過關於戈登・布林克付錢給亞傑克的傳言？」

「付錢給他？」

「每個月五百塊錢。」

她吹聲口哨。「哇，不錯的收入。」

「我們不完全確定是不是布林克，但布林克被殺後，付款就停止了。」

珊卓灌下一大口啤酒。「諾姆跟妳說過露碧在礦場受到騷擾的事，是不是？」

「嗯。他還說她否認發生過這件事。」

「沒錯，這下妳知道了。那個小騙子。布林克和礦業公司其實收買了她，這就是每個月五百塊錢的來源。」

「妳是這麼認為？」

「當然。他們也試過收買我，但我叫他們去死。」

我沒有對珊卓的理論發表任何意見，但總覺得好像有點似是而非。我完全能想像亞傑克試圖從律師事務所榨取現金。但在另一方面，如果他們付錢讓露碧對騷擾一事保持沉默，那為什麼亞傑克會把這筆錢存在一個單獨的帳戶裡，而露碧似乎對此一無所知？

「說到亞傑克……」珊卓呢喃。
「怎麼？」
她指向酒館的入口，我注意到潘妮・拉姆齊站在掛在門上方的一個巨大駝鹿頭底下。這名法律祕書環顧四周，尋找空桌，臉上帶著不自在的尷尬笑容。即使在黑狼郡待了一年，她也顯得格格不入，一個來到雷根國度的城市女孩。
「妳知道他們倆有染？」我問。
「這個嘛，這可是熱門八卦。」
「妳覺得露碧知道嗎？」
珊卓聳肩。「我很難想像她不知道。」
我看著潘妮。她是獨自一人，但隻身來到一二六酒館的女性不會長時間保持這種狀態。我懷疑這就是她的計畫。她想借酒澆愁，放下亞傑克的事。她想釣個男生。她脫下外套時，我看到她的乳房從一件超低胸襯衫和托高型胸罩裡溢出來。如果她想得到男人的關注，那套衣服會讓她得到很多關注。
她也戴著那條項鏈。
這不是好主意。
我想過去叫她把它拿下來。任何人看到那條項鏈都看得出來它很貴，而酒館裡一定有人樂意把它偷走，拿去變賣。但這不是最大的問題。如果露碧知道潘妮和亞傑克之間有染，就會立刻認出那條項鏈。
「我實在搞不懂，」珊卓說下去：「露碧比她正多了。我的意思是，我能明白亞傑克為什麼對妳很感興趣，但他為什麼會搞上那個矮冬瓜小姐？」

珊卓的評論令我受寵若驚，但這讓我想起我和亞傑克的傳言滿天飛舞了一整年。「潘妮本來就喜歡亞傑克。我不認為他需要花多少工夫。」

「這個嘛，我能理解他想上她，但很難理解他在她身上花錢。」

我皺眉，因為珊卓說的沒錯。潘妮應該不介意玩玩，但她看起來不像那種會把亞傑克從妻子身邊奪走的女人，他卻送給她昂貴的禮物。

「會不會是她殺的？」珊卓問：「有時候會殺人的是那種文靜的類型。」

「其實，我認為她愛過他，」我說：「而亞傑克可能讓她以為他也愛她。她天真得應該會相信。」

珊卓啜飲葡萄酒。「男人。我要是不喜歡他們兩腿之間的那玩意兒，就會徹底放棄他們。」

我發笑。「不太可能。」

「的確。確實不太可能。」她銳利地看我一眼。「那妳呢？妳有沒有看上誰？」

「是啊，因為我現在這副模樣可真性感。」

「別看輕自己。妳在任何狀況都很性感，親愛的。我只是想說，妳會像我一樣成為單親媽媽。我不會鼓勵任何人加入這種俱樂部。有個男人在身邊，生活會輕鬆很多。」

「不一定。」

珊卓皺眉。「這個嘛，我是說好男人，如果世上真的有這種東西。妳之前那個男人是爛咖，這點無庸置疑。至少他離開了。妳終於擺脫了那個王八蛋。」

我環顧四周，確保沒人在聽我們說話，雖然他們在嘈雜聲干擾下應該也聽不到我們的聲音。「其實，珊卓，我還想問妳一件事。妳最近有沒有聽說任何關於瑞奇的話題？」

「什麼樣的話題？」

「關於他回來。」

「瑞奇？」珊卓嘶聲道，嗓音裡流露真誠的關切。「妳是認真的嗎？他又回來了？妳有見到他？」

「沒有，我沒見到他。我可能只是完全弄錯了。我也不知道，這只是一種感覺。星期天晚上，我能發誓有人進過我家。」

「老天。」

「有沒有誰跟妳說過什麼？」我問。

「完全沒有，而且這種祕密很難隱瞞。如果他回來了，就一定是投宿在哪個朋友家，對吧？我認為礦場的男孩們會知道，我也很快就會聽說。」

「總之，幫我留意一下，好嗎？」

「我會的。妳跟戴瑞說了嗎？」

我搖頭。「他希望我搬去跟他們一起生活，但瑪麗蓮就夠他擔心了。」

「如果瑞奇回來了，妳也得擔心。」珊卓回話。「現在不是抓著尊嚴不放的時候，親愛的。妳有孩子要顧慮。」

「我知道。」

「那個小王八蛋應該因為對妳的所作所為而去坐牢。」

「嗯。」

「妳需要槍嗎？妳有帶槍嗎？」

我拍拍掛在肩上的包包。「不離身。」

「那就好。」珊卓對我微笑，但接著臉色一沉。我看到她盯著我身後。「哎呀，麻煩來了。」

「什麼？」

我轉身。潘妮・拉姆齊自己找到了一張雞尾酒桌。她啜飲手裡的白葡萄酒，整理好頭髮，緊張地微笑著，酒館裡的男人們對她露出的乳溝吹口哨。但潘妮不知道的是，露碧也注意到她了。就像暴風雨前的烏雲般，露碧穿過酒館，大步走向潘妮。亞傑克的遺孀盯著亞傑克的情婦時，酒館裡的人們紛紛安靜下來。

潘妮原本沒注意到露碧，直到兩個女人彼此對視，這時候想離開已經太晚了。潘妮試圖後退時，被露碧抓住手腕，她試圖掙脫。露碧用一根手指鉤住潘妮的項鏈。

「他給妳這個？」她像在潘妮的喉嚨上打結一樣拉緊項鏈。

「不關妳事，」潘妮反駁：「放開我。」

「妳睡了我老公，當然跟我有關。」

「他已經不愛妳了。」

「而妳以為他愛妳？妳這個蠢蛋。」

「他確實愛我。他親口跟我說的。妳只是在嫉妒。」

「嫉妒妳這種雜草？唯一令我嫉妒的，是這條項鏈。我要它，而妳會把它給我。」

露碧握緊拳頭，從潘妮脖子上一把扯下項鏈。潘妮試圖從她手中抓住它，但露碧把它拿在她夠不到的地方，任由鏈子在手裡晃來晃去。

「還給我。」潘妮厲聲道。

「既然這是我老公買的，就屬於我。妳該當個像樣的蕩婦，離開這裡。」

「還給我！」

「聽清楚，把妳的奶子塞回妳的外套裡，然後滾出這裡。」

「才不要。我要我的項鏈。」

「它現在是我的了，所以妳快滾吧。明白了嗎？」

潘妮靠在露碧面前，再次抓向項鏈。「亞傑克說你們兩個之間已經結束了。他要離開妳。」

露碧從胸腔深處發出一聲怒吼，野獸般的咆哮。「妳、這、小、騙子！」

她的臉龐通紅，幾乎跟她的頭髮同樣顏色。她尖叫一聲，把項鏈甩向人群。然後她抓起潘妮的酒杯，把它砸在桌上，鋸齒狀的邊緣就像尖牙利齒。她一揮胳臂，用碎玻璃劃破潘妮的臉頰，在對方的皮膚上劃出深深的血痕。

「看看妳這張臉還能拐到多少男人，妳這破壞家庭的婊子。」露碧冷笑。

潘妮沉默又震驚地看著鮮血湧上自己的雙手。

然後，隨著一聲狂野的尖叫，她掀翻了桌子，兩個女人大打出手。

第二十八章

「為什麼找我問話？」潘妮在警局對我們大喊大叫。「你們應該去找她問話！是她開了頭，是她動手。看看我！我說真的，看看我這副模樣！」

潘妮摸摸蓋住臉上縫線的紗布墊，開始抽泣。我和戴瑞等了一會兒，沒立刻再說些什麼。儘管現在很晚了，但我們身後的辦公室裡仍然熱鬧非凡。我們不得不叫醒傑瑞，他對這場打鬥並不高興，而他的妻子已經去露碧家裡、從保姆那裡接管她的孩子。露碧本人在地下室的一間牢房裡。

「我們正在跟她問話，」戴瑞輕聲說：「她被捕了。」

「很好！」

「我們會指控她襲擊妳，」戴瑞補充一句。「如果妳想這麼做。」

潘妮從我們給她的紙巾盒上抬起頭。「如果我想這麼做？我當然想這麼做！」

「我只是覺得，也許我們能用其他方式來處理這個問題。」

「看看她對我做了什麼！」潘妮再次尖叫。「醫生說可能會有神經損傷。我會留下巨大的傷疤！」

「我明白。露碧對妳做的舉動太過分了。可是露碧是一個帶著三個孩子的媽媽，潘妮。亞傑克才剛遇害，所以她現在獨自照顧那些孩子。而且妳也別忘了——」

我知道他要說：妳跟她老公上床。

但他逼自己吞下這句話。他不需要說出來。在我的注視下，潘妮咬著嘴唇，在腦海中完成了這句話。她的雙手交叉放在面前的桌上，緊張地搓著拇指。

「總之，妳考慮一下，」戴瑞補充道：「好嗎？」

潘妮只是聳個肩，沒吭聲。

「我們也想跟妳談談亞傑克的事。」我打岔。

「關於什麼？」

「考慮到妳跟他的關係，也許妳能幫助我們弄清楚他發生了什麼事。」

「我毫無頭緒。我不敢相信他死了。」

「妳是什麼時候開始跟他見面？」

潘妮抽了抽鼻子。「大概半年前，就在斯維塔克小姐來鎮上接手官司之後。我原以為我會丟掉這份工作，但她說她希望熟悉這個官司的人參與訴訟，所以她留住我。我決定晚上出去慶祝，所以去了一二六酒館。我就是在那裡遇到亞傑克。」

「是妳找他攀談，還是他跟妳搭訕？」

「他看到我，於是來到吧檯。」她搖頭，臉上帶著敬畏。「我說真的，他真的好帥。我第一次見到他的時候就這麼想，但我不認為他會對我感興趣。可是我們聊了一會兒，喝了幾杯，然後他送我回我的汽車旅館。老實說，我以為事情就這樣結束了，所謂的一夜情。我並不在乎。可是他打給我，說想再見到我。我們一有機會就開始見面。」

「妳在不在意他結了婚？」

「那是他跟露碧之間的事，與我無關。況且，我在這裡是隻身一人。我喜歡有人陪。」

「妳最後一次見到他是什麼時候？」

「星期四。我們在一二六酒館喝了酒。」

「亞傑克不擔心被人們看到你們在一起？」

「我們假裝一起坐在吧檯是純屬巧合。我的意思是，我相信人們都知道，但我們很低調。之後，我去他家見他。露碧當時跟孩子們出去了，所以我們可以待在那裡，用他的床。我喜歡那樣。我一整晚都跟他在一起。」

「妳幾點離開的？」

「大概早上七點。他得去上班，我也是。那是我最後一次見到他。」

戴瑞俯身向前，臉上帶著好奇。「妳在星期五晚上有沒有見到他？或是星期六？」

潘妮不高興地皺眉。「沒有。他得工作。」

戴瑞搖頭。「他沒上班。他這個週末都沒排班。」

「這個嘛，他是那樣跟我說的。」

「就算他在工作，為什麼妳沒有在他下班後見過他？」我問。

「我有打給他，但他不在家。」

「妳什麼時候打的？」

「兩個晚上都有打，週五和週六，沒人接聽。」

「妳那時候有擔心嗎？」

「沒有。我以為他要工作到很晚。而且我也沒辦法留言什麼的。他叫我千萬別留言，以防被露碧聽見。」

「妳有沒有去他家找他？」我問。

「沒有。」

「為什麼？妳是怕會看到他跟別人在一起？」

「沒有別人。他愛我。」

我看得出來她在試著說服自己。「潘妮，亞傑克死了。妳得跟我們說實話。妳當時懷疑他不是獨自一人，是不是?他沒接電話，因為他身邊有別人。」

她垂下眼簾，輕輕點了頭。「有時候，就算我知道露碧不在家的時候，他也沒打給我。所以我會懷疑。」

「妳有他見過的其他女人的名字嗎?」

「沒有。」

「妳這個週末有沒有去他家?」

「沒有!」她堅稱。「我沒去他家。妳說的好像是我殺了他，但我永遠不可能做出那種事。不可能!妳該去問露碧才對。妳也看到她今晚做了什麼。她是瘋子!」

「除了露碧，妳能想到還有誰可能殺了他?」

她搖頭。「毫無頭緒。」

「他有沒有提到他跟誰有過節?有沒有說什麼事令他心煩?」

「沒有。我的意思是，不算有。」

我從她的聲音中聽到猶豫。

「聽起來好像有。」我說。

「這個嘛，他常常提到那場官司。他問了我很多相關問題。他總是催促我提供情報。他想知道我聽聞了什麼、我知道什麼、斯維塔克小姐對這個案子說了什麼。」

「他為什麼這麼感興趣?」

「我也不知道。我猜是因為露碧是證人吧。」

「他有沒有談到錢？」

「什麼意思？」

「這個嘛，他有沒有談到他每個月從律師事務所那裡獲得款項？」

她皺眉。「事務所幹麼給亞傑克錢？」

「他從沒跟妳提過這件事？」

「沒有。」

「他有沒有提過從別人那裡得到錢？」

「沒有。」

「關於訴訟呢？妳有沒有給他他想要的情報？」

潘妮遲疑不決。「我不想被開除。」

「這個嘛，妳說妳愛亞傑克，難道妳不想查出是誰害死他？」

她過了很久才回答。「好吧，我可能跟他洩漏了太多。我希望他喜歡我，我也不認為跟他吐露情報會有什麼傷害。露碧是礦業公司的證人，所以我這麼做不算是在幫助原告方。此外，他問的也不是關於騷擾之類的事。」

「他想知道什麼？」

「他問了很多關於戈登的事。」

「戈登・布林克？關於什麼？」

「像是，事務所有沒有隱瞞關於戈登的任何事情。斯維塔克小姐是否知道審判中可能會出現的情況？她知不知道是誰殺了他？我覺得他這些問題很怪，因為每個人都說戈登是被他兒子殺死的。我問亞傑克為什麼想知道，他說他的搭檔對這個案子還有些疑問，說你在逼他去調查。」

戴瑞皺眉。「他說是我想要這些情報？」

「是的。」

我瞥向戴瑞，他搖頭。

「妳跟他說了什麼？」我問潘妮。

「這個嘛，我跟他描述我聽到的一段錄音。他聽了似乎不太高興。」

「錄音內容是？」

「斯維塔克小姐來到這裡不久後，查看了我們跟礦業公司的關係的檔案紀錄。我當時在場做記錄。她聽了戈登和密爾瓦基事務所一個高級合夥人之間的電話談話錄音，是用錄音帶錄的。」

「他們談論了什麼？」

「戈登說他曾試圖讓珊卓・梭羅辭掉礦場的工作。他向她提供了離開的報酬，但她拒絕了他。之後，斯維塔克小姐關掉了錄音機，叫我離開。」

「妳後來有聽到更多的錄音帶內容嗎？」

「沒有。後來，斯維塔克小姐叫我銷毀我的筆記。這點很不尋常。我問她為什麼，她罵我說問那麼多幹麼。我的猜測是，她不希望文件上出現任何可能是被意外發現的東西。事務所不希望原告方聽到錄音帶的內容。」

「妳跟亞傑克說了這件事？」

「是的，而且他嚇壞了。我不知道為什麼。」

戴瑞打岔。「妳知不知道那通電話是什麼時候被錄音的？」

「幾年前了。」

「多少年前?」

潘妮眨眨眼,試著回想。「七年吧?我總是用談話日期來標記我的筆記,而且我對那種事記得滿清楚的。我相當確定那是七年前的夏天。」

「戈登打那通電話時,人在哪裡?」

潘妮聳肩。「這裡。」

「這裡?黑狼郡?」戴瑞問。

「是的。他說他那天遇到珊卓・梭羅,所以他一定來過這裡。」

戴瑞重重嘆口氣,靠向椅背,然後轉向我。「我們需要再次調出命案檔案。」

「關於布林克?」我問。

他點頭。「是的,但不只是他的。奇普和瑞瑟就是死在七年前的夏天。」

※　※　※

我們把文件保存在大樓的地下室。這是一個沒有窗戶的潮濕房間,不是存放文件的最佳場所,但我們沒有太多多餘的空間。這裡放了幾盒老鼠藥,以防止老鼠吃掉這些紙張。這些文件都放在紙箱裡,放在生鏽的金屬架子上,按日期排列。這些檔案可以追溯到幾十年前,所以如果有人想看看他們祖父在一九四〇年代因裸泳而被捕的紀錄,它可能還在這裡。

我們穿過狹窄的過道時——我因為挺個大肚子而側身挪動——戴瑞一言不發,所以我先開口。

「亞傑克那時候在做什麼？」我問：「試著解決謀殺案？」

「也許。但這無法解釋他為什麼每個月拿到錢。」

「至少現在我們知道亞傑克為什麼送潘妮禮物。他想從她身上挖到情報。」

戴瑞點頭。「出於某種原因，亞傑克跟這一切有關。我不得不假設這就是為什麼他會死。」

我們來到地下室的某個區域，這些紙箱是七年前的七月和八月的案子。戴瑞在調查奇普和瑞瑟命案時收集到的所有資料，都塞進了三個沉重的箱子裡，應該是放在最上層的架子上。我自己夠不到那些箱子，現在的身體狀態也沒辦法抬起它們，但我不需要這麼做。

因為那些箱子不見了。為了讓空缺不那麼明顯，那個時間範圍內的其他文件的紙箱被擠在一起，但那些命案檔案確實失蹤了。

「有人拿走了。」我說。

戴瑞拿起我們用來記錄誰在何時拿走資料的日誌表。他查看最上面的那張表格時，我看到戴瑞上一次提取文件時所簽下的名字，那是在戈登•布林克遇害的不久後。他記下了存放以及拿走文件的日期和時間。

根據日誌上的紀錄，最後一次有人觸碰那些文件就是在那時候。沒有人再把它們調閱出來。但它們就是消失了。

「我們也需要查看布林克的文件。」他急切地說。

我們很快找到了存放去年十二月和今年一月文件的架子。我只看了一眼，就發現我們為了戈登•布林克命案所收集的那箱資料也不見了。

「東西明明在這裡，」我告訴戴瑞。「我親手放在這裡。」

戴瑞搖頭。「一定是我們其中一人拿走的。某個警察拿走的。只有警察有鑰匙進得來這裡。」

「亞傑克？」

「我猜是他。」

「可是為什麼？他是調查人員之一，他早就知道我們發現了什麼。」

「我不知道他為什麼這麼做，」戴瑞答覆：「可是我們又回到了原點。我們對厄蘇利納凶案所知的一切，我們所有的證據，都不見了。」

第二十九章

隔天早上，我們在礦場見到珊卓・梭羅。她穿戴著安全帽和黃色反光服，從銅礦的梯田深處來到工地的露營拖車。她每一寸裸露的肌膚都髒兮兮，是那種讓人覺得可能永遠洗不乾淨的汙垢。看到我們，她似乎不太高興，而且我知道礦業公司會在她暫停工作的每一分鐘扣她的薪水。

她瞥向跟我們一同前來的諾姆。我們三人坐在拖車裡的薄弱椅子上，但珊卓沒理會我們為她預留的椅子，而是站著不動。外面的隆隆機械聲震得拖車牆壁吱嘎作響，我們聽到男人們在引擎聲干擾下朝彼此呼喊。

「又怎麼了？」她疲憊地嘆口氣，問諾姆：「他們懷疑我做了什麼？」

「別擔心，」他告訴她。「我會讓妳知道該回答什麼、不回答什麼。妳如實陳述就好。」

珊卓聳個肩。「那咱們就別浪費時間。」

戴瑞對我點頭，要我帶頭問話。我發現我其實喜歡再次做我以前的工作，就算只是一小會兒。「珊卓，妳曾多次提到礦業公司試圖收買妳、要妳辭職。」

「嗯，這又怎樣？我叫他們去死，但如果妳想要證據，我也拿不出來。他們沒留下任何書面紀錄。他們那是現金提議，我要麼接受，不要拉倒。」

「那是什麼時候的事？」

她遲疑不決。「幾年前。」

「五、六，還是七年前？」

「我不記得了。我只記得當時是夏天，因為那時候很熱。」
「在提起訴訟之前？」
「嗯。」
「這項提議是怎麼來的？」我問。
我看到她骯髒的臉上露出一絲恍然大悟的神情。她知道我們為什麼在這裡。她考慮了片刻才開口。
「有個人打去我家，」她告訴我們。「一個外地人，是律師。他想代表礦業公司跟我談談。我們見面時，他說如果我自願離職，並簽字放棄訴訟請求權，他們就願意付給我一大筆錢。他願意當場給我兩千塊錢。他甚至向我展示了一卷鈔票。」
「妳拒絕了？」
「拿兩千塊錢，但是沒了工作？嗯，我拒絕了。當時經濟衰退很嚴重，我不知道我有沒有辦法在這裡找到另一份工作。我必須緊抓我現有的工作。」
「那個人是誰，珊卓？」我問：「那個律師是誰？」
她用手背擦擦鼻子。「既然妳在問我這件事，那我猜妳已經知道了。那個人是戈登・布林克。」
「妳在布林克被殺的幾年前就見過他，就在這個黑狼郡。」
「沒錯。雖然那不算是什麼見面。跟他談不到半個小時，我就起身離開了。時間只剛好夠讓他賄賂我，夠讓我叫他滾。說真的，要不是他去年秋天又回來這裡，否則我還真想不起他的名字和長相。」
「在此期間，妳跟他有沒有任何其他聯繫？信件？電話？」

「沒有。」

戴瑞坐在一張搖搖晃晃的摺疊椅上，雙手放在膝上，身體往前傾。「布林克遇害後，妳為什麼沒告訴我們妳在訴訟前就認識他？他以前來過這裡？」

「你們又沒問。」她給我們一個不太甜美的微笑。「如果我在訴訟期間從諾姆那裡學到什麼，那就是『除非有人問起，否則不要自願提供情報』。」

「妳有沒有害怕妳會成為布林克命案的嫌疑人？」

「我本來就是嫌疑人，不是嗎？打從第一天起。你在這方面說得很清楚，戴瑞。我不需要給你更多彈藥。」

「是不是妳殺了他？」

「不是。」

「妳在哪跟布林克見面？」我問：「他提議給妳錢的時候，你們在哪裡？」

「他當時住在好時光度假村。我去了他的小屋，談了話，然後我離開了。」

「妳知不知道他當時在鎮上待了多久？」

「不知道。我拒絕了他的提議，就這樣。」

「還有誰知道妳跟他的會面？」

「在那時候？沒人知道。如果有其他人知道，消息也一定是布林克洩漏的，不是我。我在礦場沒談起這件事。我不想被其他女人知道這件事。我最不希望發生的，就是她們覺得可以拿筆現金、退出這場官司。我希望我們團結在一起。如果我們其中一人退出，礦業公司就會更努力擺脫我們其他人。」

「妳知不知道布林克有沒有嘗試賄賂其他人？」

「就算他有，她們也沒讓我知道。但是礦業公司認為我是主謀，他們真正想攆走的是我。」

「露碧呢？」

「我毫無頭緒，他們可能也有賄賂她吧。誰知道呢，也許她有收下現金。我確信她會否認，但她如果有拿錢，這就能解釋很多事。」

戴瑞瞥向諾姆。「你知道布林克當年來過嗎？」

諾姆謹慎地遣詞用字。「珊卓在兩年前因為這起訴訟而來找我的時候，我們討論了賄賂的事。我必須完整地瞭解礦業公司為了攆走珊卓而採取的所有行動。我知道他們試過給她錢，但我不知道那個人是布林克。他再次回到這個鎮上時，我才知道這點，珊卓證實了他就是那個人。很抱歉，去年冬天在這件事上瞞了你，但我掌握的布林克相關情報都是機密。」

珊卓挽起袖子，查看手錶，接著瞥向小窗外面，望向通往礦場深處的泥土路。「咱們別再浪費時間了，好嗎？我正在虧錢。你真正想問什麼就說出來吧。」

「妳認為我們想知道什麼？」戴瑞問。

「少裝了，你想問的是奇普和瑞瑟，對吧？你認為布林克跟我談話的那個時間點，差不多就是他們兩個在諾姆的拖車裡被剁碎的時候。」

「這個可能性看起來滿高的，不是嗎？考慮到案件之間的相似性。」

「這個嘛，我不知道該跟你說什麼。我甚至不確定那是不是同一年的夏天。但如果他們倆是在我遇到布林克後被殺，當時的我也不會產生任何想法，畢竟奇普和瑞瑟跟我或礦場沒有任何關聯。我沒理由認為他們和布林克之間有任何關聯。」

「妳聽說戈登．布林克是怎樣被殺的時候，妳是怎麼想的？」戴瑞問。

珊卓再次瞥向諾姆，但他點頭允許。「沒錯，這確實讓我感到納悶，但我認為布林克是被一個模仿犯殺害的。聽警長說凶手是傑伊，我還以為事情就這樣結束了。」

「但現在亞傑克也死了，」戴瑞說下去。「他在這些事上是否有任何關連？」

「如果有，我也從沒聽說。」

戴瑞沮喪地搖頭。「珊卓，我們有四起凶殺案，四起以非常相似的方式犯下的殘忍罪行。布林克遇害的時候，我們沒找到任何證據表明他的死跟奇普和瑞瑟案有關。沒有任何線索能把這三人綁在一起。但現在，我們發現布林克以前來過鎮上，妳知道這件事卻一直瞞著我們。我們的下一站是好時光度假村。等我們檢查他們的紀錄時，我認為我們會發現，奇普和瑞瑟被殺的時候，布林克就住在度假村。這不可能只是巧合。這些案件都以某種方式聯繫在一起，而現在，我看到的唯一關聯就是妳。」

「這個嘛，我沒殺他們，戴瑞。我不知道他們是誰殺的。」

「布林克來鎮上見妳，試圖賄賂妳。妳的訴訟是這一切的中心。」

「也許吧。但我不是厄蘇利納。」

「妳星期五晚上在哪裡？還有星期六晚上？」

「跟亨利在家裡。」

「大家都知道妳不是週末晚上會待在家裡的那種人。妳為什麼沒出門？」

「身體不舒服，腸胃炎。」

「所以妳沒有不在場證明。」戴瑞做出結論。

「看來是沒有。」

「我記得，在布林克的命案上，妳的不在場證明也很薄弱。」

諾姆站起身，站在戴瑞和珊卓之間。「我認為我們說完了，戴瑞。珊卓得回去工作，而亂猜下去也不會讓我們有任何收穫。」

珊卓走向拖車門，但我喊住她。「嘿，珊卓？還有一件事。」

諾姆試圖要我閉嘴，但珊卓向他揮手表示沒關係。「什麼事？」

「妳拒絕了賄賂，叫布林克滾蛋。然後呢？」

「我離開了。」

「不，我的意思是，被妳拒絕之後，布林克說了什麼？」

珊卓努力回想，用黑指甲抓抓臉頰。「他很火大。妳也知道，布林克是個惡霸。他是那種習慣於心想事成的人，他認為他能恐嚇我。他告訴我，如果我想拿更多錢，那是不可能的事。他還說，如果我不接受這個提議並辭掉礦場的工作，我一定會後悔。」

第三十章

我們開車去好時光度假村的時候，我的陣痛又回來了。這一次，戴瑞聽到我用力吸氣，注意到我握緊拳頭，我整個人在副駕駛座上扭動。他立刻感到擔心。

「妳還好嗎？」

「不算好。」

「需不需要去醫院？」

「上一次的疼痛在幾分鐘後消失了。我們先觀察一下。」

「我不太想幫妳接生孩子，蕾貝卡。」

「同感。」我回話。

他把車停在公路的路肩上，仔細端詳著我因不適而緊繃的臉龐。

「這些事對妳來說是不是負擔太大？」戴瑞問：「如果參與這項調查，會給妳帶來任何風險，我現在就開車送妳回家。」

「不，我想參與。真的。」

我平穩地呼吸，試著整理思緒，而這並不容易。幸運的是，就跟之前一樣，疼痛在幾分鐘內緩解了，我的身體也放鬆了。儘管如此，我知道妳正在到來，榭爾比。妳正準備成為這個世界的一部分。時間正在流逝，我沒有太多時間來獲得我所有問題的答案。

「我現在沒事了。」我示意戴瑞繼續開車。他看上去鬆了口氣。

半小時後，我們到達了好時光度假村。它位於這個郡最西部的邊緣，蓋在這裡最大、最美的一片湖泊的岸邊。色彩已經開始點綴在樹木上，陽光明媚，使這個十月的一天變得絢麗多彩。幾艘漁船在水中拖曳穿梭。這座度假村從一九三〇年代存在至今，我們很多人開玩笑說房間裡的毛巾也可以追溯到那個年代。這個地方在盛世時很高雅，但在幾十年後，它只是諸多湖畔小屋的集合體，帶有外屋和公共淋浴。這個設施是季節性的，這座度假村將在幾週後關閉、過冬。我很難想像戈登・布林克會住在這裡，但在七年前，他沒有太多選擇。

度假村的主人是一名五十出頭的男子，名叫馬文・法拉迪，是原主人的兒子。法拉迪家族在這個地區的歷史可以追溯到很久以前，所以我們有些人不禁懷疑，幾個世紀前是不是有個叫蘭頓・法拉迪的人、這個小鎮就是按他的名字起名。他體型圓潤得就像神話中的保羅・班揚，他是六個孩子當中的老么，自己有七個孩子。馬文也是鎮長，而這份工作在這裡花不了多少時間。他認識每個人，所以我和戴瑞走進兼作他家的大廳小屋時，他就在那裡，他還把雙手放在我的肚子上，感覺到妳在踢。妳一定很喜歡他，甜心，因為妳踢得很大力，用這種方式跟他打招呼。

他用辦公室角落裡一臺陳舊的「咖啡先生」咖啡機給自己倒了杯咖啡，接著向我們舉壺示意，但我們拒絕了。

「亞傑克的消息真令人痛心，」我們都坐下後，馬文開口：「糟透了。你們知道發生了什麼事嗎？」

「我們正在調查。」戴瑞答覆。

「其實，亞傑克常來這裡。」

「是嗎？」

「噢，當然。這裡有一間小屋他很喜歡，他大概每個月會租一、兩次吧。他從來不是一個人來這裡。對我來說，看不見就能裝作不知道，你們明白我的意思嗎？他帶女孩們來這裡，但我刻意不去注意她們是誰。男人必須做男人必須做的事，而他做什麼都不關我事。只要沒出現尷尬的場面，沒有吃醋的丈夫出現之類的，我就不在乎。我在這方面恐怕幫不了你們。」

「其實，我們不是為了亞傑克而來。」戴瑞告訴他。

「不是？」

「我們想問你關於戈登・布林克的事。」

「你是說去年冬天被殺的那個律師？他怎麼了？」

「你認識他嗎？」

馬文搓搓鬍鬚，思索片刻。「我在試著回想我有沒有見過他。我不記得有。他們沒來這裡住過。市議會有次開會，討論了律師們抱怨的一些破壞行為，但我記得，礦業公司是派來一些年輕的律師。我唯一一次聽到布林克的名字，是在他被殺之後。那不是他兒子幹的嗎？」

「我們不再那麼確定了，」戴瑞答覆。「其實，我們認為布林克可能幾年前曾經住過度假村。」

「噢，是嗎？有可能吧，但我不記得了。」

「我們想查看你當時的住客紀錄，特別是七年前的七月。」

馬文聳肩。「請自便。」

他進入後側的一個房間，幾分鐘後回來，手裡拿著一個鞋盒。這個盒子用黑色馬克筆標記著七年前的六月和七月。在盒子裡，幾百張白色索引卡擠在一起，似乎不是按照什麼特定順序。每張卡片只有列出基本資料，包括姓名、房號、入住日期、退房日期、總金額和付款方式。在當時，大多數客人都是用現金支付。

戴瑞拿了一半的卡片，我了另一半。這個過程中最緩慢的部分是解讀筆跡，但我們都搜完後，沒找到一張標示著類似戈登・布林克名字的卡片。

「潘妮和珊卓並不百分之百確定那是七年前的事，」我指出。「也許我們把時間點弄錯了。」

「我不認為我們有弄錯。」戴瑞瞥向馬文，他正在閱讀一本平裝本的路易斯・莫小說：「馬文？客人登記入住的時候，你通常會要求他們出示身分證件嗎？」

老闆沒從書上抬頭。「現在的我會這麼做。但在七年前？我那時候滿鬆散的。只要人們有現金，我就不在乎他們是誰。」

戴瑞看著我。「所以布林克有可能用假名。」

「如果是這樣，我們就永遠找不到他。」

但我們還是再次檢查索引卡。這次花了更長的時間，尋找密爾瓦基的公司律師可能使用的那種假名。我在一堆卡片中發現的線索不是名字，而是被更正過的退房日期和總金額。這個客人提前支付了為期兩週的住宿費用，但退房日期被劃掉了，新日期是入住的五天後。

卡片上的名字是傑伊・史密斯。

傑伊。這感覺不太像是巧合。

我向戴瑞展示這張卡片，他立即發現了新退房日期的重要性。

「諾姆是在這個日期的幾天後發現奇普和瑞瑟的遺體，」他說：「那兩具屍體在拖車裡已經有一段時間了。我認為這個人就是布林克，妳不覺得？」

我們向馬文展示了這張卡片，但不意外的，他不記得七年前的夏季有一位客人提早離開度假村。如果這個人就是布林克，他來來去去都沒留下痕跡，而這顯然就是他想要的。戴瑞拿著卡片走出辦公室，我跟在後面。一座草坡環繞著度假村，通往湖泊和眾多小屋。陽光如橙星般倒映於水面，茂密林地環繞岸邊。十月的空氣很涼爽。

「布林克來到鎮上，用假名登記入住，並支付現金，」戴瑞說出想法，拍打著卡片，彷彿它會抖出更多祕密。「他支付了兩週的費用，但幾天後就提前離開了。為什麼？因為珊卓拒絕了賄賂？一定沒這麼簡單。」

我搖頭，不發一語。我不知道該說什麼好。

「奇普和瑞瑟搶了米特爾郡那家酒類專賣店後，正在逃亡，」戴瑞說下去。「他們當時躲在諾姆的拖車裡。但不知何故，他們三個人彼此有關聯。唯一合理的只有這點。」

「拖車離這裡有兩小時的車程，地點偏僻，」我指出。「布林克是怎麼找到他們的？而且為什麼？」

「我也不知道，但我們一定錯過了很重要的環節，」戴瑞堅稱。「布林克提早離開了度假村，而根據時間點來看，他一定是在那兩人遇害的時候左右離開的。我們沒有線索能把他跟奇普和瑞瑟聯繫在一起，但他們三人之間一定有關聯。」

「妳認為是布林克殺了他們？」

「我不確定，但當時一定發生了某件事。布林克要麼目睹了那件事，要麼他曾參與其中，不然就是他知道那件事是誰幹的。我認為他當時想逃之夭夭。」

我們不需要問布林克在逃避什麼。答案就在我跟戴瑞之間，但我們倆都沒說出來。

厄蘇利納。

※　※　※

戴瑞想看看傑伊・史密斯——也就是戈登・布林克——在七年前住過的小屋。我實在不太想沿著斜坡走到湖邊再走回來，所以我讓他自己去。我在車裡等著，車門開著，我浮腫的雙腿在門外晃來晃去。

我還坐不到五分鐘，一輛跟遊艇一樣長的黃色凱迪拉克就來到我旁邊。

「蕾貝卡副警長！」班恩・馬洛伊開心地宣布，搖下車窗。

「你好，班恩。」

再次見到他，我感到尷尬。自從去年冬天一起站在結冰的湖畔之後，我其實一直沒再跟班恩說過話。事實上，正是因為這個原因，我在他在鎮上時都會避開他。我不願想起傑伊自殺的那個晚上，我自己情緒崩潰的那個晚上，我看到人性光明面與黑暗面的那個晚上。

班恩爬出凱迪拉克，就像一隻超大隻的拉布列康矮妖在尋找一罐黃金。他的額髮垂了下來，他用手輕輕一推，把它推了回去。他從口袋裡掏出菸斗，咬在嘴裡，但沒點燃。「看來妳的大日子快到了。」他對我說。

「的確。」

「那麼，我希望妳不會錯過我的萬聖節派對。我想讓妳看看新節目，精彩萬分。」

「這不是由我決定，」我捧著肚皮。「而是由樹爾比決定。」

「樹爾比？這是妳選的名字？我喜歡。」

「謝謝你。」

「是男生還是女生？」

「嚴格來說，我不知道，但我認為她是女孩。」

「這個嘛，我相信她會跟妳一樣美，副警長。」

「你嘴真甜，班恩。」然後我補充道：「但其實，因為發生在亞傑克身上的事，我只是暫時再次擔任副警長。我其實是部門祕書，我在去年冬天之後換了工作。」

他的臉沉了下來，看起來真的很沮喪。「真的嗎？這是真的嗎？我很失望。希望我們在樹林裡的那場冒險不是造成妳換工作的原因。我如果事先料到，就絕對不會把那晚發生的事說出去。」

「發生的那一切都不是你的錯，班恩，」我告訴他。「是我搞砸了，而我很幸運還能保有一份工作。你跟他們說了傑伊的供詞，你那麼做是對的。」

「問題是，妳我都知道那不算是真相，」他用銳利的眼神看著我。「我這麼說也許沒什麼幫助，但我有向戴瑞和傑瑞強調，我認為那孩子是認了他沒犯的罪。但他們更想做的似乎是結案，而不是瞭解真相。」

「我猜真相的重要性有時候被高估了。」

班恩對我眨個眼。「這個道理我比誰都懂。我是電視圈的，這意味著我永遠不會讓真相妨礙一個精彩故事。當然，除了咱們共同的朋友。」

我納悶地挑眉。

「厄蘇利納！」他解釋，彷彿這再明顯不過。「其實，我沒忘記我們那場談話，也沒忘記妳當時的表情。妳當然可以否認，但我確信咱倆都是同一個俱樂部的成員。我們都知道牠真實存在。我希望遲早能證明這一點。」

我沒說什麼來證實他對我的懷疑。

班恩蹲下來，把一隻胖胖的手放在我的肩上。他的眼神很認真。「還有，說到那個晚上，我想告訴妳，我聽說了妳後來和妳前夫發生的事。得知妳經歷了什麼，我真的深感遺憾。」

「謝謝。那是幾個月前的事了，我現在好多了。你也可以否認，但我知道你送了匿名禮物幫助我，班恩。我真的很感激。你給我的錢幫我度過了一些難關。」

「我根本聽不懂妳在說什麼！」他和藹地回一句，站起身。他終於點燃菸斗，吸了幾口來幫助菸草燃燒，然後他示意我們周圍的老舊度假村。「那麼，是什麼風把妳吹來好時光？我留在這裡是出於懷舊之情，而我雖然尊敬馬文，但還是得說，這個地方真的需要好好整理一番。話雖如此，住這兒總好過住我媽那裡。」

「我來是為了協助戴瑞。」我含糊地回答。

「啊，想必跟最近的凶案有關。這個嘛，至少戴瑞和傑瑞夠聰明，懂得找妳幫忙。這樣很好。聽說亞傑克的遭遇時，我簡直不敢相信。這對可憐的露碧來說是悲劇，但在我的特別節目開播的兩星期前又發生一起厄蘇利納凶案？這可是黃金收視率啊。我一聽說他的死訊，就立刻打給電視臺。我在鎮上的時候，我們要給這部紀錄片拍攝一個新的結局。」

「你這麼做有點沒品，班恩。」

他聳肩。「這幾個字會刻在我的墓碑上！妳願不願意接受節目的採訪？我知道戴瑞會拒絕，但妳呢？電視臺一定會愛上妳這張漂亮臉蛋。」

「不了，謝謝。」

「妳確定嗎？我們不需要談論亞傑克或命案調查。」他的眼睛閃閃發亮。「我們可以談論妳在森林裡看過但瞞著我的那個東西。」

「不，」我堅定地重複。「我不接受訪問。」

「好吧，既然妳這麼說。真可惜。總之，希望我會在派對上見到妳。」

班恩走向旅館大廳。

「嘿，我能不能問你一件事？」我喊住他。

他停下腳步，納悶地看著我。「當然。」

我鑽出警車，站起身，班恩稍微扶了我一把。我的嗓音很輕，儘管周圍沒人。「戴瑞還沒回來。「七年前，你和你那些志工在奇普和瑞瑟被殺的地點附近的樹林裡進行了大規模搜索。我很好奇——你有沒有發現什麼你沒讓警局知道的東西？」

班恩若有所思地撫摸下巴。「妳懷疑我隱瞞了什麼？」

「凶殺案的證據，而不是怪物。」

「我為什麼要隱藏這種事？」

「因為如果是一個人類因犯罪而入獄，你就很難在電視上推銷神話。」

「妳以為我會為了收視率而放過一個殺手？」

「其實，我認為你確實可能這麼做。」

「其實，我認為妳說的對。」他露出狡猾的笑容。「說真的，人們其實不想要真相。他們喜歡神祕。但在這件事上，事實是，我什麼也沒找到。我沒辦法證明那是厄蘇利納幹的，但我也沒找到證據表明是別人幹的。志工們在搜索過程中收集並帶回來的所有東西，我都交給了戴瑞。他告訴我，他沒發現任何對這個案子有用的東西。」

我點頭。「了解。這個嘛，請見諒，我非問不可。」

「不過呢，我在我媽的閣樓裡確實收藏了當時拍攝的搜索畫面，長達數小時，」班恩說下去。「其中只有幾分鐘的片段有播出。如果妳真的相信那些命案是人類而不是怪物幹的，那我歡迎妳查看那些錄像。」

我皺眉。「我為什麼會想查看它們？你認為我會發現什麼？」

「這個嘛，殺了那些人的凶手，一定對那次搜查感到相當緊張，」班恩答覆：「如果我是凶手，我會想親自到場，確保沒有任何線索會指出我的身分。所以，在那數小時的畫面中，我們很有可能拍到了凶手。」

第三十一章

那天晚上，我夢見了妳，榭爾比。

這是我們倆在一起的諸多夢境中的第一個。這聽起來雖然很怪，但妳其實一直和我在一起。我這些年來一直感覺妳就在我身邊。我未曾停止與妳交談，未曾停止希望事情能有所不同。

在我的夢中，妳不是嬰兒，甚至不是孩童。妳長大成人，是一個和我年紀相仿的漂亮年輕女人，和我一樣的黑髮，但更直，而且中分。在妳的臉上，在妳那雙夢幻般的棕眼裡，在妳乳白色的肌膚上，在妳看著這個世界、試著理解它時，嘴角勾起的好奇微笑中，我看到很多我自己的影子。這些都是我給妳的，即使妳沒意識到。然而，跳過妳小時候的模樣，直接看到妳長大後的模樣，這令我難過，因為這意味著我錯過了妳的成長。我沒在妳成長時陪著妳。

然而，那天晚上，這個夢讓我們團圓了。蕾貝卡和榭爾比。母親和女兒。我們牽手。我們沒說話，也不覺得有必要說話。我們之間有一種瞬間的、親密的熟悉感，我們相互瞭解，相互連結。跟妳在一起，讓我很開心。妳讓我感到滿足，因為妳聰明、無懼又美麗。

我們在森林裡。我每次進入夢鄉，就會來到這個森林。夢中不是夜晚，但擁擠的樹木在我們周圍形成陰暗的灰色。飛鳥掠過陰影，但奇怪的是，牠們沒唱歌。這個世界靜如畫，無風，無暖，無寒。妳我並肩走過一條人跡罕至的小路，但腳下的泥土乾如塵土，沒留下任何腳印。我回頭看時，感覺就像我們根本沒來過這裡。

我有好多問題要問妳，關於妳的人生，關於妳的過去。妳結婚了嗎？妳有孩子嗎？妳有朋友嗎？妳常歡笑嗎？

但我一個字也沒問。我只是陪妳走過這座魔法森林，越深入其中，周圍灰影就變得越暗。鳥兒離去。夜幕降臨，就像一片巨大的陰影。一種不祥預感爬上我的心頭，我知道接下來會發生什麼。在我所有的夢裡，都發生了同樣的事。在我醒著的時候，我尋找那頭野獸，但在我的夢裡，那頭野獸在追捕我。

我聽到騷擾我一輩子的那道聲響，它早已成為我藏在心裡的執著。那是那頭野獸的聲響，牠離我越來越近，牠為我而回。我從十歲開始就一直在尋找的重逢，每晚都在我閉眼後發生。但這次的夢不一樣，因為這一次，我意識到野獸不是為我而來。不，這次更糟糕。

厄蘇利納是為妳而來。

一個黑色的輪廓從草叢中衝了出來，牠的呼吸聲響亮又沉重。在黑暗中，突然間，我手裡拿著一支手電筒，就像我多年前那樣。怪物衝向我們時，我的光線照亮牠毛茸茸的皮毛，還有鋒利又巨大的弧形爪子。然後我聽到腳邊的哭聲。我低頭查看時，看到妳不再是女人了，榭爾比。妳又成了嬰兒，依偎在我的復活節籃子裡，躺在綠紙花飾當中。

哭泣。受凍。害怕。孤單。

野獸來了，我必須保護妳免於牠的傷害。我感到前所未有的恐懼，但一想到我的孩子面臨威脅，我也感到堅定、憤怒，還有報復性的怒火。我絕不會讓牠傷害妳。野獸可以擁有我，可以帶走我，可以殺死我，但妳會活下去。妳會安全。我看到怪物在我面前若隱若現。高大，駝背，龐然。牠高舉巨爪，腐臭的鼻息噴在我臉上。我看到牠的爪子，它們會把我撕成碎片，割開我的身體，濺出我的鮮血。牠的牙齒會撕裂啃咬我的肉，吞噬我，直到我完全進入牠的體內。

但牠永遠、永遠別想帶走我的孩子。

我擋在籃子前，保護妳。

「你想要的是我！」我朝野獸尖叫。「你想要的向來是我。我就在這裡！」

※　※　※

我驟然睜眼。我從一場惡夢中醒來，進入另一場惡夢。

我躺在冰冷客廳的沙發上睡著了，我這幾天常常這樣。我生的火已經化為餘燼，只夠綻放淡淡的橙光。一把廚房椅子被拉到房間中央，一個男人坐在上面，看著我。

瑞奇。

他回來了。

有一瞬間，我懷疑自己是否還在做夢，但我不是在做夢。我立刻抓起我的手提包——我的槍在裡頭——但瑞奇低聲輕笑，在半空中揮舞我的左輪手槍。

接下來，我伸手去拿電話求救，但我拿起聽筒時，發現他已經切斷了電話線。

「你想怎樣，瑞奇？」我試著用冰冷的嗓音來掩飾心中的恐懼。「你來做什麼？」

「妳可真親切，貝卡。我已經多久沒見到妳了？從妳身上那顆籃球來看，差不多九個月了。妳是這樣問候妳的丈夫？」

「我們早就不是夫妻了。你把我打得死去活來之後，我就和你離婚了。」

瑞奇搖頭。他嚼著口香糖，嘴脣咂了咂。「我不在乎一張紙寫著什麼。妳是我太太，永遠都是。我們曾經站在教堂裡，妳在上帝面前發誓說會愛我、尊重我、服從我，直到死亡將我們分開。還記得嗎？法院無法改變這一點。」

「滾出我的房子。」

「我們的房子。」瑞奇回嗆。

他從椅子上站起來。他朝我走來時，我整個人畏縮。我把手蓋在肚子上，彷彿這麼做能遮住妳的眼睛，榭爾比。我不想讓妳看到這個人，聽見他說話，讓他成為妳人生的任何一部分。也許他是妳的父親，也許不是，但他對我們倆來說已經死了。

「你想要什麼？」我再次問道：「錢？」

「不，我不想要錢。我現在有錢。我想見妳。我很想妳。」

瑞奇用左輪手槍的長槍管撫摸我的臉。我沒退縮，也沒轉身。我在他面前不會這麼做。我腦海中閃過奪槍的念頭。如果現場只有我跟他，我會這麼做。我不會在乎誰死誰活。但我不是獨自一人。我有妳，榭爾比。

「妳看起來很好，貝卡，」瑞奇告訴我。「我忘了妳這張臉蛋有多漂亮。美得發光。大家都這樣形容這種臉蛋，不是嗎？」

我大聲朝他咒罵。我瞪著他時，我的眼裡充滿抗拒，但他只是發笑，因為槍在他手上。

他在離開後，在外表上發生了變化。他剃掉了濃密的鬍鬚，這只讓他受損的鼻子更加突出。他的金髮比以前短。他丟下了失業時那副邋遢樣，現在再次顯得強悍又強壯。他的腹部緊繃，前臂肌肉噴張，手指又粗又壯。但他散發的惡意絲毫沒變。

「我聽說你在賓州。」我說。

他聳肩。「原本是，但只待了一、兩個月。然後我離開了。我想試試看沙漠。我一直在內華達州當建築工。只要不把錢全丟進吃角子老虎裡，就能賺到很多錢。」

「那你回來做什麼？」

他把槍管從我的頸部滑到我的胸前。「妳和我。我們還有未完成的事情，貝卡。」

「你在胡說什麼？」

「我打給了鎮上一個朋友，」瑞奇說：「只是想知道這裡發生了什麼，有什麼新聞。很自然的，我問起了妳。我想知道我妻子的狀況。而他跟我說了這個。」

瑞奇把槍往下移，對準我隆起的腹部。他用力把槍管往下壓，妳為之一踢。我感到我的呼吸越來越快，恐懼和憤怒的情緒如海浪漩渦般攪在一起。他把手槍的擊錘往後扳。我毫不懷疑他會扣動扳機。對我開槍，對我的女兒開槍，這對他來說根本不算什麼。

「它會長得像誰？」瑞奇問我。

它。彷彿妳是外星人。彷彿妳根本不是人。

「這孩子會長得像誰？」他再次問道：「雖然我已經知道答案。」

「我，」我朝他厲聲道，在沙發上扭動身子。「她會長得跟我一模一樣。她不會像你。絕對不會像你。」

「妳說這孩子不是我的？」他又用槍戳了戳我的肚子。「妳是這個意思？那妳為什麼不承認妳是個蕩婦？這是妳活該，貝卡。我給了妳妳應得的。」

「滾，瑞奇。滾出去，回沙漠去。戴瑞一看到你，就會把你關進你該待的監牢。」

「是嗎？妳以為我會被判摑妳耳光之外的罪名嗎？妻子背叛丈夫，他就有權報復。陪審團的任何男人都會同意我的看法。」

「滾、出、去！」

瑞奇從我的肚子上把槍移開。他把擊錘歸位，把左輪手槍插在腰帶上。然後，他像蛇一樣迅速伸出手，捏住我的臉，直到我痛得哀號。

「我哪裡也不去。我會留在這裡，貝卡。這是我的房子。妳是我老婆，妳肚子裡是我的孩子。妳最好早點習慣。妳要撤回告訴，這是妳首先要做的。我不在乎妳怎麼跟戴瑞說，但妳要讓他知道，他如果看到我，要做的就是笑嘻嘻地說聲『歡迎回家，瑞奇。』然後妳和我要回教堂去。妳要為妳的罪向上帝道歉，並重新發誓要服從我。明白了嗎？我要搬回這裡，我要再次睡在我們的床上，而妳每晚都要為我張開妳那雙漂亮的腿。」

他放開我的臉。「聽懂了嗎？告訴我妳聽懂了。」

我挪挪僵硬的下巴，朝他咬牙道：「我永遠不會接受你。這永遠不會發生。」

他又重重地坐回椅子上。「噢，會的，這會發生。妳很快就會乞求我回來。妳以為我不會傷害妳？妳錯了。權力在我手上。看著我，蕾貝卡。我隨時能奪走妳的一切。我能奪走妳的性命。我能奪走妳的寶寶。妳完全無法阻止我。」

我的手緊握成拳。我繃緊疼痛的下巴，咬緊牙關。我的鼻孔張大，空氣從中進進出出。我真希望我能從沙發上跳起來，衝上去，用雙手掐住他的脖子。但我唯一能做的就是坐在那裡，一動不動。他對我的軟弱投來譏笑，然後他起身走向通往屋外的走廊。

到了門口，他回頭看了一眼。

「記住我說的，」他警告我。「妳是我的，貝卡。妳永遠是我的。妳越早接受這點，日子就會越輕鬆。我擁有妳。我打從一開始就擁有妳。」

第三十二章

「我會找到他，」戴瑞試著安撫我。「那個王八蛋別想避開我。」

戴瑞很少罵髒話，這讓我知道他有多火大。我在臥室裡打了電話給他後，我相當確定他是像賽車手理查・佩蒂一樣火速趕來我家。他從上到下搜查了房子，很快就發現瑞奇是打破地下室的窗戶鑽進去。他用幾塊膠合板把破洞釘上了，但我們都知道瑞奇下次要做的就是打破另一扇窗，不然就是踹門而入。

我意識到瑞奇說的沒錯。他如果願意，隨時都能奪走我的生命，而我無法阻止他。

「我已經通知大家尋找他。」戴瑞說下去。「我們團隊的每個副警長，連同鄰縣的州巡邏隊和警察。任何人看到瑞奇就會逮捕他。我已經讓他們知道他有武裝而且很危險。」

我們坐在我家的客廳裡。這是個寒冷又明亮的上午。我捧著咖啡蜷縮在沙發上，雖然我為了戴瑞而擠出平靜的微笑，但我感到全身都被壓力刺痛。而且我有幾次感覺到陣痛。

「我已經叫部下詢問每個礦工，查看他是否跟他們保持聯繫，」他說下去。「還有高中的朋友、酒友，任何人——任何在瑞奇住在這裡時認識他的人。他一定就在附近。有人知道他在哪，不然就是在鎮上見過他。我們很快就會找到他。」

我很想分享戴瑞的信心，但我太懂瑞奇。他熟悉這個地區，也知道鎮上每個藏身處。他如果不想被我們找到，我們就找不到他。直到為時已晚。

「在我們逮捕他之前，妳會跟我一起住。」戴瑞說。

我搖頭。「不。絕對不行。」

「這沒得商量。妳不能繼續住在這棟屋子裡。」

「我需要的只是一把新槍。」

「我可以給妳一把槍，但我要妳離開這個地方。」

「讓他把我趕出我自己的家？」我問：「他威脅我，我就嚇得逃跑了？這就是他的目的，戴瑞。他想恐嚇我，我不會讓他稱心如意。」

「只是住到我們抓到他為止。」

「我很感激你的提議，但我最不想做的就是害你的家人有危險。你得顧慮到瑪麗蓮和女兒們。」

「那妳就去住汽車旅館，」戴瑞說：「我們找他的時候，妳可以在那裡住幾天。沒人會知道妳在哪裡。如果周圍有其他人，瑞奇就不太可能想惹任何麻煩。」

我嘆口氣。「我能照顧自己。」

「沒錯，在大多數的情況下。但現在，我很抱歉，妳做不到。」

我沒辦法在這件事上跟他吵架，所以我最終屈服了。我收拾了一箱行李，以便離開幾天。戴瑞把行李放進我的後車廂，我開車跟著他來到離一二六酒館不遠的一家汽車旅館，他幫我訂了一個房間，並堅持讓他來付錢。我不得不承認，在停車場看到其他車輛，而且知道我兩邊的房間裡會有人，這確實讓我感覺好很多。我如果需要幫助，可以大喊求救，這讓我覺得安心。

辦理完入住手續後，我跟戴瑞說我會和他一起回警局，但他拒絕讓我這麼做。他說他晚點會給我送來一頓外帶午飯，要我在那之前放鬆一下。睡覺，看書，泡個澡，怎樣都行。我試著做所有這些活動，但就是沒辦法把瑞奇和他的威脅拋諸腦後。我知道我在玩他的遊戲，但我別無選擇。
我擁有妳。
被鎖在汽車旅館房間裡，掛上了門鏈，我覺得憂鬱的黑洞又打開了。我掉進它黑暗的洞穴，就像一月份的那個晚上一樣。而這一次，沒有被困在皮卡車裡的迷人陌生人來救我。在那短短幾個月，榭爾比，我真的很幸福。妳讓我幸福。我曾經允許自己以為我能擺脫過去，但我能看到一切即將結束。我只是不知道結局會是什麼樣子。
大約一小時後，門外傳來敲門聲。我立刻恐懼得渾身緊繃。是不是他？但是瑞奇不會浪費時間敲門，而是會直接把門踹開。然後我懷疑那是不是戴瑞，但他不太可能現在就帶著一二六酒館的漢堡回來。
我從床上爬起來，來到門前，輕聲問道：「是誰？」
「蕾貝卡？」是女人的聲音。
「是的。」
「是我，潘妮・拉姆齊。」
我皺眉，然後解開門鏈，打開門。潘妮站在外面，臉上還因為她在跟露碧的打鬥中被割傷而纏著厚厚的繃帶。在停車場的另一邊，我看到一輛後車廂打開、裡頭放著行李的車。
潘妮順著我的視線瞥向身後。「嗯，我要離開這裡了。我被斯維塔克小姐開除了。我要回去密爾瓦基。」
「我很遺憾。」
「她說她公司的員工不可以捲入酒吧鬥毆。我跟她說那不是我的錯，是露碧開始的。但她不在乎。她告訴我，我的行為損害了訴訟，影響了她的一位關鍵證人。我也不知道，她大概是對的吧。但那不是我的意圖。我唯一有做的，就是愛上亞傑克，妳懂嗎？」

「嗯，我懂。」

她難過地搖頭。「他利用了我，是不是？那從頭到尾都是假的。他自始至終都在操弄我，為了打探訴訟的情報。」

「亞傑克就是這種人，」我說：「喜歡操弄人。妳不是唯一一個。」

潘妮看著自己的腳，眉頭緊蹙。「今天早上，我接到了地方檢察官的電話。他告訴我，露碧承認了一項輕罪，他們放了她。真讓人不敢相信。她向法庭支付了一百塊錢，並承諾會當個乖女孩。這就是正義？我在餘生中每次照鏡子都一定會哭，她卻像什麼都沒發生一樣回到她孩子身邊。」

「傷疤未必是永久的，」我告訴她。「我的前夫在一月份襲擊了我。我和妳一樣被割傷。但是傷口癒合了，現在已經看不出來。不要認定它是永久的。妳回家後去看醫生吧。」

「我很感激妳試著安慰我，但我沒有那種心情，好嗎？我現在的心情是，我只想痛恨所有人事物。」

「相信我，我明白妳的感受。」

潘妮在門口扭捏不安，彷彿試著在什麼事情上下定決心。

「妳想不想進來？」我問她。

「不了，我最好開車上路。」

「妳好像是為了某件事而來這裡，不僅僅是說再見。」

「這個嘛，我原本打算在離開前去妳家一趟，但我沒辦法決定。然後我看到妳在這裡辦理入住手續。我覺得這一定是命運在告訴我該怎麼做。」

「那我們談談吧。」我說。

潘妮在房間外面逗留。「說起來，妳為什麼在這裡？」

「我的前夫回到了鎮上。他威脅了我。」

「老天。甚至在妳懷孕的時候？」

「沒錯，瑞奇就是這種人。」

她搖頭。「這個地方有毒。」

「潘妮，妳原本想跟我說什麼？」

「等一下。我得拿個東西。」

她走過停車場。我看到她在後車廂前面彎下腰，拿出一個本地市場的紙袋。然後她關上後車廂，回到我的門前。她一路上走得小心翼翼，四處張望。她示意我回到房間裡，然後她跟著我進來，迅速關上身後的房門。我們倆都坐在床上。

「我的事務所還有很多人住在這裡，」她說：「我不想被他們看到我進入妳的房間。」

「妳已經被開除了。他們還能對妳怎樣？」

「告我。搞得我破產。確保我再也找不到工作。」

「因為什麼？」

「因為我要給妳的這個東西。」

潘妮把手伸進紙袋。她拿出的第一件東西，是一臺錄音機和一條電線。她環顧房間，找到插座，插上插頭。然後她又把手伸進袋子，拿出一個裝在塑膠盒裡的卡式磁帶。

「斯維塔克小姐指責我損害了這場訴訟。好吧，我現在就在這麼做。既然她開除了我，我又何必對她或事務所保持忠誠？事實是，礦場應該輸掉這個案子。他們應該被擊敗，遭受數百萬美元的損失。他們把那些女人的生活變得痛苦不堪，高級主管們在作證時滿嘴謊話。但事情沒這麼簡單。不只是騷擾而已。他們是罪犯。」

「什麼意思？」

「戈登・布林克來到鎮上，不只是為了收買珊卓・梭羅。她拒絕後，他打算採取其他手段。」

「例如？」

「應有盡有。襲擊。強姦。也許甚至謀殺。他們要她退出訴訟，也將盡全力確保這會發生。如果珊卓死了，妳不覺得鎮上所有女人都會明白他們要傳達的訊息？別惹礦場。」

我感到一陣噁心，連同另一種劇烈疼痛。我短暫地閉上眼睛，試著集中精神。「潘妮，錄音帶上有什麼？」

「妳記不記得我聽到斯維塔克小姐的談話？嚇到亞傑克的談話？我找到了錄音帶，聽完了剩下的內容。我聽到布林克另外說了什麼。我聽到斯維塔克小姐不想被我知道的東西。」

「妳從律師事務所那裡拿走了錄音帶？」我問。

「沒錯。而我現在要把它給妳。」

我遲疑不決。她要給我的是偷來的證據，我不知道我該接受還是叫她離開。但話說回來，我必須聽聽錄音帶的內容。

「播放吧。」我告訴她。

潘妮從盒子裡拿出磁帶，塞進錄音機。她顯然知道要找的段落，因為她倒帶時看著計數器，停在某個特定位置。她按下播放鈕，我首先聽到我清楚記得的嗓音。

戈登・布林克。

「是我。我今天見到了珊卓・梭羅。她是礦場的主要煽動者。」

「進展如何？」

潘妮暫停播放。「第二個聲音是律師事務所的管理合夥人。」

「這是在七年前？」

「是的。」

「如果這東西能證明他們有罪，他們為什麼要錄音？他們為什麼留著它？」

「他們是律師，」潘妮答覆：「他們對所有事情都會保留祕密紀錄，畢竟沒人知道什麼時候需要拿這種東西來對某人施壓。」

她繼續播放。

「不順利。這個梭羅是個頑固的小——」

戈登使用了我知道他會用的字眼。我以前聽過他用過這個詞彙，聽過他嘴裡赤裸裸的蔑視。我不會把這個字說給妳聽，榭爾比，但妳需要明白，這些男人就是這樣看待女人。所有女人。

「我給她兩千塊錢要她辭職。她拒絕了。」

「更大的金額會不會讓她改變心意？」

「我不在乎。我不會爬回她面前、多拿出一分錢。我已經跟她說了不要拉倒。」

「我們有沒有其他方式能影響她？」

「也許有。她有個孩子。我不知道父親是誰。我和礦長討論過，是否該透過法庭訴訟把那個男孩帶走。叫兒童福利局的人去拜訪她。她是個蕩婦兼酒鬼，所以如果有合適的法官，我們可能可以讓她被宣布為不稱職的家長。但礦場擔心這個過程會花費太多時間，而且我們最終可能失敗。此外，如果我們跟這件事的關聯被曝光，就可能適得其反，讓她贏得同情。」

「你有何提議？」

「我認為我們需要考慮後備計畫。」

管理合夥人沉默許久。這讓我覺得「後備計畫」一詞在該事務所裡有著特殊含義，每個人都知道它是什麼。另一個律師終於再次開口。

「真的有此必要嗎？」

「這個嘛，如果只是想擺脫這個梭羅婊子，我可能會說不。但她不是唯一的麻煩。如果我們不立刻阻斷，問題只會變得更糟。這遲早會演變成訴訟，客戶就可能面臨重大賠償。」

「能否在不對事務所或礦場造成風險或後果的情況下完成這件事？」

「我相信可以。」

「你提議怎麼做？」

「我已經找到了本地資產。我明天會跟他們見面。」

「這不會造成風險嗎？」

「如果有必要，我能處理他們。不會有人想念他們。」

「好吧。我等著你盡快回報。」

「交給我，」戈登告訴管理合夥人。「我會處理一切。」

第三十三章

「後備計畫。」戴瑞喃喃自語。他咬一口漢堡，盯著房間的窗外。「潘妮知不知道這句話在事務所內部是什麼意思？她以前有沒有聽誰用過這個詞彙？」

我來到戴瑞所在的窗前。我的視線越過停車場，注意潘妮的車不見了。她已經踏上了遠離黑狼郡、回歸文明的道路。

「她不知道，但她說，事務所這幾十年來一直在代表客戶們處理勞資糾紛之類的問題。有傳言說，他們長期以來一直使用暴力手段來達成目的。」

「問題是，傳言沒辦法給我們帶來任何進展，」戴瑞說：「沒有哪個法官會允許我們使用被解僱的員工偷來的錄音帶來獲得搜索票。那家事務所能拿隱私權來當擋箭牌。此外，無論我們從那通電話裡解讀了什麼含義，妳也知道他們會給所謂的後備計畫一個無辜的解釋。」

「沒錯。你說的對。」

「而且戈登・布林克死了，無法回答任何關於它的問題，這對我們也沒幫助。」戴瑞補充道。

我拿起自己的漢堡，但又放下。我吃了一部分薯條，但又扔回盒子裡。我沒胃口。稍早前開始的噁心感越來越嚴重。我照鏡子時，看到我的肌膚變得跟幽靈一樣蒼白。戴瑞似乎沒注意到。

他走到錄音機前，再次播放電話錄音。他已經聽了六遍，那些說話聲已經烙進我的腦海。

「『本地資產』，」戴瑞咕噥：「他指的一定是奇普和瑞瑟。想在這裡找打手來幹那種事，他們倆就是首選。」

我點頭。他說的沒錯。

「但這還是給我們留下了懸而未決的問題，」戴瑞說下去。「布林克怎麼知道奇普和瑞瑟的存在？他是怎麼找到他們？他們當時因為在米特爾郡搶了酒品店而躲了起來。」

「諾姆知道他們當時在他的拖車裡。」我指出。

「的確，但我很難想像諾姆會幫戈登・布林克。況且，諾姆當時協助他們躲藏，這幾乎構成了妨礙司法公正。我不認為他會讓大家知道他的拖車裡藏著兩個重罪犯。而且，當然，這些都沒辦法讓我們更接近真正的問題。」

我知道他指的是什麼問題。「他們到底發生了什麼事。」

「沒錯。布林克告訴管理合夥人，說他想跟本地資產會面，我們就假設他們是奇普和瑞瑟。在那之後的幾天內，奇普和瑞瑟都死了，布林克提早離開度假村，逃回密爾瓦基。他有六年沒踏足這個鎮上，而當他終於回來後，也跟那兩個人一樣被切碎。然後，幾個月後，亞傑克也是同樣下場。四起謀殺，彼此間大概都有關聯。凶手應該是同一人。」

「那麼，你想如何進行？」我問。

「布林克不是靠自己找到奇普和瑞瑟。有人幫他。如果那個人不是諾姆，又會是誰？我只想得到一個人，妳呢？」

我皺起眉頭，但在我正在努力解決的難題中，一塊拼圖落到了適當的位置。「亞傑克。」

「沒錯。副警長們當時在尋找奇普和瑞瑟，亞傑克是其中之一。如果亞傑克找到了他們？」

「可是亞傑克怎麼會跟布林克結緣？」我問，然後回答自己提出來的問題。「露碧。」

戴瑞點頭。「而且別忘了，布林克被殺後，亞傑克試圖引導我們懷疑諾姆，而不去懷疑這件事跟礦場或訴訟有任何關聯。他不希望任何矛頭指向他。」

「問題是，這只是我們的猜測。我們完全無法證明什麼。」

「我覺得這倒未必。」戴瑞走到房間的電話旁，接通了外線。

「你打給誰？」我問。

「米特爾郡的警長。」

這幾個字令我窒息。我希望戴瑞沒注意到。我的臉龐漲紅。我渾身冒汗。我的耳裡轟隆作響。湯姆・金恩。米特爾郡那個年輕英俊的警長。我能輕易勾勒出他的臉龐，彷彿我昨天才見過他，而不是九個月前。我能感覺他的雙臂環繞我，他的身體包裹在我身上。在我們一起度過的那幾個小時裡，他救了我。

「為什麼打給他？」我呼吸困難，被自己的話語噎住，我恨自己表現得這麼怪異，儘管戴瑞根本不知道我發生了什麼事。

「他能查到七年前酒品店搶案的檔案。」

「嗯，的確，有道理。」

我想從他手中奪走電話。但我也想自己打電話給湯姆，跟他談談，感謝他來過這裡、跟我說了他所有的祕密。然而，已經經過了太多時間。我成了他過去的一部分。

「妳還好嗎？」戴瑞問，因為我藏不住臉上的洶湧情緒。

「我沒事。」

「妳需不需要醫生？時候到了？」

「不。」但時候確實快到了。妳快來了，榭爾比。我能感覺到。這是否預示著，就在這一天，湯姆‧金恩將再次成為我人生的一部分？

「妳確定？」戴瑞問。

「我沒事。」我重複。

「好吧。」

戴瑞撥通了我們的警局，詢問了米特爾郡警長的姓名和電話號碼。他一邊記下這個號碼，一邊大聲唸出，但我熟悉這串數字，因為我今年在家裡撥了這個號碼幾十次，但都掛斷了電話，甚至沒讓線路開始嘗試接通。

戴瑞再次撥號時，我就坐在他旁邊聆聽。

「麻煩找金恩警長。」戴瑞對接聽的女子說。

幾秒後，在寂靜的房間裡，我聽到了那個嗓音。電話裡的姓名只比雜訊大聲一點，但在我腦海裡卻像擴音器傳來廣播。「湯姆‧金恩。」

戴瑞能看到我的反應嗎？他有沒有看到我全身顫抖，心臟停止跳動？

「警長，我是黑狼郡的戴瑞‧柯蒂斯副警長。我有個關於米特爾郡一樁老案子的問題。我想知道，有沒有人能提取文件，幫我回答一些問題。」

不！

我不希望湯姆把電話轉給副手。我想聽他說話。我想回想起他的聲音。我想在他柔和平靜的聲音中再次迷失自己。

「什麼案子？」湯姆問。

沒錯——就是這個聲音，就是這個聲音，就是這個聲音。就算是歌星法蘭克‧辛納屈在電話上唱情歌給我聽，對我的影響也比不上湯姆的聲音。湯姆，我在這裡。是我。蕾貝卡。

那個飄著大雪的晚上？我只想說——我有好多話想說——

可是我什麼也沒說。

「你可能不記得了，」戴瑞說下去。「是一樁酒品店搶案，典型的打砸搶。那是在七年前的七月。嫌疑人是兩名黑狼郡的暴徒，開著一輛偷來的車。奇普・威爾斯。瑞瑟・莫里茲。」

我聽見湯姆咯咯笑。我記得那甜美的笑聲。一個好男人發出的歡笑。「其實，我清楚記得這樁搶案，副警長。主要是因為那是我負責的案子。我接聽了那通電話。」

「相關文件還在你的檔案裡嗎？有沒有人可以找出來？」

「這個嘛，我以記住細節而自豪，副警長。我如果需要文件，隨時可以找出來，但你想知道什麼？」

湯姆。是我。我在這裡。

湯姆，讓我跟你訴說一切。讓我跟你說說榭爾比的事。

「搶案發生後，我們對奇普和瑞瑟進行了搜捕，」戴瑞說：「後來，我們發現他們躲在蘭頓郊外一輛拖車裡。」

「是的，我記得你們找到他們的時候，他們已經死了，」湯姆說：「那是厄蘇利納凶案，我沒說錯吧？」

「沒錯。」

「案情有進展嗎？」

「也許有。我們有理由相信，有人在奇普和瑞瑟躲藏時發現了他們。那人可能是我們自己的人員之一。我相信你當時在調查期間，跟黑狼這裡的警局有密切聯繫，所以我想知道，你記不記得什麼能幫助我們的線索。」

一陣漫長沉默。

湯姆，你在那裡嗎？湯姆，對我說話，繼續說話，我只是需要聽聽你的聲音。

「其實，你說得沒錯，我當時確實得到了關於他們藏身處的線報，」湯姆說：「我親自傳遞了這項情報。」

「真的？」

「是的，在那個星期，我的一位同事在斯坦頓的一場審判上出庭作證。他在休息的時候，聽到該案的辯護律師在法院的公用電話上談話。他確定他聽到律師提到奇普和瑞瑟的名字，還有關於拖車的一些事。他回到米特爾郡後，向我提起了這件事，因為他認為酒品店搶案的罪犯可能正在試著抓到一名律師。我打給了你的警局，傳遞了這條線報。我覺得它可能可以給你的團隊一些線索，讓他們知道那兩人可能藏在哪。」

「你還記得你當時跟誰談話嗎？」

「這個嘛，我在該案上的主要聯繫人，是一位名叫亞瑟・傑克森的副警長。我記得他，是因為我跟他是年齡相仿的年輕警察。我確定我是跟他談了這件事。」

「亞傑克。」戴瑞搖頭。

「是他。」

「你有沒有關於那通電話的文件紀錄？」

「我確信我有記下來，我對這種事滿堅持的。我會找出那份文件，寄副本給你。」

「我真的很感謝你的幫助，警長。」

「別客氣。你們結案後，務必讓我知道案子的細節。」

「我會的。再見，警長。」

我看見戴瑞開始放下聽筒，但就在這時候——我的天啊！——湯姆繼續說話。

「其實，副警長，既然我們在談話，你能不能回答我一個問題？」

「沒問題。」

「一個叫蕾貝卡・科爾德的女子還在你那裡的警局工作嗎？」

戴瑞驚訝又好奇地看著我，我無法掩飾自己的震驚。他正要說出正常人在這種情況下會說出的話語——是的，其實，她就坐在我旁邊——但我拚命揮動胳臂，用唇形對他說了一個字。

不！

我做不到。我沒辦法跟他說話。我沒辦法在戴瑞面前跟他閒聊。我如果要跟湯姆說話，就必須是私密又深刻的談話。我跟他之間的關係意義重大，所以我沒辦法假裝我跟他之間的關係清淡如水。

「是……是的，有這個人，」戴瑞答覆，有點結巴。「我跟蕾貝卡很熟。其實，她——」

他再次停頓，看著我的臉，試著決定該說什麼。

「她有一段時間是我的搭檔。」他說下去。

「但現在不是了？」

「嗯。」

我聽出湯姆的猶豫。他會繼續問我的事嗎？他會不會問為什麼我不再是戴瑞的搭檔？他會不會問我在哪，在做什麼，過得怎麼樣，我的整個人生是在什麼時候改變了？

但是湯姆再次開口，語速更慢，彷彿他能看到我在這個房間裡，彷彿能透過電話讀懂我的心思。「那麼，你下次見到她的時候，請跟她說湯姆・金恩問候她。你能不能幫我這個忙？」

「好的，我會的。」

「再見，副警長。」

「再見，警長。」

戴瑞掛了電話，看著我。他想要答案，但我給不出來。「蕾貝卡？」

我還是無言以對。我無法呼吸。我必須阻止自己哭泣。我的情緒像波浪一樣洶湧澎湃。妳的情緒，榭爾比。我能感覺到妳在踢。妳也認識他。

這是不是我想的那個意思？

湯姆是妳的父親？

「我見過他，」我淡然答覆：「我見過湯姆一次。」

戴瑞看起來好像想追問，但終究慈悲地放下這件事。

我只是坐在床上想著：他記得我。

第三十四章

我和戴瑞發現露碧坐在她家的廚房裡，她最小的孩子在她旁邊的一個小鞦韆上睡著了。她茫然地盯著一杯茶。露碧是個很容易發脾氣的女人——她對我發脾氣的時候，我曾親眼目睹；她襲擊潘妮・拉姆齊的時候，我在一二六酒館親眼目睹——但這天早上，她臉上毫無烈火。一種虛無感占據了她。我們在她對面的餐桌旁邊坐下時，她幾乎沒有從她的茶杯上抬起頭來。她的臉頰通紅，眼睛通紅，紅髮髒兮兮。

「妳該跟我們說實話了，露碧。」戴瑞的語調透著平靜的嚴肅，會讓人非常不願意對他隱瞞任何事。

露碧還是沒抬頭。「關於什麼的實話？」

「一切。亞傑克、官司、戈登・布林克。」戴瑞停頓幾秒，然後揮下斷頭刀。「還有奇普和瑞瑟。」

這就是關鍵字。她終於看著我們，神情有點畏縮，而這漏了餡。一聽到奇普和瑞瑟，露碧那張漂亮的臉龐上掠過恐懼，就像風穿過長長的草叢。我們在所有事情上的推理是正確的。她知道。一直以來，她跟她丈夫聯手隱瞞了一個罪惡的祕密。

「你在胡扯什麼？」露碧輕聲問道，還在裝傻。

戴瑞把錄音機放在桌上，按鈕播放。我再次聽到戈登・布林克和管理合夥人之間的對話。我聽著布林克以一種冷酷又駭人的方式，討論他打算如何報復珊卓・梭羅。露碧也在聆聽。從她的表情來看，她清楚知道這兩個人在討論什麼。

「這是戈登・布林克，」戴瑞說：「但妳應該知道是他。」
「嗯。我認得他的聲音。」
「這是七年前的錄音。隨便猜猜也應該知道他在說什麼。」
「我聽不懂你在說什麼。」露碧回話。但她其實懂。
「戈登・布林克曾試圖賄賂珊卓・梭羅辭掉礦場的工作，」戴瑞說下去，像蛇一樣耐心十足。「這個計畫失敗後，他想出一個後備計畫。換句話說，他要確保珊卓發生一些不好的事情。為他執行任務的人，是奇普・威爾斯和瑞瑟・莫里茲。」
露碧緊張地抿抿嘴唇。「這跟我有什麼關係？」
「布林克不是本地人。他不是靠自己找到奇普和瑞瑟。他需要一個瞭解這個地區的人，能幫他牽線。妳我都知道，幫了他的那個人就是亞傑克。」
露碧沒否認，也沒承認。她做出心裡有鬼的人會做的舉動：試著撇清關係。「經過了這麼長的時間，我看不出你要怎樣證明這件事，畢竟亞傑克死了。」
「我今天跟米特爾郡的警長談過了，」戴瑞反駁。「七年前，他打給了亞傑克，告知奇普和瑞瑟曾與諾姆聯繫。所以亞傑克知道。他去查看了諾姆的拖車，發現他們倆躲在森林裡。亞傑克原本可以派出一隊警察去逮捕他們，但他對奇普和瑞瑟有別的計畫，對吧？而那些計畫跟戈登・布林克有關。」
聆聽戴瑞這番話的時候，我想著事情原本可能有什麼別的走向。命運取決於最小的偶發事件。
要不是一名副警長在法院聽到諾姆在公用電話上跟奇普和瑞瑟交談，就不會有人知道他們倆躲在哪。亞傑克就不會去查看諾姆的拖車，戈登・布林克就不會見到奇普和瑞瑟。之後的骨牌就不會一一倒下。厄蘇利納凶案就不會發生。

之後的其他漣漪也就不會被激起。我就不會加入警局，也不會跑去湯姆‧金恩受困的那個湖。如此一來，妳就不會存在，樹爾比。

所以，也許有些事就是注定要發生。

也許我們沒辦法逃離命運。無論以哪種方式，它就是會左右我們。

露碧思索該說什麼。其實，她什麼也不應該說。我們所擁有的只有懷疑和猜想，但我看得出來，隨著亞傑克的離世，露碧已經厭倦了隱瞞丈夫的罪行。她想卸下重擔。

「我自己有沒有風險？」她問：「你是不是會以謀殺罪的罪名逮捕我？」

「妳跟哪些案件有任何關聯嗎？」

「沒有。」

「跟亞傑克有任何關聯嗎？」

「沒有。」

「妳知不知道是誰殺了他們？」

「不知道。」然後她補充道：「但有人知道發生了什麼事。布林克、奇普、瑞瑟。有人在場。」

戴瑞困惑得皺眉。「什麼意思？」

露碧沒立即答覆，而是回到一開始的部分。

「其實，你說的沒錯，」她疲憊地坦承：「七年前，布林克來到鎮上，試著幫礦場撵走珊卓。他們認為，只要她辭職，其他女人也會跟著辭職。」

「妳怎麼得知的？珊卓說沒人知道這件事。」

「亞傑克那天去礦場探望我。他注意到兩名高級經理正在跟一個外地人談話。我當時不知道那個人是誰，但亞傑克那天早上去了好時光，他有看到那個人跟珊卓說話。他做出了推論。你也知道亞傑克這個人，他一下子就嗅到賺錢的機會。不管到底發生了什麼事，他認為他能從中獲利。所以他跟蹤布林克到一二六酒館，提議在布林克正在做的事上幫忙。他請他叔叔打電話給礦場的一位高管，說他們在任何事上都能找亞傑克幫忙。傑瑞這些年來一直都在拿礦場的錢。」

「傑瑞知道這件事？」

露碧點頭。「傑瑞知道。」

「亞傑克和布林克談了什麼？」

「怎樣除掉珊卓。」

「他們討論殺掉她？」

露碧搖頭，張大眼睛。「不不，他們只是想嚇嚇她，也許把她修理一頓。不是殺人。亞傑克不會做到那種程度。」

「妳當時就知道這件事？」戴瑞問。

「不！我發誓我不知情。我如果知情，就一定會阻止他。但他是在事後才告訴我，在奇普和瑞瑟被殺後。在那時候，事情已經沒辦法回頭了。」

「所以，計畫是什麼？」

「布林克想找能對珊卓動手的本地人，」露碧說下去：「他在物色幾個跟礦場無關、就算出了事也無法追溯到他身上的人。亞傑克說他會四處打探。但是第二天，他接到了一通關於奇普和瑞瑟的電話，因此查出他們藏在哪。這兩人是完美選擇。他跟他們交談，說他可以把他們帶回警局，但也可以裝作沒找到他們，只要他們願意幫某個朋友一個忙。他還提議，能讓他們擺脫酒品店搶案的罪名。他們一口答應了。亞傑克告訴布林克那兩人躲在哪，安排了會面。」

「亞傑克也有去嗎？」

「沒有。他只有幫忙牽線，就這樣。布林克給了他一千塊錢當作酬勞，但亞傑克要布林克自行赴約。我懷疑……」

「什麼？」

「亞傑克雖然沒說出來，但我懷疑他是不是知道布林克真正的意圖。也許他認為計畫是要殺了她，所以他們三人在討論這件事時，他不想在場。」

「那麼，哪裡出了問題？」戴瑞問。

露碧聳肩，彷彿也多次問過她自己同一個疑問：「我不知道。亞傑克也不知道。」

「現在不是隱瞞任何事的時候，露碧。」

「我沒隱瞞什麼。我發誓。幾天後，亞傑克去好時光跟布林克談話，但布林克已經走了。他已經離開了鎮上。所以亞傑克去了拖車那裡。老天。他看到那些屍體，所以他逃跑了。他一點也不想靠近那個現場。他沒再回去，直到諾姆發現奇普和瑞瑟、打電話給你。」

「亞傑克有沒有試過聯絡布林克？」戴瑞問。

「當然有。他打去律師事務所，但布林克說自己對命案完全不知情。亞傑克說，布林克得知消息時聽起來非常震驚。布林克說自己離開鎮上的時候，奇普和瑞瑟還活著。交易已經完成了，他想在奇普和瑞瑟去對付珊卓的時候遠離這裡。他根本不知道是誰殺了他們。」

我們聽見她嗓音裡的遲疑。

「可是？」戴瑞問。

「可是亞傑克認為布林克在隱瞞什麼。」

「例如？」

「亞傑克也不知道。」

「布林克就是在那時候開始付錢給亞傑克？為了要他閉嘴？」

露碧瞇起眼睛。她的鼻孔因我習慣從她身上看到的怒火而張開。「付錢給他？你在說什麼？」

「亞傑克有另一個銀行帳戶。他從某處每個月收到五百塊錢。我們懷疑給錢的就是布林克，因為布林克死後，付款也隨之停止。如果布林克想避開命案調查，這麼做就很合理。」

「五百塊錢？每個月？那個小——」

露碧對死去的丈夫飆髒話。

「妳不知道？」我輕聲問道。

「不知道。他從沒跟我說過。有時候我很驚訝，他是怎麼負擔得起他買的一些東西。我根本不知道他有這種外快。他從不讓我查看帳單。他說他會處理一切。」

「那個夏天之後，亞傑克和布林克有過接觸嗎？」

「一次，」露碧點頭。「礦場的某個新人試著吃我豆腐的時候，亞傑克打給了布林克，說礦場最好換掉那個人。他們照做了。」

「布林克被謀殺的時候呢？」戴瑞問：「亞傑克當時一定很擔心，布林克的死是不是跟奇普和瑞瑟有關。」

「嗯，他是很害怕。他也擔心你會查明他跟那一切有關。他還擔心——」

我瞪著她。「什麼？」

「他還擔心凶手會明白其中的關聯而找上他。」

「他知不知道凶手是誰？」我問。

露碧那雙狂野的眼睛盯著我。「我跟他都認為一定是珊卓。我的意思是，妳也知道她是什麼樣的人。誰敢打她，她一定加倍奉還。亞傑克猜想，奇普和瑞瑟把她帶進拖車裡要殺了她，卻反而被她殺了。布林克回到鎮上後，她算清了舊帳。可是我和亞傑克在這件事上完全不打算開口。」

桌子對面的戴瑞俯身向前。「妳說還有別人在那裡。那是什麼意思？」

露碧緊張地用塗了顏料的指甲敲著桌子，然後她推開椅子，站起身。我們聽見她進入另一個房間，她回來的時候，手裡拿著一個白色的十號信封。她把它推過桌子給我們，戴瑞拿起來。

「今天早上，我發現這東西貼在我的前門上，」露碧說：「我不知道是誰貼的，但對我來說，這東西像是威脅。我看到它的時候，覺得不能再隱瞞這個祕密了。我得顧慮到我的孩子。我原本要打給你，但你已經上門了。」

戴瑞打開信封。

裡頭是一張黑白相片。我靠向戴瑞，檢查它，而我這麼做的時候，無法控制從我嘴脣中逸出的驚愕抽氣聲。我不知道我原本期待什麼，但看到這張照片，感覺就像看到聖海倫火山爆發、夷平了周圍的森林。

這張照片是在茂密的樹叢中拍攝的，但我看到一縷陽光從一個銀彈般的物體上反射出來。是諾姆的拖車。

有三個人站在它旁邊，彼此靠得很近，排成半圈，而雖然鏡頭有些失焦，但每一張臉我都認得。

奇普・威爾斯。瑞瑟・莫里茲。戈登・布林克。

他們在一起，在七年前。他們在一起，在那些命案發生前。

「當時有個目擊者，」戴瑞呢喃，語帶驚奇。「有人看到他們在拖車那裡。」

沒錯。而這改變了一切。

第三十五章

如果我記不清楚那天接下來的幾個小時，妳得原諒我，榭爾比。我很難集中精神，也忽略了很多細節。我只記得片段，剩下的只是一片痛苦和喜悅的汪洋上的浮木。但我會盡量跟妳描述我記得的。

我和戴瑞回到他的警車裡，但我們沒立刻去別的地方。我們待在露碧家門前的車道上，他專心地凝視著手中的照片。

「誰拍下這張相片？」他比較像是在喃喃自語。

這是他糾結的第一個問題。布林克、奇普和瑞瑟一起密謀殺人的時候，是誰看到這三人在一起？因為，他們的意圖其實再明顯不過。不管露碧怎麼說，他們三人顯然不是只想嚇得珊卓辭職。人一旦安排那種計畫，就不會留下活口。他們打算對她做很恐怖的事，打算把她埋在森林裡。

「那個人一定是亞傑克，」戴瑞說出揣測。「他知道他們要見面。他拿著相機躲在那裡，為了日後勒索布林克。這就能解釋布林克為什麼給他錢。」

「有道理。」我雖然這麼說，但腦子裡一團混亂。

不過戴瑞對自己的推理並不滿意。「問題是，亞傑克死了。露碧門上的信封也不是他貼的。做了這件事的那個人，必須假設露碧會把照片交給警局。那個人希望我們拿到這張相片。為什麼？」

這是另一個問題。非常重要的問題。

不是誰拍攝這張相片，而是它從哪裡來？

「照片本身沒提供任何罪證，」戴瑞說下去，還在思索這個謎團。「這三人都死了。這張相片也沒辦法幫助我們判斷是誰殺了他們。但露碧說的沒錯。這東西現在出現，感覺像是某種威脅，就像有人在挑釁我們。但關於什麼？這張相片究竟在跟我們訴說什麼？」

我也感覺到了。

即使我頭暈目眩——即使我出汗，心跳加速，我在心中感覺到日後會成為火圈的一縷餘燼——我還是感覺到這張照片背後的惡意。一種惡靈，宛如海中襲來的冷霧。

看看我知道什麼。

看看我發現什麼。

「有人這七年來一直掌握著關鍵拼圖，刻意隱瞞至今，」戴瑞說下去。「誰？」

我默默搖頭。我沒有答案能給他。

相反的，我專注於我身體的變化。痛楚像鐵鉗一樣夾在我的內臟上，一陣陣來來去去的疼痛。我的喉嚨因恐懼而哽住，我的大腦因混亂而旋轉。我怎麼了？是妳嗎，榭爾比？妳就快來了？還是我只是沉浸於這張照片帶來的震驚？

戴瑞發動引擎，以平時的果斷口吻說：「我們去跟珊卓談談。」

我真該跟他說不。

我真該承認我的身體正在發出警告，但我發現自己癱瘓了，不知道該做什麼、說什麼或想什麼。我不斷為自己的感受找藉口。這只是脹氣。只是想吐。只是壓力。只是緊張。我逃避真相。

我這時候該說「送我去醫院」。我甚至不該回家。我早就過了能回家的時機。

我卻只是說一聲：「嗯，好，我們去跟她談談。」

我們驅車前往礦場。在這一刻，礦場對我來說就是最糟糕的地方，到處都是人、機器、灰塵和騷動，令人眼花繚亂的噪音在我腦海中迴盪。我拚命試著不讓人們看到我狀況不妙。就連戴瑞也沒注意到。走向礦場露營車時，我不得不依賴他的扶持，而他因為思索案情而沒意識到——我為什麼不說出來？——我要生孩子了。

工頭去找珊卓的時候，我們坐在露營車裡。工頭因為她再次被迫放下工作而顯得不高興。我和戴瑞不發一語，我看得出來他有心事，因為他沒看我一眼。任何人只要看著我的人，都會看到真相。

珊卓有看到。

幾分鐘後，她穿著髒兮兮的工作服走進拖車。看到我的臉，她立刻把我仔細打量一番。

「看在耶穌基督的份上，蕾貝卡，妳是不是快生了？」

戴瑞這才看著我——真正地看著我——意識到出事了。但我只是聳個肩，擠出笑容。「我只是有點不舒服。」

珊卓目瞪口呆地看著我，彷彿在說：親愛的，妳希望妳的孩子出生在地板上嗎？但看我沒再說話，她只是坐下，擦拭額頭。「我不知道你有什麼事，戴瑞，不過既然諾姆不在這兒，我就不回答問題。」

「那妳聽我說話就好，如何？」他說。

她從口袋裡抓出一根菸，但沒點燃。她在半空中揮舞它，用手指撥弄。「隨你便。說吧。」

「我們確認了之前的懷疑，」他告訴她。「布林克有跟奇普和瑞瑟見面。是亞傑克介紹他們認識。」

珊卓從齒間發出一點吐痰聲。「亞傑克？真不錯。」

「而現在，他們四個都死了。」

「嗯，好沉重的損失。」她的口氣充滿諷刺，儘管她剛剛說她打算保持沉默。

戴瑞把相片遞給她。「有人把這張相片留在露碧的門前。上頭是布林克、奇普和瑞瑟一起在諾姆的拖車外面。這張照片拍攝不久後，奇普和瑞瑟就被殺了。」

珊卓打量相片上的男人們。她臉上沒有表情，沒有憤怒，沒有厭惡，沒有悲傷，沒有遺憾。她默默把相片還給戴瑞。「這又怎樣？」

「這張相片是不是妳拍的？是不是妳把它留給露碧？」

「不是。」

「是不是妳殺了奇普和瑞瑟？還有布林克？還有亞傑克？」

「不，不是我。」

戴瑞無視她的否認。

「我們也收到了這卷錄音帶。」他說。

他拿出錄音機，再次播放布林克跟他在密爾瓦基那個搭檔的對話。這一次，珊卓的眼裡充滿緊張，她明白了這些男人話中的含義。艱難生活在她臉上留下的痕跡變得更深。和我一樣，她知道這兩個男人不是想嚇嚇她或毆打她而已。這些男人打算殺了她，把她當成無助的動物，虐殺她然後丟掉她。他們想向任何可能跟隨她腳步的礦場女工傳達一個訊息：想都別想。

錄音帶結束時，珊卓緊張地撥開香菸的紙，讓菸草撒落在地。

「記不記得我怎麼跟妳說的？」她看著我。「這些人真的很壞。」

「我記得。」

「露碧知道嗎？」她問我。

我沒答話，但她在我的沉默中看到答案。她厭惡地撇撇嘴，彷彿在咀嚼什麼髒東西。「其實，最壞的很可能就是露碧。那些人是男人，他們做出那種事，我不意外。可是露碧為了保護他們而撒謊，就算她知道他們做了什麼。她把我和其他所有女人都丟去餵狼。」

戴瑞雙手放在膝上，換上父親般的口吻。「珊卓，布林克當時顯然打算傷害妳。他說妳會後悔拒絕他的錢。考慮到這卷帶子的內容，這顯然是一種威脅。他有沒有跟妳說過，妳如果不辭掉礦場的工作，就會有生命危險？」

「沒有。他沒說過那種話。我當時猜想騷擾會變得更糟，礦場也完全不會阻止。我沒猜錯。」

戴瑞靠向椅背，凝視著她，讓拖車裡一片寂靜。雖然我們周圍不算寂靜。地面震動。金屬牆壁顫抖。男人們呼喊。引擎轟隆作響。我緊緊閉上眼睛，彷彿我的大腦能把這一切排拒在外。這裡很冷，我卻滿臉是汗。一種尖刺感穿過我的後背，至少這就是我的感覺。

「妳知不知道我怎麼想？」戴瑞問。

他是用那種我聽過很多次的平靜語調，能誘使嫌疑人坦白一切的聲音。跟他們說個故事。用一點點證據把所有事情聯繫在一起，希望對方沒意識到他其實無法證明自己說的任何事。

珊卓聳肩。「告訴我。我等不及了。」

「我認為布林克低估了妳，」戴瑞說：「每個人都低估了妳，是不是？他們認為妳會放棄、辭職、逃跑。但妳比他們想像的更堅強，堅強許多。妳得顧慮到妳的孩子，所以妳忍耐下去，不在乎那些男人對妳做什麼。妳在礦場經歷了那一切之後，不會讓一介律師嚇得妳辭職。」

在我的腦海裡，他們的談話開始進進出出，就像收訊不良的電視機。我的呼吸變得雜亂無章。我張開嘴，想吸更多的空氣。我抓住椅子的兩側。

「其實，我認為妳反制了布林克，」戴瑞說下去。「妳跟蹤他離開度假村。妳看到他跟奇普和瑞瑟見面，妳知道那是什麼意思，不是嗎？他們三人正在盤算怎樣除掉妳。是吧？事情是這樣發生的？妳知道他們遲早會逮到妳，所以妳認為妳最好先下手為強。不是殺人就是被殺。那是自我防衛。」

我體內的痛楚幾乎使得我脫離椅子，飛出屋頂，進入太空。

「事情是怎麼發生的，珊卓？布林克有離開嗎？一旦計畫完成，他就不會在黑狼郡逗留。奇普和瑞瑟抓到妳的時候，他會希望自己早就離開了。妳是不是待在樹林裡，等候機會？我研究了犯罪現場，知道先被殺掉的是瑞瑟。這很合理。妳不會想同時對付他們倆。妳是等到奇普離開後，才有機會跟瑞瑟一對一？他當時大概喝醉了。很好下手的獵物，很容易殺掉。完成後，妳在原處逗留，直到奇普回來，妳對他做了同樣的事。」

珊卓一言不發。我不確定她是否還在聽戴瑞說話。她驚恐地盯著我。

「我不怪妳，」戴瑞說下去。「我真的不怪妳。相信我，我知道奇普和瑞瑟是什麼樣的人。他們如果真的抓到妳，也不會給妳一個痛快。布林克大概叫他們享受過程。妳有沒有聽到他談論他們該對妳做什麼？他們有沒有笑？人都有失控的時候，珊卓。我懂。忍無可忍，無須再忍。事情就是這樣發生的？這就是為什麼妳殺了他們？」

我沒辦法再保持沉默。

我雙腿間的疼痛如潮水般沖上岸，它傾瀉而下時，我發出尖叫。我紅著臉，發出尖叫。我搖搖晃晃地站起來，發出尖叫。

這就是我記得的最後一件事，榭爾比。其他一切都是一片黑，直到那天晚上很晚的時候，我在醫院，而妳在我懷裡。

第三十六章

兩星期。

妳我一起相處了兩星期，榭爾比。那段時光的美好烙在我的腦海裡。當我寂寞時，孤單時，哭泣時，我會回到那些日子，重播那部電影的場景。就像上帝給了我一個安慰獎，讓我能清楚想起我們短暫的相聚時光。

我在醫院住了三天。每個人都有來探望我：戴瑞、他的女兒們、班恩、諾姆、威爾、珊卓。他們帶來了鮮花、禮物、毛絨玩具，還有我最喜歡的櫻桃堅果軟糖。他們對妳讚歎不已，而他們抱著妳時，妳完全沒哭。這個新世界似乎沒有什麼能嚇到妳，這讓我很高興。我希望妳能一輩子都這樣。無懼。

護理師們告訴我，妳是他們見過最平靜的嬰兒，宛如天使卻又態度認真。妳認真看待人生。妳對妳第一次看到和經歷的所有事情，都抱持著這種奇怪的強烈好奇心。包括我。妳似乎打從一開始就認識我。我們躺在病床上，妳在我的胸前，我們對視了好幾個鐘頭。我記住了妳，這個跟我一樣是黑髮的小女孩，我創造的這個脆弱的存在。而妳則是試圖瞭解這個女人是誰，這個曾經懷妳十月的母親，會永遠愛妳，做任何事來保護妳的人。

我珍惜我們的時光，就像人會珍惜夏日的陽光，知道它不會持久。是的，我可以夢想、計畫、幻想和想像我們在妳長大後將一起分享的所有里程碑。妳的第一步。妳說的第一個字。學校。遊戲。書本。聖誕節和生日。但我不是那種可以欺騙自己很久的女人。在內心深處，我已經知道真相。妳將在沒有我的情況下經歷那些事。

第四天，我帶妳回家。

戴瑞希望我回汽車旅館，但我拒絕。我有自己的房子和可以睡覺的臥室，妳的嬰兒床就在那裡，能讓妳睡在我身邊。我們是一家人。第一天晚上，戴瑞大發雷霆，直到我同意讓他的大女兒陪伴我，但第二天，我叫她回家。我說我沒事。我確實沒事。我知道有些女人談論產後憂鬱症，但我沒有這種經驗。不管我的身體經歷了什麼，我還是覺得很強壯。我可以靠自己處理這一切。餵奶。半夜醒來。換尿布。我知道我遲早會感到疲憊，但在那些日子，我蕾貝卡・科爾德，比以前堅強一點，比以前大膽一點。

我請戴瑞的女兒回家後，他回來對我說教了一番。我告訴他我愛他，但我決心過我的生活。我沒跟他說的是，如果要我選擇保護我的女兒或他的女兒，我會選擇保護我自己的。這就是現實的真相。如果有人住在我家裡，這就是我遲早要做出的抉擇。所以，我一個人待在家裡比較好。

妳和我，我們充分利用了我們的時間。我在醫院時，朋友和鄰居們把我的冰箱和冷凍庫塞滿了東西，所以我們有充足的食物。妳輕鬆自在地接受了我的乳房，這讓我鬆了一口氣。妳睡得比我對新生兒期望得好得多，但在我們一起醒來的那些時候，我會跟妳說話，就像我之前一直在做的事。我跟妳說我的故事。我的童年。我的少女時代。我的成人時代。好事和壞事。痛苦、失落、幸福和錯誤。妳大了幾天後，已經知道了我從未告訴過其他人的事情。

我唸書給妳聽。只要妳醒著，我就一直唸東西給妳聽。蘇斯博士、小熊維尼，還有謝爾・希爾弗斯坦之類的童書。還有詩集。有些是來自我小時候讀的《小金書》。有些是我自己編的蠢詩。螢火蟲飛翔的時候，妳在哪裡？妳也是螢火蟲嗎？還有經典文學。無論妳是醒著還是睡著，我都會讀經典文學給妳聽。如果妳發現妳莫名喜歡吸血鬼，好吧，可以怪我。

我也唱歌給妳聽。我彈了吉他，唱了音調不太準的《無心的呢喃》和《愛瘋了》。我唱《收音機嘎嘎叫》時，會在每次唱到「咕咕」或「嘎嘎」的時候戳妳的小肚肚。

噢，榭爾比。

那些日子真是充滿愛。我把好多東西塞進那這短短的兩星期。在河流般的腎上腺素影響下，我幾乎沒睡，但也不想睡。我不想錯過任何事情。妳的臉上沒有任何表情，妳在睡夢中沒咕一聲。我把每一秒都記錄下來，小心翼翼地收藏在回憶裡。

然後我們來到了星期四晚上，我們回家後的第十天。

萬聖節之夜。

我向來喜愛萬聖節。我雕刻了一顆有著可怕臉孔的南瓜，在裡面放了一支蠟燭，然後我把它放在前廊上，對著不給糖就搗蛋的人綻放光芒閃爍的笑容。很多人跑來找我要糖。總是有很多人來找我。他們會穿著道具服來按我的門鈴，打扮得像怪物、仙女、女巫和小丑。在蘭頓，沒人穿從店裡買來的服裝，每個人都是自己做。甜點也是。懶人才會直接分發好時牌巧克力棒，所以人們製作了布朗尼、餅乾、米脆餅、爆米花球、椰子糖和七層棒。至於我，我拿手的是把 Chex 穀片、M&M巧克力、堅果、巧克力片，以及我在儲藏室裡找得出來的其他甜食混合在一起。我把東西全部倒進紙質午餐袋裡，分發出去。

當然，有些孩子是和他們爸媽一起來，他們想見妳，榭爾比。從傍晚五點到晚上八點，遊行隊伍來來去去，幾乎未曾停止。敲門聲和門鈴聲，以及「不給糖就搗蛋！」的尖叫聲，還有媽媽們輕輕走進客廳，跟我說妳有多美。妳確實很美，榭爾比。妳美極了。

南瓜裡的蠟燭融化熄滅，孩子們也紛紛回家後，一夜的努力令我筋疲力盡。現在將近深夜。我吃了一塊神奇牌麵包夾火腿三明治，也餵了妳，咱倆都決定該小睡一下了。妳穿著一件帶有粉紅條紋的老舊連身衣，睡在復活節籃子裡，這個籃子從醫生告知我懷孕的那天起我一直保留至今。我握著妳的手，妳抓住我的手指，我在妳旁邊的沙發上沉沉睡去。

我這時候二十六歲，很快就要二十七歲。

那是我一生中最美好的時刻。

※　※　※

然後它結束了。

我醒來，發現妳不見了。

我睡得頭暈目眩，我的目光首先落在壁爐架上的時鐘上，告訴我現在快十一點了。然後我低頭看著復活節的小籃子，幸福地期待看到妳的臉，卻發現妳不在裡頭。

我瞬間驚醒，瞬間驚慌，猛然站起。「榭爾比！榭爾比！」

我撕扯我的黑髮。我痛哭流涕。我喊道：「是誰在這裡？有人在嗎！你在哪裡？」

沒人回應我。

我喊了戴瑞的名字，希望是他。或是他的女兒。他們進來發現我在睡覺，他們現在和妳在屋裡的某處。應該就是這樣吧？

但不是。我知道不是。

我像瘋婆子一樣跑到前門，門仍然用輔助鎖鎖著。我擰開它，跑進院子裡，但街上空無一人，漆黑一片，附近也沒有車。我嚇得發瘋，跑回屋裡，砰的一聲關上門，牆壁為之震顫。

「榭爾比！」

在這一刻，我聽見妳在哭。妳在朝我哭喊。聲音聽來模糊；妳在樓上，在我的臥室。我衝向樓梯，跑得幾乎比奧運健將傑西•歐文斯還快。我一步跨越兩階，氣喘吁吁地衝進臥室，這裡的光線只有來自外面的月光。但這已經足以讓我看見。窗邊有一把搖椅，妳我曾在那裡度過好幾個小時。

厄蘇利納坐在椅子上。

妳哭喊要媽媽的時候，這頭野獸把妳抱在腿上。

不，我沒在作夢。這是真的。這頭野獸有著毛茸茸的腿，呈金棕色。牠軀幹上的皮毛跟腿部不匹配，比較短，顏色更偏向巧克力。雙手被棕色皮手套包裹著。這頭野獸有一條怪異的細長脖子，在它上面，還有一個用紙漿製成的大腦袋。皮毛與腳踝交接處，我看到骯髒的黑色戰鬥靴。

這是萬聖節服裝。

怪物用一隻戴著手套的手，拉開硬紙板做成的頸部。假腦袋下面打開了一扇小門，我看到瑞奇那張邪惡的臉。

「嚇到了嗎？」他說。

我跑上前想把妳救回來，但他把手放在妳的小喉嚨上，警告我別靠近。「別過來。保持距離，貝卡。」

「瑞奇，夠了。把她還給我。」

「再說吧。我也不知道，也許我會留著她。」

「把她還給我！」我咆哮，罵出我這輩子很少罵過的一長串髒話。

聽我對他罵髒話，瑞奇哈哈大笑。他把你抱在空中，讓妳的小腿晃來晃去。「她很可愛。

一頭烏黑的頭髮。跟妳一模一樣。她的眼睛、鼻子。而且她好小隻。我們一開始也是這種微不足道的小動物，很難相信我們會長大。任何一個小錯誤，任何一個小事故，這條命就到此為止。」

「別傷害她，」我嘶吼：「不准傷害她。你如果敢動她，我向上帝發誓我——」

「怎樣？」他反駁：「妳能對我怎樣，貝卡？」

我暫時閉上眼睛，控制自己。我擦掉臉上的淚。「總之別傷害她，瑞奇。她是無辜的。她從沒得罪過你。你恨的人是我。」

「我不恨妳。妳是我老婆。」

我不是，我很想尖叫，但還是咬住舌頭。

「況且，我絕不會傷害我的女兒。」他一派輕鬆地說道。他用虛假的同情態度愛撫妳的臉，肥大的手指放在妳的脖子上，嚇得我抽搐。「我的意思是，她是我的，不是嗎？我的寶貝。我的小女兒。她不可能是別人的。對吧，貝卡？」他突然對我咆哮。「對吧？」

我拒絕回答他。就算我確定妳的父親是誰，我也絕對不會對他說「她是你的」。絕不。因為妳不是他的。妳永遠不會是他的。我絕不會允許。

「你想怎樣？」我拚命保持冷靜。「告訴我你想要什麼。」

「妳已經知道我想要什麼。我要拿回我老婆。我要拿回我的人生。」

我絕望地搖頭。「為什麼？你為什麼想要我們有過的東西？你我都痛苦又不快樂。」

「那是因為妳不懂分寸。」他從喉嚨裡發出隆隆聲，就像一條凶狗。「妳現在懂得分寸了嗎，貝卡？妳終於搞懂了嗎？妳明白妳為什麼從頭到尾都屬於我？」

「瑞奇，求求你。把我的孩子給我。」

他的眼神變得像冰塊。「求我。」

「什麼？」

「瑞奇，看在老天的份上。」

「求我。」

「妳沒聽見我說什麼？妳還是不懂？我是一家之主。從現在起，我叫妳做什麼，妳就得照做。而我要妳做的，就是求我。」

我吞下恨意。我的婚姻的可怕歲月，就像膽汁一樣在我的回憶中攀升。那些羞辱。我為了維持和平而忍受的每一次羞辱。我不能回到那種日子。我拒絕。但我的人生已不再只屬於我自己。它屬於妳，榭爾比。不是他──而是妳。

「把她還給我，」我呢喃，然後我勉強說出下一句話。「我求你。」

「大聲點。」

「我求你。」

「跪下。」他譏笑地補充一句：「妳本來就適合跪下。」

「瑞奇，求──」

「跪下。我說什麼，妳就做什麼！妳聽懂了嗎？」

我哭了，我感到憤怒、絕望又無助。怒火湧上心頭，就像野獸吞噬我的靈魂，但我還是順了他的意。我別無選擇。我慢慢跪下，扣起雙手，彷彿在祈禱。「把我的小女孩還給我。我會照你說的做。把她還給我。」

「這才像話。這才是我記得的老婆。」

他伸出用假貂皮包裹的雙臂，像國王賜下禮物一樣交出妳。我急忙爬起，把妳從他身邊帶走。我把妳抱在胸前，抱住妳，親吻妳，如釋重負地哭泣。妳回到了我的懷抱，這個世界又恢復了正常。

瑞奇從搖椅上站了起來。他關上道具服的小門，擋住他的臉，只留下他的眼睛，在黑暗的網眼後面幾乎看不到。他整個人看起來就像個奇怪的怪物造型，七呎高，上下毛皮顏色不匹配，紅色的眼睛和鋒利的牙齒畫在紙漿腦袋上。看起來真的很假，太假了。但它的整體效果還是很嚇人，我覺得自己又回到十歲那年。

「星期六那天，去參加一二六酒館的派對。」他說。

「什麼？」

「我要讓每個人看到我們復合了。」

「我沒辦法去。我得照顧榭爾比。」

「找個人顧她。」

「我不去——」我堅稱，準備拒絕他，但阻止了自己。我不敢再惹他生氣，尤其當他表現得——就像個怪物。「嗯，好吧。既然你這麼說，我會去。」

「很好。」

他聳立在我面前，把戴著手套的手像爪子一樣伸出來，撫摸妳的下巴。我往後退縮，想保護妳，但我靠在牆上，無處可去。妳又開始哭，害怕他的觸摸。他收回手，握成拳頭，有那麼一瞬間，我以為他可能會打我，或做出更惡劣的舉動。

「其實，他有炫耀。」瑞奇咬牙道。

「誰？」

「亞傑克。」

我的胃因恐懼而翻騰。「亞傑克？他怎麼了？你在說什麼？」

「我有打給他。他炫耀說妳懷了他的孩子。」

我瞪著瑞奇，不敢相信自己聽見什麼。但我其實能相信。

「亞傑克？你瘋了嗎？你真的瘋了嗎？我從沒跟亞傑克睡過！我得跟你說多少次？」

「現在說謊已經來不及了，貝卡。亞傑克也知道。」

「我的天啊！媽的！瑞奇，你做了什麼？」

「我警告了他。」他答話。雖然我隔著面具而看不到他的臉，但從他的聲音裡聽到虐待狂的笑容。「我警告了他，但他不相信我是認真的。我跟他說過，厄蘇利納會去找他。」

「看在耶穌基督的份上，瑞奇。你這個蠢蛋。」

「這樣比較好。沒有他，妳我就能重新來過。雖然發生了那些事，但我還是願意原諒妳。妳違背了誓言，但既然亞傑克死了，我們可以從頭來過。妳、我，還有我們的小女兒。」

「你殺了他！你毫無理由地殺了他！凶手是你！」

瑞奇搖頭。他的眼睛閃爍著一種不可動搖的怪異自信。「可是妳不會說出去，不是嗎？每個人都知道是誰殺了亞傑克。就寫在牆上。就跟其他案子一樣。人不是我殺的，而是一頭可怕、凶惡、野蠻的野獸。」

我噁心得胃袋翻騰。「你不知道自己在說什麼。」

「噢，我清楚知道我在說什麼。相信我。」瑞奇把雙臂高高舉過頭頂，手指像爪子一樣捲曲。他彎下腰，把那張可怕的怪物臉龐湊到我面前。我聽見他的呼吸聲。呼哧。

「其實，我有全世界都在找的東西，」他說下去。「大腳怪、耶提、雪人。我擁有所有怪物獵人都渴望看到的東西。還有警長。我有厄蘇利納的照片。」

第三十七章

黎明到來的時候，我給妳裹上一件小外套，把最小的帽子戴在妳頭上。我把妳裹在毯子裡，給妳保暖。然後我把妳放在兒童座椅上，我們倆開車前往好時光度假村。清晨的空氣清新凜冽，涼得就像針扎進鼻子裡。溫度低於冰點。湖面上，一層灰冰正等著被太陽融化。

我看到那輛黃色凱迪拉克在停車場裡，所以我知道班恩・馬洛伊還在這裡。我不知道哪間小屋是他的，但我把妳抱在我的夾克裡，走過結霜的草地，挨家挨戶尋找，直到找到一間裡頭飄出菸斗味的小屋。我敲門。

身穿天藍色睡衣的班恩應了門。看到我的時候，他豐潤的臉龐在煙霧中發亮。「蕾貝卡副警長！真是個驚喜。而且妳帶著榭爾比副警長！我深感榮幸。」

「很抱歉這麼早來打擾你，班恩。」

「噢，我平時五點就起床了，所以這對我來說不算早。為了明天的廣播，我還有很多宣傳方面的細節要處理。說起來，妳會參加派對嗎？」

「是的，應該會。」

「希望如此。給榭爾比穿上道具服吧。讓她這個小厄蘇利納加入所有的厄蘇利納。」

我試著微笑，但笑不出來。這種活動對班恩來說就像個玩笑，就像米特爾郡的厄蘇利納之日嘉年華。但對我來說，這象徵著我的人生分崩離析。我已經看到了未來，這讓我想挖出自己的心臟。班恩想必注意到我臉上的苦惱，因為他鬆開菸斗周圍的嘴唇，關切地皺眉。

「妳還好嗎，蕾貝卡？」

我不能告訴他。我不能告訴任何人。

「我需要請你幫個忙，班恩。」

「當然。什麼忙？」

「你說你有七年前的原始畫面，存放在你母親的閣樓裡。你在向日葵湖附近尋找厄蘇利納時拍攝的所有影片，沒加進紀錄片的部分。那是真的嗎？」

「是的，千真萬確。」

「我需要看看。你能安排嗎？」

班恩聳個肩。「行，沒問題。妳什麼想要？」

「現在。」

「現在？妳是說今天？」

「是的。這一分鐘。我想現在就去那裡。我很抱歉，可是這件事很急。這可行嗎？」

他若有所思。「可以做得到。」

「我知道我這麼做是強人所難。你很忙。要不是這件事很重要，否則我不會這樣請求。」

「好吧，那麼，咱們走。我在閣樓裡有一臺舊的投影機，所以安裝起來並不麻煩。我媽也會給妳提供咖啡和瑪芬蛋糕，只要妳不介意香蕉堅果混合貓毛口味。不過，妳明白我們談論的是好幾小時未剪輯的影片？如果妳要尋找特定的東西，可能需要一段時間才能找到。影片沒按名稱、時間或日期排列，也沒貼上標籤。」

「我明白。」

他再次抽口菸斗。「妳這樣真的很神祕。」

「嗯，我知道。抱歉。」

「妳真的不能告訴我這是怎麼回事？妳也許不會相信，但我在必要時很能保密。我這個人還有個弱點，就是喜歡幫助有麻煩的年輕美女。我能幫助妳嗎？」

我臉一沉。「沒人幫得了我。」

我這句話令他暫時啞口無言。「好吧，給我五分鐘換衣服，然後我們就出發上路。」

「謝謝你，班恩。」

他換衣服的時候，我帶妳來到湖畔。我看著水面上的朝霞，聽著大雁的鳴叫。我的吐息形成少許蒸汽。我緊緊抱著妳，親吻妳的頭和粉紅臉頰，一遍又一遍地呢喃說我多麼愛妳。我擦臉的時候才意識到自己哭了。

班恩很守時。五分鐘後，他穿著白色高領毛衣和格紋運動外套，搭配打褶的棕色休閒褲和便士樂福鞋，以華麗姿態打開了門。他穿過草地，來到度假村的停車場，跳進黃色迪拉克。我開車載著妳，跟著他。我們一路穿過黑狼郡，來到另一個隱藏在樹林中的小鎮。他把車停在一棟有著百年歷史、漆著漂亮的紅白油漆的維多利亞式房屋外。

我以前從沒見過馬洛伊太太。她體型又高又胖，長得很像她的兒子，但臉色陰沉，跟開朗的班恩形成鮮明對比。他打招呼時，她的表情沒變，只是以不悅的眼神掃視我。就連妳也沒能改善她的心情，榭爾比。然而，她給我倒了熱咖啡，我撈出一根貓毛後，很高興能攝取咖啡因。

我和班恩爬樓梯來到二樓。然後他把我帶進一個感覺像是祕密樓梯的地方，進入房子的一個塔樓裡。這座塔樓有一堵圓形的牆壁和俯視四面八方的窗戶；屋頂往上延伸，形成圓錐形。木地板上滿是灰塵，散落著幾隻死蟲，蜘蛛網在陰影中搖晃。除了紙箱，這裡什麼都沒有。班恩似乎很清楚該往哪裡找，他在幾個箱子裡翻了翻，找出其中一個，把它搬來給我。

裡頭是一臺八釐米投影機，還有二十幾個銀色膠卷罐。他拖來另一個紙箱，把投影機放在上面，然後把電源線插進我唯一看得到的一個插座。他拿起第一個膠卷罐，向我展示如何把它裝進機器。然後他回到堆滿紙箱的牆前，找出一個白色布幕，將它展開並設置好。窗上掛著厚厚的窗簾，他拉起窗簾，房間裡幾乎一片漆黑。

「好了，妳可以用了，」他告訴我。「妳看完一個後，可以繼續看下一個。這些膠卷都是四百呎長，所以每一卷的片長大約二十分鐘。妳想待多久就待多久。」

「你要回去度假村嗎？」我問。

「不，我會在這裡待一會兒。我已經幾天沒探望我媽了，所以也該跟她聊聊。我在這兒的時候也能打電話處理事情。」

「別為了我而留下。」

「這個嘛，我等會兒再上來看看妳。我如果需要離開，會先跟妳說一聲。」

「再次謝謝你，班恩。我真的很感激。」

「等妳看完後，妳能不能告訴我這是怎麼一回事？」他問。

我猶豫幾秒，對他說出了我所相信的真相。「你到時候會知道的。」

他皺眉離去，我聽到他沉重的腳步聲走下樓梯。這裡只有我和幾小時的影片。我四處尋找椅子，發現靠近後牆有一張，所以我把它拉過地板。這是一張滿破舊的躺椅，但坐起來很舒服。我把復活節籃子帶上來了，妳就躺在椅子旁邊的籃子裡。妳已經睡著了，還沒醒來。

我打開投影機，聽著它咔噠作響，看著空蕩蕩的白框掃過布幕。然後，布幕上閃過一陣色彩，我又回到了過去。七年的人生就這樣消散了。我看到向日葵湖附近的海灘、松樹、白樺樹，還有在水面上閃閃發亮的夏日光芒。數十名穿著短褲、T恤和泳衣的志願者穿過海灘邊緣的樹林，戴著班恩製作的橘色棒球帽，帽子上寫著「厄蘇利納獵人」。有些人背著背包，有些拎著提桶。大多數人都是十幾、二十幾歲。

七年前。這段歲月超過我目前歲數的四分之一。

掌鏡的是班恩本人。他把相機轉過來，特寫了他自己的臉。當年的他顯得比現在年輕，白頭髮比較少，體型比較瘦，但嘴裡一樣叼著菸斗。他戲劇性地瞪著鏡頭，匆匆說出八月初的日期，然後用沙啞的嗓音宣布：「我是班恩・馬洛伊，在黑狼郡。厄蘇利納犯下可怕的謀殺案，已經過了兩星期。這是我們第三天在樹林裡尋找野獸留下的任何證據。我們今天會不會找到怪物存在的證據？」

從這裡開始，影片從一個場景跳到下一個。班恩訪談了搜索人員，他們講述了他們從小聽過的關於厄蘇利納的恐怖故事，還朗誦了我小時候聽過的一些神祕故事。他問人們是否親眼見過厄蘇利納。沒人親眼見過，但他們講述了一些故事，像是黑暗中的聲響和吆喝聲，某個朋友的朋友的朋友看到一頭怪異野獸直立行走，或是誰去森林裡打獵但再也沒回來。其中幾個場景——這裡的五秒，那裡的十秒——有出現在電視上那部紀錄片裡。我記得它們。

一些搜索者叫班恩過去看看他們發現了什麼。鏡頭特寫了爪印（其實是熊的）、巨大的糞便（又是熊），以及看起來像是狼獵食所留下的血腥場景。每次有什麼發現，班恩都會滔滔不絕地做出評論，暗示他們即將找到厄蘇利納的巢穴。他打從骨子裡就是個表演家。

我完成一卷，換成另一卷，然後又一卷。我喝完了咖啡，下樓又倒了一杯。我試吃了一個貓毛瑪芬蛋糕。妳醒來哭泣時，我給妳換了尿布。我曾一度因為疲憊不堪而在播放影片時突然閉上眼睛，結果不得不倒帶再看一遍。整個上午就這樣過去了，我看了一卷又一卷。我知道我這麼做無異於大海撈針，我甚至不知道那根針是否存在，但我還是繼續看下去。

看影片時，我注意到幾個我認識的人。高中朋友。礦工。很多人喝了啤酒，很多人搞了惡作劇。隨著搜索進行得越久，厄蘇利納神話似乎也被賦予了自己的生命。人們說的故事變得更加駭人聽聞，他們的說詞變得更加瘋狂而且難以相信。

大概在第九或第十卷的時候，我看到了我自己，只有幾秒鐘。我們離諾姆那輛拖車不遠，因為我能透過樹林看到它的銀色車身。班恩當時在採訪一位老人，那人說他祖父曾看到厄蘇利納在某個月圓之夜來到岸邊，當時他正在水灣中央的一艘漁船上。那人的祖父說，他和那頭野獸對視了將近一分鐘，然後厄蘇利納轉身，跺腳回到樹林裡，消失了。

這個老人說故事的時候，我從他身後經過。我沒看鏡頭，但那人是我，一頭蓬亂黑髮，臉色白皙。我穿著牛仔褲，以及一件沒紮進褲子裡的長袖法蘭絨襯衫。我用越野滑雪桿撥開灌木叢，尋找任何可能藏在底下的東西時，我的眼睛盯著地面。我在幾秒內從左到右穿過布幕，然後消失了。我第一天有參加搜索，第二天和第三天也有回來。和其他人一樣，我一無所獲。

中午過後的某個時間點，班恩上樓來看我。他瀰漫著一股菸斗味。

「妳餓不餓？」他問：「我媽在烤箱裡留了一些剩下的熱菜。隔夜更好吃。」

「我不餓，謝謝。」

「妳會不會冷？我可以給妳一條毛毯。」

「不，我沒事。」

班恩瞥向布幕。影片上是晚上，黑樹之間點綴著燈籠，鏡頭掃向每個聲源。訪談是以壓低的嗓門進行。

「其實，如果妳告訴我妳在找什麼，也許我能幫妳找到，」班恩告訴我。「這些年來，我看過這些膠卷幾十次。我一直在想，也許我錯過了什麼重要的線索。到目前為止，我應該已經記住了其中大部分的內容。」

「我很感激你的提議，但我需要自己來。」

「這個嘛，隨妳便。總之，我是來告訴妳我得離開了。我要去一二六酒館一趟，確保明天的派對已經做好準備。妳一個人待在這兒沒問題嗎？我媽不會來煩妳。」

「沒問題——謝謝。」

「那好。先失陪了。」

他回到門口，但又停住。「蕾貝卡，妳不需要回答我，但我還是相信妳見過厄蘇利納。」

我沒吭聲。

他對我投來好奇的微笑，然後離開了。我暫停播放，起身來到一扇俯瞰街道的窗戶前，拉開窗簾。片刻後，我看到班恩走出屋外。他走向他的凱迪拉克，但他在開門前抬頭瞥向塔樓，彷彿知道我會看著他。他把手指湊到額邊，行了個簡短的軍禮。我舉起一手。我沒微笑，只是對他揮揮手。

我又在躺椅上坐下。妳開始變得焦躁不安，所以我把妳舉起來，抱在懷裡搖晃。我再次啟動投影機，看完了夜間影片，繼續看下一卷。隨著時間的推移，紙箱裡的罐子數量持續減少，我開始相信我找不到我想找的東西。我知道這本來就希望渺茫。

但在只剩四部膠卷的時候，我看到他了。

在某部膠卷的第一天的畫面，我在一開始就看到他。班恩正在說明搜索的日期和時間，某個咧嘴笑的男人從他身後走過。他在那裡，眨眼間就消失了。如果不仔細看就會錯過。

瑞奇。

我不得不倒帶，以確保我看到什麼。然後我再次倒帶。又一次。在我關掉投影機之前，我一定把這個場面看了二十幾次，每次都覺得有一道閃電燒灼我的大腦。

我想看看他是否帶著它，也確認了。

他當然帶著它。

瑞奇拿著一條皮帶，邊走邊搖擺。皮帶的盡頭是一臺相機。

第三十八章

這是我最黑暗的一天，榭爾比。

看到瑞奇手中的相機，我就知道是他把那張照片貼在露碧的門上。我知道他在厄蘇利納的事上沒說謊。亞傑克也確實是他殺的。我在這一刻意識到，我們在黑狼郡沒有安全的地方，他將給妳帶來致命危險，而且妳永遠逃不掉。我就是在這時候做了決定。一想到這個決定，我就悲痛欲絕，但我是一個母親，我做了一個母親該做的事。

我為了救妳而犧牲了自己。

這天下午，我驅車前往向日葵湖。我坐在我在一月份發現湯姆・金恩的那個停車場裡，回想起那個晚上。我記得在他懷裡是什麼感覺。我回想起戴瑞打電話給他時，我再次聽到他的聲音。我對當時可能發生的事感到一陣激動。在我的人生中，我認識的好男人很少，但湯姆是其中之一。他屬於妳，妳屬於他，榭爾比。我不在乎基因怎麼說。

妳只有一個父親。

那天下午，我和妳在湖邊度過了幾個小時。我祈求時間靜止，因為我不希望這段時光結束。我不想放手。我對妳說話，對妳唱歌。看到鳥兒時，我指出牠們；兔子和松鼠來到岸邊時，我指出牠們。我從秋天的樹上摘下五顏六色的葉子，用它們搔妳的臉。我告訴妳我有多愛妳，我會永遠愛妳，妳在每一天的每一刻仍然會在我的人生裡，即使我不在妳的人生裡。

這段時間，我抱著妳啜泣。我為我將要錯過的一切而哭，為我沒辦法給妳的東西而哭。我詛咒所有讓我走到那一刻的事件，也希望我能改變它們，但最後，我意識到我這樣想是錯的。如果命運走向有任何改變，妳就根本不會出現在我的人生裡，我也絕對不願意把妳換成別的東西。所以我不得不接受我的人生是如何走到這一步。我不得不告訴自己，到頭來，這一切的意義，所有苦難背後的意義，就是妳。

妳讓這一切都值得。

這是個美麗又幸福的下午，榭爾比，但所有美好的事情都必須結束。夕陽西下，夜幕降臨湖面時，我把妳放回兒童座椅裡，開始開車。妳知道我去了哪。我在一種完美的平靜和寧靜狀態下持續開車。我們倆有很長的路要走，我們沿著空曠的高速公路，經過空曠的林地，滿月在上方閃耀。但我知道要去哪、我必須做什麼。

※　※　※

完成後，我在隔天回到家。我的行動計畫很明確。我沒有回頭路。我回到我家，我知道這將是最後一次。我在沙發上睡了一會兒，想恢復體力，但我真的沒睡多少。我進入夢鄉時，做了平時那些惡夢。

當我醒來時，夜幕已經降臨。一二六酒館要舉行派對了。

我該去見瑞奇了。

我花了一些時間，從衣櫃裡挖出七年前班恩給我和其他志工的帽子。我保留至今。厄蘇利納獵人。

我想戴上它來給瑞奇傳達一個訊息，我相信他會理解。

我知道你做了什麼。

然後我開車前往一二六酒館。

大夥都在場，整個郡的人似乎都擠在這裡。吧檯周圍安裝了六臺電視機，全都切換至NBC頻道。紀錄片將在半小時後開始播放，但我看到了它的廣告。班恩・馬洛伊尋奇：厄蘇利納歸來。宣傳片的內容是一串快速剪輯，班恩使用謀殺、怪物和鮮血之類的詞彙，還有野獸毛茸茸的腿走過森林的戲劇畫面。

有些人穿著星期四晚上穿過的萬聖節服裝，但大多都打扮成厄蘇利納，有矮有高，有瘦又胖，有的很搞笑，有的很嚇人。一二六酒館變成了一個醉醺醺的怪異動物園，擠滿發出野獸咆哮的人群。班恩自己站在一個臨時搭建的舞臺上，手裡拿著麥克風，一邊來回踱步，一邊鼓掌慫恿大夥。

我在怪物群中尋找瑞奇。他的腦袋像紙漿，脖子又長又粗，應該很容易找到，但我還沒看到他。相反的，我找到了珊卓，她顯然在角逐「最性感厄蘇利納」獎，因為她穿著毛皮比基尼、毛皮靴子和一頂蓬鬆的假髮。這天晚上，她喝著烈酒──加了冰塊的威士忌──比基尼上衣裡伸出一包菸。

「嘿，妳。」她對我說。我聽到她的語調有些鬆懈，我懷疑這不是她的第一杯威士忌。

「嘿。」

「妳兩星期前才生過孩子，現在看起來就這麼正。這真讓我想死。」

「謝了。」

「榭爾比呢？」

我已經為這個疑問做好準備。我想好了謊言。「我的一個鄰居願意幫我顧孩子。」

「我很佩服妳這麼快就願意放下她。」

我沒說什麼，而是改變了話題，因為如果不這樣做，我會再次掉淚。

「嘿，珊卓？我想跟妳說一聲，我很抱歉。」

「關於什麼？」

「戴瑞對妳說的那些話。」

她發笑。「別在意。在那天之後，關於我是凶手的謠言就四處流傳。現在礦場那些男人都很怕我。我爽死了。」

「儘管如此，我還是很愧疚。」

珊卓歪頭打量我。「妳還好嗎，親愛的？」

「我沒事。」我再次說謊。

「剛生完孩子的幾星期很辛苦，我懂。」

「嗯，一定是因為這個原因。」

她喝光了威士忌，拍拍我的臉頰，然後離開了我。在我周圍，每個人都玩得很開心。喝酒。說笑。學野獸叫。我自己的黑眼睛一直在探查現場，觀察一個個怪物。我不確定戴瑞是不是在某個地方，但我知道這種場合不適合他。這樣也比較好。他如果有來，只會有麻煩。

然後我感覺有一隻爪子放在我的肩上。

我轉過身，看到了畫在頭上的卡通臉，還有不搭配的上下兩截毛皮。

「妳來了。」瑞奇的口氣有點驚訝。

「是你叫我來的，」我平淡地答覆。「我現在就是按你說的做。我們不是這樣約定的嗎？」

「真乖。孩子呢？」

「她很安全。」

這個回答讓他愣了一下，彷彿我沉悶的嗓音傳達了某種警報。但瑞奇就是瑞奇，沒讓這種事繼續影響他。「其實這樣很好，妳我再次復合。我很想妳，貝卡。」

「我相信。」

「我們晚點應該慶祝，」他說：「像丈夫和妻子那樣慶祝。」

「當然。」

我沒辦法在臉上擠出任何虛假的情緒來強化這個謊言。我已經超越了憤怒，超越了遺憾，超越了屈辱。我已經做出了我這輩子能做的最糟糕的事，接下來還剩什麼？

「咱們來給他們一個驚喜吧，」瑞奇提議。「來吧，我等不及看到他們的表情。」

他用戴著手套的手伸向脖子，撕掉了固定硬紙板頸部的膠帶。他伸手摘下氣球狀的腦袋，同時撬開了硬紙板做成的管子。拿掉面具後，他的臉龐就揭露了。我的前夫站在我面前。

酒館裡每個人都看到他。他說得沒錯，他們確實出現了反應。一種令人不自在的寂靜在一二六酒館裡蔓延，就像水中漣漪。然後我們周圍開始出現低聲低語。

瑞奇。

人們立即朝我們走來，盯著我們。珊卓率先抵達。我不得不擋在他們之間，因為她正處於酒後動手的邊緣。她從我身後朝瑞奇怒吼。

「你！你跑來這兒做什麼？我不敢相信你竟然有膽再次在這個小鎮露面。在警察把你扔進牢裡之前，快滾出去。」

瑞奇只是露出招牌的笑容，看起來比較像是冷笑的微笑。我跟他相遇的第一天，在那場高中橄欖球賽上，他就在我身上施展了這種笑容。在那時候，我根本不知道這道笑容的真正含義。在那以後的這些年，我從沒猜到真相，從沒猜到他對我隱瞞了什麼。

「妳沒聽說好消息嗎，珊卓？」瑞奇告訴她。「我和貝卡重修舊好了。」

她罵出一串髒話，表示一點也不相信。「放屁。聽你在放屁。」

「我說的是事實。」

珊卓把注意力轉向我，她的臉離我只有幾吋。「說出來，親愛的，只要妳說一聲，就會有十個人把這個混蛋扔到街上。」

瑞奇把一隻爪子搭在我肩上。「別這樣，珊卓。妳該替我們高興。我道歉了，貝卡也原諒我了。我們倆都錯了，都做了我們後悔的事。重要的是，我們現在有個孩子，必須以她為優先。」

珊卓看著我，眼神夾雜憤怒和驚恐。「親愛的，妳不可能是認真的。妳不可能再次接受他。」

我深吸一口氣。「沒事的，珊卓。」

「沒事？妳在開什麼玩笑？妳怎麼了？」

「妳別管這件事。拜託妳。」

但酒館裡不是只有珊卓想救我。諾姆也來到我面前。「蕾貝卡？這是怎麼回事？妳還好嗎？」

「我沒事。」

「瑞奇有沒有以任何方式傷害妳？」

我搖頭。「沒有。他沒傷害我。」

「瑞奇，你得離開，」諾姆用堅定的語調告訴他：「這裡不歡迎你，因為你做了那種事。」

「我認為這得由蕾貝卡決定，不是嗎？」瑞奇自信地回答，並沒有被聚在周圍的人群嚇倒，其中一半的人穿著像怪物。「妳怎麼說，貝卡？我該留下嗎？」

我的臉看起來應該很像他戴的那種僵硬的紙漿面具。「你可以留下。」

珊卓咒罵得比剛剛更大聲，諾姆則是震驚得瞇起眼睛。他盯著我，彷彿我是個遙控機器人，瑞奇按按鈕操控我、告訴我該說什麼。

「蕾貝卡，瑞奇有沒有以任何方式威脅妳？還是他有威脅榭爾比？」

「沒有。」

他因為想到某件事而臉色陰沉。「榭爾比在哪？」

「很安全。」我說。

「她在哪裡很安全？」

「她很安全。」我重複。

珊卓看起來氣得想吐口水。「夠了。我要打給戴瑞。」

「不。」我抓住她的手腕。「不，別這麼做。沒事的。真的。」

「沒事才怪。妳明顯有問題。」

「這該由我決定。」

「她跟妳說了她沒事，珊卓，」瑞奇打岔：「妳該管好妳自己的事了，別來煩我老婆。」

「蕾貝卡已經不是你的妻子。」諾姆指出。

「這得由她決定，不是你這種垃圾律師說了算。」

諾姆搖頭，以眼神懇求我走另一條路。「蕾貝卡，這個人沒辦法控制妳。妳不欠他什麼。他不是妳的丈夫。妳只要說一聲，戴瑞就會把他關進牢裡。」

「這並不是我想要的。」

「蕾貝卡！」諾姆的沮喪感沸騰。我很少見過他這樣失控。「妳忘了這個人對妳做了什麼嗎？」

有那麼一瞬間，我的眼裡悶燒。「我沒忘。」

「那妳為什麼要這麼做？」

我想說：為了榭爾比。這就是原因。這是唯一的原因。我人生的一切都是為了妳。但我沒辦法說明這點。

相反的，我看著瑞奇，說道：「我們離開這裡吧。我不在乎節目。帶我離開這裡。」

「你們都聽到她說什麼了，」瑞奇向群眾宣布：「我老婆說我們要離開了」

他緊緊抓住我的手。我們走向一二六酒館的門口時，人群當中慢慢分開一條小路，剛好夠我們兩個人通過。珊卓、諾姆和其他人跟在後面。我們來到門前，瑞奇開門時，珊卓喊住我。

「蕾貝卡，不要跟他走。親愛的，拜託。留在這裡。」

我愣在門口，轉頭看著她。我一臉茫然。我有點想留下，但現在太遲了。我有點想解釋，但也不能這麼做。我張嘴要說再見，但我根本沒機會說話。

有人尖叫。不是在酒館裡，而是在電視上。班恩的新紀錄片的開頭是從一個女人的尖叫聲開始，這給我的肉身激起漣漪。然後我們聽到班恩戲劇性的嗓音填補了寂靜的現場。

「我是班恩・馬洛伊。七年前，我帶觀眾來到一個名為黑狼郡的偏遠地區，在那裡，一頭名叫厄蘇利納的凶獸在一次野蠻襲擊中撕裂了兩名男子的肉體。打從那可怕的一天開始，這片區域的人們就一直生活在恐懼之中，不知道怪物什麼時候會回來。結果呢，在去年十二月，他們得到了答案。厄蘇利納回來了……為了再次殺戮。」

我不需要再聽下去。

我和瑞奇一起離開了酒館。

第三十九章

「我們要去哪？」我們開車時，我問瑞奇。

他把車開在筆直的公路上，遠離了蘭頓郡。我們在月光下繼續前行，雪花從寒冷的夜空中飄落。過了一會兒，我猜到我們的目的地是什麼，我也沒再說什麼。老實說，那個地點感覺很適合，彷彿我的故事的結尾和開頭都在同一個地方匯合。

我們花了一小時來到諾姆的拖車。隨著我們離拖車越來越近，我能感覺我的壓力越來越大。我的心一直感覺到這股壓力，就像一團陰影籠罩著我的靈魂。我們首先行駛在公路上，然後行駛於貫穿國家森林的凹凸泥土路。最後，在車頭燈的照射下，我看到了熟悉的銀色車身閃爍。瑞奇把車駛離路面，開到一片落葉上，停了下來。我從輪胎痕跡中看得出來，他在這裡來來去去了幾個星期。

「你最近是住在這裡？」我問。

「嗯。很諷刺吧？」

「你不怕諾姆會發現？」

「我的一個麻吉跟諾姆租了這裡幾個月。他跟諾姆說他和他老婆鬧得不愉快，需要分開一段時間。所以這裡不會有人來打擾我們，別擔心。這裡只有妳和我。」

我下了車。瑞奇徑直走向拖車，但我在樹林邊徘徊。在附近的某處，我聽到貓頭鷹的叫聲，就像一種徵兆，一種警告。我十歲那年，一隻貓頭鷹試圖警告我厄蘇利納就在附近，試圖讓我知道我有危險。我吸口氣，想看看我能否嗅到那頭野獸的味道。我尋找牠的呼哧聲。

一無所獲。但我能感覺到牠的存在向我逼近，就像我那晚在向日葵湖附近的感覺。如果我進入黑暗，我確信我會找到牠，或是牠會找到我。我和牠將會團聚，怪獸和女孩。在我心裡，打從那一刻起，我跟牠就形影不離。我們兩個血脈相連。

我跟著瑞奇進入拖車。我關上拖車門的時候，我的胸腔因恐懼而抽搐，彷彿時間未曾流逝。彷彿這裡又是七年前。我回到了一切開始的地方。

瑞奇坐在床上。他沒開燈，所以他只是一道陰暗的影子。他還穿著皮毛大衣和皮毛褲，他看起來依然像野獸，正在等著我。我走向他時，拖車地板在我腳下吱嘎作響。他拍拍沒整理的床，我在他身邊坐下。

這就是我的關鍵時刻。

我很抱歉，榭爾比。我真希望我能永遠向妳隱瞞這件事。我對妳隱瞞了我的祕密，也許我不該這麼做。也許我應該在一開始就告訴妳——告訴妳我是誰，我做了什麼——但然後呢？在妳認識我之前，在妳知道我的整個故事之前，我沒辦法指望妳能理解。

但現在呢？

現在我必須告訴妳，妳的母親究竟是什麼樣的人。妳可以自行決定，我這種人是否能有任何救贖。

我瞪著瑞奇。我看得出來他想聽什麼，我再隱瞞也沒意義。我該大聲說出彼此都知道而且相互隱瞞的事了。

「所以你早就知道我殺了他們。」我說：「你見到我的時候，就知道是我殺了奇普和瑞瑟。」

窗外的月光足以讓我看到他的白牙。

「沒錯。這就是一部分的刺激。」

我從床邊站起。聽到自己的懺悔，我強忍嘔吐的衝動。七年來，我向世人隱瞞了我的罪孽。我對戴瑞說了謊。我對每個人說了謊。我一直生活在怕被人發現的恐懼之中。而一直以來，從頭到尾，瑞奇都知道。

他發現了我那臺相機。

「其餘的照片在哪？」我的語調帶著一種科學性質的好奇。「我想看看。」

「在水槽上方的櫃子裡。」

我前去打開那裡的小燈，然後打開櫃門。最底層的架子上，放著一個裝滿照片的小信封，旁邊是一臺過時的三十五毫米相機。我用手指撫摸熟悉的機身。

這就是我在班恩・馬洛伊家裡的那部影片中，看到瑞奇手裡拿著的相機。七年前，我用這臺相機拍下了戈登・布林克、奇普・威爾斯，還有瑞瑟・莫里茲。我那天為了逃命而丟下的同一臺相機。

我的相機。

這些年來，我一直害怕有人找到它。我逃離拖車後，一直在尋找它；班恩在搜尋厄蘇利納的時候，我回來再次尋找它，但一直沒找到。我曾假設，希望，祈禱這臺相機——連同裡頭的膠卷——早已被雨雪侵蝕。

但我錯了。

瑞奇找到了這臺相機。他找到了這臺相機，而且沖洗了裡頭的底片。然後他開始尋找拍攝照片的女孩。

我打開信封，取出照片，拿起最上面的一張。那是我。那年七月的某一天，我在樹林裡拍攝的。我的眼睛又黑又嚴肅，我的黑髮跟平時一樣亂糟糟。向日葵湖在我身後，在晨光下熠熠生輝。

在這張照片中，我還是個天真爛漫的女孩，對即將到來的恐怖一無所知。

「我在那年夏天買下這臺相機，」我喃喃自語。「我還在摸索它的功能。我記得用過幾次自拍模式，所以我知道膠卷上有我的照片。相片上的我，隔了幾張後是他們，布林克、奇普、瑞瑟。找不到相機的時候，我驚慌失措。我知道如果被別人找到它……」

我欲言又止。

「你為什麼不告訴我，你知道我做了什麼？」我問他。「你一直想做的，就是控制我、掌控我。你為什麼不直接說清楚，說你能揭露我的祕密？」

瑞奇的嗓音洋溢著勝利。「我就喜歡妳不知道。我就像捉老鼠的貓，所有力量都在我手上。任何時候，我只要爪子一揮，就能撂倒妳。我有好幾次想說出來，想告訴妳我知道什麼，想看看妳得知這件事的時候是什麼表情。有時候，我會看到妳那種眼神，妳準備反擊時眼睛裡的小小火焰，我會想：儘管試試，貝卡。看看妳把我逼得太急會發生什麼事。可是我不急。既然掌握所有王牌，我就能放鬆，好好享受遊戲。所以我慢慢等。我等候完美的時刻。而現在，那一刻來了。現在是報復的時候。妳以為妳能擺脫我？想都別想。妳屬於我，妳永遠屬於我。」

老天，我恨死他嗓音裡的吹噓。膚淺又傲慢的自負。我恨死自己被他耍弄這麼多年。我不打算再忍受下去，我不想再忍受這種恐懼和虐待。時候到了。我能感覺到電流在我的血液中嘶嘶作響。

「我需要喝一杯。」我的語調平靜又輕鬆，彷彿他贏了，彷彿他擊敗了我。「你要不要也來一杯？」

「當然。」

「啤酒？」

「冰箱裡有一些。」

我打開小冰箱的門，瑞奇因此暫時看不見我。這就是我需要的機會。我找出兩瓶百威啤酒，看到水槽旁邊有個開瓶器。我打開瓶子後，關上冰箱，把啤酒帶到床邊。

我把其中一瓶遞給瑞奇，我再次坐在他旁邊時，他抓住我的手腕，用力扭動，我痛得皺眉。

「我要聽妳說。」他告訴我。

「什麼？」我雖然這麼問，但我知道答案。我清楚知道他要我說什麼。

「我想聽妳用那張漂亮的嘴親口說出來，」他說下去。「我已經等了好幾年。告訴我妳是誰。」

他放開我的手腕。我瞪著他，努力掩飾臉上的恨意。我還不能讓他看到我的殺氣。

他真以為我會讓他重返我的人生？他真以為我會允許他接近妳，槲爾比？尤其在他對我做了那些事之後，我在他抱著妳時從他眼裡看到的邪念？我知道我和妳會有什麼下場。噢，我知道。等貓厭倦了耍弄老鼠，他遲早會殺了我們倆。

我看著他灌下一大口百威啤酒，他完全沒嚐過我放進去的四顆贊安諾藥丸的粉末。

「說出來。」瑞奇又說一次。

我照做。其實，我想說出來。我感到一股力量在我體內湧動，一種我非常瞭解的力量，一種在我人生中曾兩次降臨到我身上的力量。當我改變的時候，當那頭野獸和我合而為一的時候，當我進化成真正的我的時候。

我跟妳說過那頭怪物是真的，榭爾比。

我從一開始就跟妳說過。

我湊向瑞奇的臉，然後我低聲說出這些話。七年前，我在那輛拖車的牆上寫下同樣的文字。我在戈登・布林克的床頭上寫下同樣的文字。

我無法逃離的文字。定義了我的人生的文字。

「我……是……厄蘇利納。」

※　※　※

那年七月，我二十歲。

我獨自一人，我爸和我哥都在很遠的地方工作。因為經濟很不景氣，所以我自己沒有工作，也不知道什麼時候能找到。其實，我剛剛完成了一個為期兩年的學位課程，但這對我沒有多少好處，因為當時沒人招聘。我沒有工作，沒有錢，我的生活中沒有其他人，而過了一段時間，孤獨感變得就像我的朋友。

那整個夏天，我只做了兩件事。我待在家裡看書。我尋找厄蘇利納。

大腳怪的傳說在當時風靡一時。到處都能看到牠——在書本上、電視上、報章雜誌上。森林中的野獸，像人一樣直立行走。牠是真的還是神話？牠那些照片是真的還是惡作劇？當然，我知道牠存在，或是說跟牠類似的生物存在。我知道向日葵湖附近的森林裡，有一頭類似的野獸出沒。牠和我，我們之間有一種特殊的聯繫。我確信如果有誰能找到牠，能把牠引出來，那個人就是我。

這就是為什麼我買了相機。這是我硬著頭皮買下的奢侈品，但如果我再次找到厄蘇利納，如果我能拍到牠的照片，那麼我的整個人生都會改變。所以，日復一日，無事可做的我在國家森林裡搜尋。有時候，我會在黎明前來到森林，在太陽下山時離開。其他時候，我帶了一個背包，在森林裡露營。我會徒步數哩，觀察樹木裡的動靜或地面上的痕跡，吸入空氣來尋找牠的氣息，尋找牠那獨特的呼哧聲。

我心想，牠如果知道是我在找牠，牠就會回來。牠會向我現身。是我，蕾貝卡。你不記得了嗎？你在哪裡？

但隨著時間流逝，我沒看到牠的蹤跡。我只有拍照。有時候，我拍攝樹林、湖泊、花朵、動物、鳥類。有時候，我拍攝我自己，我會把相機放在岩石上，在陰影中自拍。

那是我七年前的夏天，甜心。在那個慵懶的夏天，一個年輕女人試著弄清楚自己的未來。直到那個可怕的下午，我看到陽光在一道銀面上閃閃發亮。

諾姆的拖車。

我知道我在哪裡。我以前和諾姆和威爾一起來過這裡。我聽到說話聲，以為是他們父子倆，所以我往那個方向走去，想跟他們打招呼。我走近時，把相機湊到眼前拍照。拖車反映的光芒形成一種彩虹，彷彿我在凝視一艘太空船，我覺得這很酷。拖車前面有幾個人，就像外星人。我瞪著取景器，按下快門時，才意識到站在那裡的人們是陌生人。不是諾姆和威爾。

一共有三人。三個男人。

看到我的時候，他們的談話中斷。六隻眼睛同時鎖定了我；他們鎖定我和我的相機。我立刻知道我犯了我這輩子最嚴重的錯誤。每個女人都能一眼看出心狠手辣的男人，我在那些男人身上也看到這一點。其中兩人穿著破爛的衣服，第三人穿著西裝，在荒野中顯得格格不入。那個男人盯著我，像爬蟲一樣冷酷無情。我不知道他是誰，但我永遠不會忘記他的臉，他也永遠不會忘記我的臉。

他看了另外兩個男人一眼，只是說一聲：「抓住她。」

我拔腿就跑。

我大聲呼救，但在這種地方，周圍沒人聽到我的聲音。我穿過樹林，被樹枝刮傷見血，被藤蔓絆腳。在我身後，我聽到他們的腳步聲像野獸一樣踩踏草叢。我跑得更快，想逃跑，想擺脫他們。在某個地方，我不知道在哪裡，一根樹枝把我的相機從我脖子上扯了下來。相機掉落，但我繼續奔跑。聽到他們越來越近時，我迂迴改變方向。絕望驅使我前進。也許我原本逃得掉，因為我年輕而且速度快，但我的腳撞到樹根的隆起處，我整個人翻到空中。我重重落地，扭傷了腳踝，當我再次站起來時，再也跑不動了。我一瘸一拐地走了一會兒，直到痛得動彈不得，然後我蹲下來想躲起來，但還是被他們發現。

那些人從兩側向我襲來，把我困住了。他們用皮帶綁住我的手腕和腳踝，用他們的一件上衣塞住了我的嘴。他們打我的臉，這是多次毆打的第一波。然後他們把掙扎的我扛在肩上，彷彿我是戰利品。第三人在拖車那裡等候。

「殺了她。」他下達指示，冷酷又輕鬆地看了我一眼。「把她埋在不會被人發現的地方。」

但是抓住我腿的那人——我後來得知他叫奇普——朝他發笑。我清楚記得他說了什麼。

「殺了她？這麼美味多汁的糖果？想都別想，老兄。我們要先玩玩。」

我們要先玩玩。

他們就是這樣對待我，榭爾比。

在接下來的三十六小時裡，他們把我當成玩具。一天半。他們玩耍。兩千多分鐘，而我在每一分鐘都希望自己死了。他們玩耍。我就是美味多汁的糖果，被他們再三咀嚼。他們把我綁在床上，在想改變遊戲規則的時候移動我。面朝上。面朝下。趴著。跪著。他們輪流來。奇普。瑞瑟。還有第三人。戈登・布林克。他也有玩。

他們把我抱進去的時候，我還是個處女。不久後，我不再是處女、女孩、女人，甚至不是人類。我變成了動物，我做了動物會做的事：求生。我跟床上那具肉身拉開距離。她不是我。她很軟弱，她是受害者。我給我的情緒挖了一個洞，掩埋了它們，用泥土蓋住它們的墳墓。我體內唯一還活著的東西，就是我的大腦。蕾貝卡・科爾德的大腦，比以前堅強、大膽。

蕾貝卡・科爾德，她會看著他們，研究他們，從他們身上學到教訓，找出他們的弱點。蕾貝卡・科爾德，她會想辦法活下去。

瑞瑟是脆弱的環節。我很快意識到這點。布林克很聰明，奇普很狡猾，但瑞瑟很蠢。他不斷喝著拖車裡的幾十瓶酒。他不斷抽大麻，直到煙霧令我窒息。他比我重一百磅，所以我無法壓制他，但他不耐煩又粗心。他把我綁起時，沒把結打好。他們三人都在拖車裡盯著我的時候，這就不是什麼機會，但我如果能跟瑞瑟獨處，我就有了機會。

三十六小時後，奇普和布林克準備離開。布林克玩夠了我，玩夠了遊戲。他最後一次強姦我時，我在他臉上看到了一些東西，這讓我意識到他開始因為正在發生的事而恨自己。他想退出。他想從他的記憶中抹去我和這整個經歷。等奇普回來的時候，那就是我的末日。如果蕾貝卡・科爾德想逃走，就必須是在他們離開的時候。

所以，在黑暗中，在他們倆離開後，車裡就只有我和瑞瑟。

他又開始淩辱我。我甚至已經不在乎了，因為我知道他在完事後會喝酒。他總是這麼做。他拚命喝個不停，我等他醉暈過去。但在我痛苦的沮喪中，時間一分一秒流逝時，他竟然還保持清醒。我深怕奇普會回來，我的機會就會永遠消失。如果瑞瑟繼續保持清醒，我就不得不把手腕從鬆散的繩索中掙脫出來，而且只能希望他動作笨拙得能讓我避開。但是拖車很小，他很大。我的勝算很低。

然後，終於，他的頭向後仰，閉上了眼睛，整個人昏死過去。

我很快掙脫了束縛。我只花了幾秒鐘，因為瑞瑟這次幾乎沒擰緊繩結。我默默從床上爬起來，感受到他們在我身上留下的折磨的痕跡。我每走一步，拖車就發出呻吟聲，所以我走得很慢，盡量不驚醒瑞瑟。我不用擔這個心。我從他身旁走過時，他根本沒動。他的鼾聲就像喇叭發出的聲響。

我前面是拖車的門。門外面是森林、夜晚，還有我的自由。我唯一要做的，就是收拾我的衣服，走出門外，我就能離開這裡。

可是我沒離開。

我不確定我能否解釋接下來發生在我身上的事。他們的水槽裡放著吃了晚餐所留下的髒盤子，我在當中看到一把又長又鋒利的菜刀。我把它拿在手裡。我想要一件武器，因為他們一旦發現我逃走，就會追來。至少我是這麼告訴自己的。但我拿著刀時，一種前所未有的感覺湧上心頭。從我埋葬了我的靈魂的洞口中，湧出了一股溫泉般的殺氣。我不軟弱。我不是受害者。我不會把尾巴夾在腿間、逃離這個男人。我站在拖車裡，覺得自己變得更大，更高，更強壯。我的吐息從胸腔裡來得灼熱又強烈，當我呼氣時，我認出了我小時候嗅到的那股野獸氣味。我看著自己的手指時，再也看不到原本的小手，而是看到巨大的爪子。

我看著瑞瑟時，看到了獵物。

妳可能完全不相信我說的這些。我不確定我自己也是否相信，但它發生在我身上，而且我知道這是真的。我不再是蕾貝卡‧科爾德。就像傳說中的那樣，我變成了怪物。我變成了厄蘇利納。伴隨著一聲強勁咆哮，我拿著刀撲向瑞瑟，對他連番狂刺，他的血噴湧而出，將我浸濕，覆蓋了牆壁。他挨了第一刀就痛苦地醒來，試圖推開我，但這個魁梧的男人在我的身下無能為力。我的爪子不斷上下揮動，一遍又一遍地拿刀刺進他的身體，直到沒有足夠的血液讓他的心臟繼續跳動。

收手後，我站在他身前，全身浸透在他的鮮血中，發出野蠻、原始又亢奮的喜悅尖叫。

我原本可以在這時候離開拖車。

我原本可以逃走。

但我還有更多獵物要殺。更多仇要報。我站在拖車門後的黑暗中一動不動，耐心等待。我在那裡站了多久？一小時？兩小時？如果需要，我可以等上幾天。然後，我終於聽到外面泥土地傳來嘎吱作響的腳步聲。門開了，奇普回來了。在我出手之前，他只有一秒鐘的時間看到等著他的血腥場景。我的刀如冰雹般落在他身上，他身上流出越多血，我就越狂野。直到他也死了。直到我唯一要做的，就是在牆上簽下我的名字。

讓每個人知道我是誰。

讓他們在恐懼中顫抖。

之後，我來到外面，走進樹林。我來到湖邊，在冷水中洗淨了自己。我赤身裸體地出現在岸上時，又變回了蕾貝卡‧科爾德。野獸離開了我。我幾乎不記得我做了什麼。我找到了我停車的地方，開車回家。我沒有愧疚，沒有懊悔。沒有任何線索能把我跟謀殺現場聯繫起來。沒人知道我來過這裡。沒人知道我曾經失蹤。

我從無夢的睡眠中醒來後，才想起我的相機。

一想到它，我就驚慌失措。如果有人找到了相機，我拍攝的照片就會向世界展示厄蘇利納的真實身分。所以我回到殺戮現場去尋找。諾姆還沒發現屍體，而我再次看到拖車時，感到一陣驚恐，因為我知道裡面是什麼，彷彿屍體的幽魂會升起並包圍我。我沒浪費時間。我到處搜索，花了幾個小時，但我不知道我究竟把相機掉在哪裡。這附近面積太大。

所以接下來的幾個星期，我每天都緊張兮兮，深怕有人會發現那臺相機，我的祕密就會曝光，但這沒發生，沒人來敲我的門，即使副警長們搜索了樹林，即使班恩帶著志工們四處搜找厄蘇利納。沒人來逮捕我。隨著時間的流逝，我開始相信我安全了。

當我遇到瑞奇時，我做夢也沒想到他找到了相機，沖洗了膠卷，並決定像收集一隻稀有的食肉蝴蝶一樣收集我。在我需要假裝自己是個普通女人，不是殺手，不是野獸的時候，他找到了我。我需要為自己的所作所為懲罰自己。因此，無論瑞奇對我做了或說了什麼，我都把厄蘇利納封印起來，當成對我犯下的罪行的刑罰。

我在那六年間就是過著這樣的生活。那種人生灰濛濛，沒有愛，原本可能會永遠持續下去。

直到戈登・布林克回到鎮上。

直到厄蘇利納歸來。

在那時候，甜心，我根本不知道布林克是誰。我只記得他的臉，但不知道他叫什麼名字。很明顯的，布林克很怕遇到我。我只能想像，亞傑克在跟他描述那些謀殺案的時候，他所感受到的恐懼。他原本以為，奇普和瑞瑟把我連同他的罪孽一起埋在了森林裡。但現在，他知道黑狼郡有個女人一心想復仇，一個永遠不會忘記他那張臉的女人。

或許，要不是豬血淋到他妻子身上，他和我就永遠不會再見面。她沒先跟戈登說一聲，就給警局打了電話，傑瑞派我去調查。這是命運。我跟他見面時，他沒錯過我臉上湧出的暴力，我的震驚變成了強烈的憤怒。他知道我會回來找他。他知道。聖誕節前的那個星期天，鎮上每個人和我丈夫在一二六酒館看著潔美・李・寇蒂斯脫掉上衣時，我正在樹林裡，敲著戈登・布林克辦公室的門。

他不笨。他有槍，因為他認定我去找他是為了送他去見奇普和瑞瑟。在這時候，不是殺人就是被殺。但我試著讓他放鬆。我告訴他，那已經是很久以前的事了，我跟他都不希望真相公諸於眾。我說我來找他，是為了達成某種協定。我要錢。很多錢。我建議我們碰杯立約。

他倒威士忌的時候，我敲打了他的後腦勺。

他昏迷不醒時，我把他拖到床上。我能感覺到我血液中的野獸，牠讓我進入一種我甚至不知道自己在做什麼的神遊狀態。我從變化醒來後，發現自己渾身是血，手裡握著刨肉器。戈登・布林克躺在床上，一副臨死前見過地獄的神情。

來自野獸的訊息已經寫在牆上。

在那一刻，榭爾比，我以為——我真的以為——我自由了，事情結束了，完成了，我清除了體內的野獸。過去已成往事，它已經放棄了對我的控制。但是，當然，沒有哪個惡行是沒有後果的。

我的復仇有著可怕的代價，我的腳步留下了悲傷、失落和死亡的血腥痕跡。威爾付出了代價。傑伊付出了代價。就連亞傑克也付出了代價，雖然那是瑞奇下的手，不是我。在某種程度上，露碧、潘妮和許多其他人，都為我的所作所為付出了代價。

妳也是，榭爾比。

尤其是妳。

到頭來，厄蘇利納占有了我們倆。

第四十章

我等贊安諾發揮藥效。

瑞奇一開始不明白自己身上發生了事。他到最後還是個蠢蛋。他的思緒像旋轉木馬一樣暈眩，他的肌肉變得麻痺沉重，他的話語含糊不清。終於意識到我對他做了什麼後，他笨拙地衝向我，雙手掐住我的喉嚨。我雖然實行了計畫，但他差點贏了。我對他拳打腳踢，但即使被下了藥，他的握力也像礦工一樣強勁。他的手指終於從我的氣管上鬆開時，我差點失去知覺，他向後倒了下去。

我站在他身邊咳嗽，呼吸困難，他躺在地板上失去知覺。他穿著可笑的服裝，看起來更像野獸而不是人。他是個惡霸，是個莽漢。我對他沒有任何憐憫之心。一想到他抓著妳的脖子，榭爾比，我的心就變得冰冷。

我沒猶豫。我拿起我的槍，朝他的腦袋開了兩槍，確保他再也不會傷害妳。

之後，我燒掉了七年前的照片和底片。我把我的舊相機帶到湖邊，盡可能把它拋向水中深處。沒有證據表明我跟厄蘇利納凶案有關。沒有關於女孩變成怪物的頭條新聞，沒有宣傳，沒有雜誌封面刊登我的臉，沒有新的班恩・馬洛伊紀錄片在NBC頻道上播放。其實，瑞奇幫了我一個忙，他用我的偽裝來報復亞傑克。沒人會相信，不到一個月前才生了孩子的蕾貝卡・科爾德，活體解剖了亞傑克。所以也不會有人相信我犯下其他謀殺案。那些案子將繼續是懸案。一個怪物殺害了四個受害者，而這個怪物的傳奇只會隨著時間的推移而增長。

這是每個人都想要的。他們想要神話。

當然，這並不意味著我自由了。我知道。我還是個殺人犯。

我回到拖車上，拉了張椅子在外面坐下，等戴瑞到來。這一刻，我很平靜。超然。這是個寒冷的秋夜，雪在我周圍飛旋，但我不覺得冷。我把清新空氣吸進肺裡，聆聽厄蘇利納的動靜，但那頭野獸已經離去。我回歸正常，為接下來的事情做好準備。

戴瑞在天亮時抵達。

在雪塵下，我能看到他的車頭燈在泥土路上接近。他下了車，看到我的時候，他臉上露出了開心的笑容，放鬆地喊道：「蕾貝卡，謝天謝地！我到處找妳。妳還好嗎？」

他朝我快步走來，但看到我腳下的左輪手槍時，他停下腳步。他的笑容消失了。

「你最好把它裝起袋子裡，」我告訴他：「它是證據。」

他的眼裡透出一抹駭然。他面如死灰，一言不發，也沒拿起槍，而是一把拉開拖車的門，跑了進去，過了幾秒後，我聽到了他絕望的嚎叫。戴瑞用拳頭捶打牆壁，整輛露營車為之震顫。

他回到外面和我對質時，淚水滾過他的臉頰。他不斷搖頭。「蕾貝卡，為什麼？」

「你知道為什麼。他會殺了我。他會殺了樹爾比。不管你做什麼，都無法阻止他遠離我們。」

「我會把他關進牢裡。」

「關多久，戴瑞？半年？一年？然後他會出獄，再次來找我。」

「蕾貝卡，我沒辦法隱瞞這件事。這是謀殺。我沒辦法幫妳卸責。」

「我也不可能要你這麼做。我知道我在做什麼，我是想好了才動手。我給我的前夫下了藥，朝他的頭部開了槍。我有罪。我接受後果。」

伴隨著另一聲可怕的呻吟，戴瑞跪倒在我的椅子前面。他伸手緊緊抱住我，我也回抱他。看到他對我的失望，我感到痛苦。這是我的罪過，我的罪行，但他覺得有責任，就像一個辜負了孩子的父親。他總覺得他應該要能救我才對。讓我遠離傷害。

我明白他的感受。我太明白這種感受。

他的雙手一直放在我的肩上，他的悲痛臉龐就在我面前。我看到恐懼在他臉上蔓延開來，一種對未知與未言之事的恐懼。然後他提出我知道即將到來的問題。

「蕾貝卡，榭爾比在哪？」

「她很安全，戴瑞，」我的聲音在顫抖，我的心已碎。「我的寶貝很安全。」

「她在哪？我必須知道她在哪。」

「她原本有危險。我需要保護她。」

「怎麼做？妳是怎麼保護她？」

「我把她帶離了這裡。」

「哪裡？妳必須告訴我，妳把她送去哪裡了。」

「去一個再也沒人能傷害她的地方。」

戴瑞把手放在我頭部的兩側。他把額頭靠在我的額頭上。「我的天啊。我的天啊，蕾貝卡，拜託別說這種話。妳不可以對我說這種話。蕾貝卡，妳做了什麼？」

※　※　※

我做了什麼？

我做了我唯一能做的，榭爾比。我只看到一個辦法能救妳。也救我自己。

我會身陷囹圄，沒辦法撫養妳。我會因為謀殺而入獄，至少好幾年，也許一輩子。就算黑狼郡的人願意收留妳，那也不是我想給妳的童年。妳覺得我能忍受妳每個月來看我一次，妳我隔著一層玻璃觸摸彼此的手的人生嗎？

不能。

我的另一個選擇，是讓國家帶走妳。問題是，我沒辦法假裝，也沒辦法欺騙自己。我不會有選擇。殺人犯沒辦法選擇由哪戶人家收養自己的孩子。規矩不是這樣。國家會帶走我的小女孩，把妳交給另一個地方的陌生人，而我將永遠不會知道他們是誰。我會坐在牢裡，而在我的餘生中，我不知道我的女兒在哪，他們給妳取了什麼名字，妳加入了誰的家庭，他們對妳好不好，妳是否快樂又平安。妳會從我身邊徹底消失，彷彿妳未曾存在。我沒辦法忍受這種未來。

所以我把妳放進我的車裡，帶妳遠離這裡。我開了幾個小時，來到州的另一邊。對我來說，那趟路依然歷歷在目，榭爾比。那趟漫長的旅程。路上只有我們，只有我的車頭燈的光芒、巨大的黑色森林，還有頭上的繁星。妳睡得很安穩，完全不知道妳的小小人生將永遠改變。

我前往米特爾郡。我去找湯姆・金恩。

午夜過後，我來到他位於偏僻地點的家。我不確定我是否來對了地方，因為房子看起來像一座教堂，彩色玻璃閃閃發亮，有著高牆和聳立於白色屋頂的尖塔。但我下車查看郵箱時，發現這就是湯姆的住處。我把妳從兒童座椅裡帶了出來，把妳固定在傻氣的復活節籃子裡的紙花飾當中。我不想回到家後還看到這個籃子，那會提醒我妳已經遠去。

我把籃子——我把妳——放在湯姆家的門階上。然後我按了門鈴。

我有點想逃走。開車離去。我考慮過以匿名方式把妳留給他照顧，就像上帝賜下的禮物。當他應門時，我不確定我有沒有勇氣再次看到他的臉。他會說什麼？我會說什麼？我深怕他會拒絕我，也深怕他會拒絕妳。我站在寒風中的時候，這一切似乎突然變得荒謬，我竟然要求這個九個月前與我共度一夜的男人收下我的孩子。我竟然要他讓這個孩子進入他的人生，就算我即將向他坦承，我殺了三個男人，接下來打算殺第四個。他應該逮捕我，而不是幫助我。

但我記得我在一月份的感受——如果我有麻煩，我可以去找湯姆，他會放下他生活中所有事情來幫助我。我至今依然如此相信。我希望我是對的。

問題是，他沒應門。我一次又一次地按門鈴，直到我不得不接受他不在家的事實。我大老遠跑來這裡，湯姆卻不在家。我不知道他是在巡邏、外出、照顧他的父親，還是在千里之外的某個地方度假。我不知道該怎麼辦。我坐在妳旁邊的門階上，聽著風，看著夜，想著我在無處可去的時候接下來還能做什麼。

我在那裡坐了多久？我不知道。感覺像是幾小時。因為妳很冷，所以我脫下外套，用它裹住妳，我冷得打顫。然後我哭泣，祈禱。上帝完全沒理由聽我這種人禱告，但我希望也許，也許，也許，祂會因為妳而回應我的祈禱，榭爾比。妳什麼也沒做錯。妳純真、純潔、完美。

時至今日，我依然相信上帝有垂聽，因為就在我祈禱的時候，湯姆回家了。在一短距離外，我看到一輛卡車高速駛來。他甚至沒把車開進車道裡，而是直接把卡車停在路中間，下了車，看到我。我永遠不會忘記他臉上的表情。他用跑的——他飛奔！——來到門階上，在下一秒，我們擁抱彼此，像失散的戀人一樣接吻。如果妳懷疑一個晚上能否改變妳的人生，樹爾比，我向你發誓可以。九個月前，我和這個男人共度了一晚，我現在依然瘋狂地愛著他。從那天晚上開始，我就愛上了他。

我敢不敢大聲說出來？

他也愛我。我從他眼裡看得出來。我從他的吻裡感覺得出來。

我們氣喘吁吁地分開時，他急忙說：「我在湖邊。我在船上，停在水面上，然後——這聽起來很瘋狂，很瘋狂！——一隻貓頭鷹飛了下來，棲息在船尾上。這就像一個信號，讓我知道我必須回家，有人在等我。結果妳在這裡。老天，妳在這裡！發生了什麼事，蕾貝卡？告訴我，我能如何幫助妳。」

我彎腰靠向復活節小籃，把妳舉起來，抱在我的胸前。「來見見樹爾比。」我說。

湯姆盯著妳的眼睛，妳也盯著他的眼睛。就像他和我一樣，你們兩個也是一見鍾情。他沒問我為什麼把妳帶來這裡，沒問妳是不是他的孩子，而只是微笑地看著妳，我沒想到在這個殘酷的世界上能看到這麼溫柔的笑容。在這一刻，他伸出手把妳從我身邊抱走，把妳的臉頰貼在他柔軟的棕色鬍鬚上。

「樹爾比。」他喃喃自語，語氣中帶著幾分恭敬。

就是在這時候，我知道。我還有很多事要解釋，還有很多事要告訴他，還有很多事要問，還有很多問題和答案。我們還有幾個小時的話要談，但我看到妳在他懷裡的時候，我就知道了。

一切都不用擔心。

※ ※ ※

所以，妳明白了，榭爾比，戴瑞來到拖車找到我的時候，我已經很平靜。我和我的過去、我的罪行、我的選擇達成和解。妳有一個愛妳、關心妳的父親，而無論我在哪裡，我都知道妳和他在一起是安全的。

這就是為什麼我能說出我那可怕的謊言。

因為我必須說謊。我和他都是。我和湯姆許下了一個神聖的誓言，一個以吻封存並得到上帝祝福的承諾，一個保證妳安全的誓約。而這也是罪行。他知道我做過什麼，因為我跟他說了。我坦承了一切，毫無隱瞞。而他放我走，這麼做是拿他自己的事業和未來冒險。如果有人知道我們的祕密，他的人生就會毀於一旦。他們會像對待我那樣也把他關進牢裡。他們也會帶走妳，而我們所計畫的一切就會失敗。

所以他說了謊。他必須把我從妳的故事中抹去。沒有蕾貝卡・科爾德，也沒有去年一月暴風雪中的愛情之夜。把嬰兒留在他家門口的女人是個謎。她把那個可愛的孩子放在那裡，以為她把妳留在教堂門口，然後她駕車離去，消失在黑夜中。唯一剩下的就是貓頭鷹。上帝賜下的信號，讓湯姆回家發現妳。妳這個小女孩成了他的女兒。

我也說了謊。我說出了最惡劣的謊言。

蕾貝卡，妳做了什麼？

戴瑞問起我的時候，我對他說了謊。

那天晚些時候，諾姆問我同樣的問題時，我也說了謊。蕾貝卡，妳做了什麼？

我認罪並接受懲罰時，對法官說了謊。

我如果沒說謊，他們就會繼續尋找妳。謠言就會傳遍全州。就會有人提出問題。他們遲早會找到湯姆，進而找到妳。

妳就不會擁有他給妳的美好人生，榭爾比。

所以我必須說謊。

蕾貝卡，妳做了什麼？

我說了謊。不管說出這些話給我造成了什麼影響，我還是說了謊。

我告訴他們，我把我的小女孩埋在樹林裡，他們永遠找不到她。

第四十一章

現在妳知道真相了，榭爾比。妳的故事就是這樣展開。至於其他部分，之後的部分，是屬於妳和湯姆，不屬於我。人生過得真快，不是嗎?妳的過得很快。我的也是。

因為謀殺我的前夫和我的小女兒，我在牢裡待了二十年。不要為我感到難過。我做了可怕的事，而無論我承受過什麼折磨，我都沒幻想我應該逃脫懲罰。我也不會給妳任何幻想，讓妳以為這種人生一點也不辛苦。幾個月來，我每天除了哭，把自己淹沒於自憐之外，什麼也沒做。在那之後的幾個月裡，我變得憤怒，對警衛和其他囚犯採取好鬥態度，而這對我來說並不順利。然後，又是幾個月──幾年──在永無止盡的沉悶和例行公事中過去了，每一天都跟前一天一樣，我的大腦麻木得陷入一種死氣沉沉的絕望中。而唯一會打破常規的東西，都不是你會想要的。鬥毆、惡霸、威脅。獄中發生過兩次暴動。這種情況發生時，人會發現自己再次渴望沉悶的日子。

我大部分的時間都是一個人度過，但黑狼郡的人們會來看我。他們得開車幾小時才能到達我所在的州立設施，但他們很多人都有開這一趟路。一開始的那幾年，珊卓幾乎每個月都會來探望我，直到她搬去佛羅里達礁島群、住在一艘遊艇上。布林克、奇普和瑞瑟的真相揭曉後，礦場達成和解，付給她和其他女人幾百萬美元。沒錯。幾百萬。珊卓在寒冷的黑狼郡繼續住了一段時間，但後來覺得她已經受夠了冬天。我還是會收到來自她的明信片。佛羅里達看起來很不錯。

班恩・馬洛伊每次回家探望他母親時，都會來看看我。我們常常討論厄蘇利納。我未曾向他坦承我十歲時發生的事，但他依然堅信我是少數幾個見過那頭野獸的幸運兒之一。我也覺得——我不確定，我只是在他眼裡看到某種閃光——但我認為，只有他打從心底懷疑我就是厄蘇利納、就是我犯下那些命案。別誤會，他不是懷疑我以女人的身分犯下那些案子，而是變成怪物的時候。他從沒說出口，但我猜他會很想拍一部關於我的紀錄片。

諾姆是我的律師，所以他也有來看我，就算我在認罪後沒剩多少法律細節要處理。他經常提醒我，我們之間有「律師與客戶間保密特權」，我可以告訴他任何事情，而不必擔心他會把它們說出去。我知道他在暗示著什麼。其實，諾姆從不相信我有傷害妳，榭爾比。他一分鐘也沒相信過。他確信我找到了某種讓妳獲得自由的辦法，他只是不知道我是以什麼方式把妳給了誰。他想幫忙，但我不打算冒這種險。過了一段時間，他意識到我決心讓事情保持現狀。

威爾有陪諾姆來監獄探望我幾次，但正如我所料，他在大學畢業後離開了黑狼郡，搬去了紐約。之後他只有偶爾回家看看。他像他父親那樣成為了律師，並簽約成為了某個人權組織的律師。我為他感到驕傲，也不只一次寫信讓他知道。

只有一個人沒來看我，一個在我家鄉的人，我真的很想念的人。戴瑞從沒來過，一次也沒有。他的女兒們都有來過，也代表他道歉，但我只是覺得他沒辦法看著我。我跟妳說過，戴瑞認為人與人生乃非黑即白、非善即惡。而一個對他來說就像女兒的女孩證明了兩者兼而有之，因此他根本無法應對。

我入獄兩年後，戴瑞的妻子就因癌症去世。我給他寫了長長的弔唁信，但他未曾回信。他之後也未曾回信。

二十年是很漫長的時光。你會不敢去想著結局，因為去想它只會讓它看起來更遙遠。相反的，你只能過一天是一天，心中毫無期待。最終，你會放棄執著於你無法擁有的東西，而是屈服於你能擁有的少數幾個東西。我做出決定：即使在牢裡，我依然有人生。我看了幾百本書。我自學了西班牙語。我修得了四年制的英語文學學位，然後修得了碩士學位。而且我寫信給妳，榭爾比。一封接一封的信，傾訴我對妳的思念、希望和夢想。當然，我未曾將它們寄出，但在這二十年裡，我每星期都會寫幾次。如果妳想看，我還留著它們。

湯姆也有寫信給我。當然，他必須使用一種暗語，因為囚犯沒有隱私。他從沒提到妳的名字，只是簡單地向我描述他的女兒。這麼做就像把妳保留在我的人生中。我為此非常感激他。他跟我分享了妳所有的人生里程碑，所有的特殊場合。他偶爾會鼓起勇氣寄來一張照片，妳長大的模樣就跟我想的一樣。

妳看起來就像我。

※　※　※

四十七歲的時候，我重新加入了這個世界，也必須思考如何重新生活在其中。

我做的第一件事，就是搭公車去米特爾郡。妳這時二十歲，已經在警長辦公室和湯姆一起工作。在那次旅行中，我偷偷見到了湯姆，他懇求我、哀求我向妳介紹我自己，但我覺得這麼做並不安全。即使過了二十年，我的出現也有很多方式可能打開潘多拉的盒子，我不打算冒險顛覆妳的人生，或是他的人生。

但我記得，我坐在市政廳對面一家名叫「荒野餐館」的餐廳包廂裡。妳和湯姆在另一個包廂裡，他的頭髮提早變成銀色，但這反而讓他看起來更英俊又尊貴。是的，親眼看到他，這讓我又重新愛上他，我甚至告訴自己他對我也還有感覺。他一直沒結婚。他告訴我，他的一生都是以妳為中心——而這種感覺顯然是互相的。我能從你們倆看著彼此的方式看出這一點。妳崇拜他，榭爾比。妳願意為他做任何事。這也是應該的。

而我在重獲自由後，必須做出一些決定。湯姆說我應該搬到米特爾郡，而且必要的話使用假名。他甚至暗示了跟我在一起的想法。我有考慮過，真的，我有認真考慮過。但生活中有一些現實問題。我如果日復一日地親近你們倆，就不可能繼續守住我的祕密。祕密遲早會曝光。我告訴自己，我是在保護你們兩個，但我猜，事實是，我其實也是在保護我自己。

我很害怕，榭爾比。

我害怕妳。我害怕妳會對我說什麼，對我有什麼感受，妳知不知道我是誰。我說過，如果妳恨我，我能理解，而我這麼說是認真的，但我實在沒有勇氣從妳口中聽到這幾個字。讓妳繼續當我腦海中的一個甜蜜小夢，這麼做更容易，我不必面對「為我的過去做出彌補」的這個醜陋現實。

但我也不能住得太遠。我實在沒辦法遠離妳。所以我搬去該郡另一邊的度假小鎮馬丁角，在一家冰淇淋店找到一份工作。我的成名之作，是建議老闆製作一種叫做「厄蘇利納便便」的口味——巧克力榛果冰淇淋，淋上巧克力醬，撒上堅果和麥芽牛奶球——而它成了他們最暢銷的產品。這是兼職的季節性工作，但我在銀行裡還有一些存款，足以讓我在一間小公寓裡過著節儉的生活。我從小習慣獨立，現在也是。我並不真的需要有人作伴，而且經過多年的牢獄生活，我發現我很難與他人相處太久。我安靜地過著我的日子。我有圖書館，有國家森林。

是的，我還是一有機會就去健行。

我依然尋找牠的聲音。

但在那些年，我再也沒聽到那種聲音。呼哧聲。

三不五時，我會看到關於妳的最新消息，令我心潮澎湃的消息。我時不時會在報紙上看到妳。有幾次，妳甚至進了冰淇淋店，但我刻意躲在後面，沒跟妳說話。妳有妳的人生，榭爾比，妳不需要我進入妳的人生。我只是靜靜地看著妳，享受我所見。妳看起來美麗又堅強。也許妳像我一樣有點寂寞，但沒人擁有完美的生活。儘管如此，妳看起來很幸福。

我知道這個就夠了。

※ ※ ※

十五年後，我看到妳成為米特爾郡警長的消息。這讓我再自豪不過。

但在那之後不到一年，我在報紙上看到湯姆去世的消息，這令我心碎。我記得他在幾年前提到，他擔心他會患上早期痴呆症，就像他父母那樣，而可悲的是，這些恐懼都成真了。他才六十六歲，只比我大四歲。我失去了我畢生的摯愛。

我沒辦法不參加他的葬禮。我非在場不可。那個星期六的下午，我開車去了那個小教堂，但我很難找到座位，因為教堂裡擠滿了哀悼者和朋友。人們從千里之外趕來。每個人都認識湯姆。每個人都愛他，尊重他。他們對妳也是同樣感受，榭爾比。我看得出來。那麼多人掉淚，那麼多人站起來描述湯姆為他們做了什麼，湯姆對他們來說意味著什麼。

妳為他發表的悼詞讓我哭了，榭爾比。妳描述他在門階上發現妳。妳描述他給妳的人生。妳哭泣，微笑，歡笑，說笑。妳站在那裡，有著我的黑頭髮和黑眼睛，妳以一種會讓湯姆自豪的方式度過了那悲慘的一天。妳就是我一直希望妳成為的樣子。無懼。

我真希望我自己有勇氣走到妳身邊，跟妳說我的故事，跟妳說我們的故事，說明來龍去脈，幫助妳明白，回答妳的疑問。等我們終於在一起時，我已經知道我會說什麼，因為這些年來我的腦海中一直有著第一句話。

我知道妳永遠不會原諒我的所作所為。

但現在談到陳年往事，也為時已晚。

所以我一直等到最後，等其他人都走了，然後我必須走到教堂前側，看著棺材裡那個美好的銀髮男人，他雖然死了，但臉龐依然散發著善意和優雅。我把一根手指按在自己的嘴上，然後把這根手指按在他的脣上，我含淚輕聲道：「謝謝你，湯姆。」

我轉身要走時，妳就在我面前。

榭爾比。我的小寶貝，現在三十五歲了。這個郡的警長，穿著乾淨的熨燙制服。勇敢、美麗，就算妳悲痛欲絕。妳剛失去了妳的父親，而我就是那個當年把妳送走的女人。

「妳好。」妳對我說。

這是我女兒第一次和我說話，我必須強迫自己做出答覆。「妳好。」

「我是榭爾比。湯姆的孩子。」

「是的，我知道。」

「我們以前見過嗎？我覺得妳很眼熟。」

「不，我確定我們沒見過面。我叫蕾貝卡。蕾貝卡・科爾德。」

「妳是怎麼認識先父的？」

我試著判斷該說什麼好。心靈無比充實又無比破碎時，該說什麼好？

「很久以前，他救了我。」我說。

「他是怎麼做到的？」

我很想跟妳說實話，榭爾比，因為真相很簡單。他救了我，因為他救了妳。可是我的人生一點也不簡單。

「很久以前，我遇上了麻煩，而他幫我擺脫了困境。」我說。

「我很高興得知此事。」

「他是個好男人。」

「是的，他是。」然後妳補充一句：「我很幸運能擁有他。」

「我相信他對妳也是同樣感受。」我真希望能伸手握住妳的手，擁抱妳，捧起妳的臉頰。我真想向妳描述我和湯姆一起在雪地裡的那天、復活節小籃，還有數百封寫給妳的信，那些信還在我床底下一個盒子裡。

「我為妳的損失深感遺憾。」我說下去。

「謝謝妳。」

這場互動應該就此結束，這應該就是結尾。我沒打算向妳或上帝索求其他東西。我領受的祝福已經遠遠超過我應得的。所以我最後一次看了湯姆安詳的臉，接著我對我女兒的美麗黑眸綻放微笑，然後我走離教堂的過道，準備獨自度過餘生。

妳就是在這時候喊住我，榭爾比。

教堂裡只有我們倆，妳用一種怪異的、滿懷希望的肯定語調呼喚我。我聽見妳走在我身後的過道上，腳步越來越快，彷彿不希望我離開。然後妳說出了一個字，打從我第一次把妳抱在懷裡就希望從妳嘴裡聽到的那個字。

「媽？」

逆思流

厄蘇利納

（原名：THE URSULINA）

作者／布萊恩・弗利曼　譯者／甘鎮隴
執行長／陳君平　榮譽發行人／黃鎮隆
協理／洪琇菁　國際版權／黃令歡
執行編輯／呂尚燁　美術主編／陳聖義
企劃宣傳／楊國治
發行／英屬蓋曼群島商家庭傳媒股份有限公司城邦分公司　尖端出版
台北市中山區民生東路二段一四一號十樓
電話：（〇二）二五〇〇—七六〇〇（代表號）
傳真：（〇二）二五〇〇—一九七九
中彰投以北經銷（含宜花東）／楨彥有限公司
電話：（〇二）八九一九—三三六九
傳真：（〇二）八九一四—五五二四
雲嘉經銷／威信圖書有限公司　嘉義公司
電話：（〇五）二三三—三八五二
傳真：（〇五）二三三—三八六三
南部經銷／威信圖書有限公司　高雄公司
電話：（〇七）三七三—〇〇七九
傳真：（〇七）三七三—〇〇八七
香港總經銷／城邦（香港）出版集團有限公司
香港灣仔駱克道193號東超商業中心1樓
電話：（八五二）二五〇八—六二三一
傳真：（八五二）二五七八—九三三七
E-mail：hkcite@biznetvigator.com
馬新經銷／城邦（馬新）出版集團　Cite(M)Sdn.Bhd.
E-mail：Cite@cite.com.my
法律顧問／王子文律師　元禾法律事務所
台北市羅斯福路三段三十七號十五樓
二〇二二年十二月一版一刷

■中文版■

郵購注意事項：
1. 填妥劃撥單資料：帳號：50003021戶名：英屬蓋曼群島商家庭傳媒(股)公司城邦分公司。2. 通信欄內註明訂購書名與冊數。3. 劃撥金額低於500元，請加附掛號郵資50元。如劃撥日起 10～14日，仍未收到書時，請洽劃撥組。劃撥專線TEL：(03) 312-4212 ・ FAX：(03) 322-4621。E-mail：marketing@spp.com.tw

國家圖書館出版品預行編目資料

厄蘇利納 / 布萊恩・弗里曼作 ; 甘鎮隴譯
--初版. --臺北市：尖端出版, 2022.12
面 ; 公分.--(逆思流)

譯自: The Ursulina
ISBN 978-626-338-797-3(平裝)

874.57 111017071